DAS VERSPRECHEN VON LIEBE

EINE MILLIARDÄRSROMANZE

MICHELLE L.

INHALT

Melde Dich an, um kostenlose Bücher zu erhalten	v
Klappentext	1
1. Ben	2
2. Ben	10
3. Ben	29
4. Ben	45
5. Ben	53
6. Ben	59
7. Ben	72
8. Katie	77
9. Katie	86
10. Katie	93
11. Katie	105
12. Katie	115
13. Katie	128
14. Katie	140
15. Katie	151
16. Katie	158
17. Katie	167
18. Katie	174
19. Katie	188
20. Katie	199
21. Katie	207
Melde Dich an, um kostenlose Bücher zu erhalten	211
Ohne Titel	213

Veröffentlicht in Deutschland:

Von: Michelle L.

© Copyright 2020 – Michelle L.

ISBN: 978-1-64808-163-7

ALLE RECHTE VORBEHALTEN. Kein Teil dieser Publikation darf ohne der ausdrücklichen schriftlichen, datierten und unterzeichneten Genehmigung des Autors in irgendeiner Form, elektronisch oder mechanisch, einschließlich Fotokopien, Aufzeichnungen oder durch Informationsspeicherungen oder Wiederherstellungssysteme reproduziert oder übertragen werden. storage or retrieval system without express written, dated and signed permission from the author

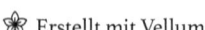 Erstellt mit Vellum

MELDE DICH AN, UM KOSTENLOSE BÜCHER ZU ERHALTEN

Möchtest Du gern Inspiriert und andere Liebesromane kostenlos lesen?

Tragen Sie sich für den Michelle L. Newsletter ein und erhalten Sie ein KOSTENLOSES Buch exklusiv für Abonnenten indem Du diesen Link in deinem Browser eingibst:

https://BookHip.com/DGKWKF

Inspiriert: Ein Navy SEAL Liebesroman

Inspiration kann so befriedigend sein ...
Sobald diese Traumerscheinung aus dem Auto ausstieg, wusste ich, dass ich sie haben könnte, wie ich mir das vorgestellt hatte.

Volle Titten, ein runder Arsch und Hüften, an denen ein Mann sich festhalten konnte, machten sie perfekt für meine Vorhaben.

Sie hatte keine Ahnung, was gleich mit ihr passieren würde. Ich würde sie zu dem machen, was ich brauchte – meiner

Therapie. Dann könnte ich den Kopf freibekommen und wäre wieder produktiv.

Sie dachte, dass sie gekommen wäre, um einen amerikanischen Helden zu interviewen, aber in Wirklichkeit war sie für mich da. Ich musste sie ficken, bis ich wieder einen klaren Kopf hatte.

Ich verschwendete keine Zeit damit, ihre Fragen zu beantworten und fragte sie dann gleich ein paar von meinen eigenen, zum Beispiel, ob sie gerne eine bisschen mein Gesicht reiten würde...

https://BookHip.com/DGKWKF

Du erhältst ebenso KOSTENLOSE Romanzen-Hörbücher, wenn Du Dich anmeldest

KLAPPENTEXT

Ben Donovan besitzt eine große Firma und er ist für die vielen guten Taten, die er in der Welt vollbringt, auch als Philanthrop bekannt. Es gibt einen Skandal, als seine Firma mit einem Ölunglück im Meer in Verbindung gebracht wird. Sein Team kümmert sich um die Schadensbegrenzung und sie müssen seinen Ruf wiederherstellen. Seine rechte Hand schlägt ihm vor, er solle nach Afrika gehen, um dort eine Schule aufzubauen – das ist ein guter PR-Move.
Als er in Afrika ankommt, trifft Ben auf die Wohltäterin Katie Bennett. Zwischen den beiden funkt es sofort, aber als Katie herausfindet, wie Ben versucht hat, die Ölkatastrophe zu Hause zu vertuschen, stellt sie alles in Frage, was sie über ihn weiß. Er versucht, es ihr zu erklären, aber sie hört nicht auf ihn und verlässt Afrika. Ben weiß, dass zwischen ihnen etwas Besonderes ist, aber als er versucht, sie zurückzugewinnen, kommt er vielleicht schon zu spät.

1
BEN

Ich saß am Kopfende des Tisches im Sitzungssaal und blickte mich angewidert im Raum um. Ich konnte gar nicht glauben, was in so kurzer Zeit mit meiner eigenen Firma passiert war. Was war bloß mit meinen Angestellten los? Wie konnte so eine Katastrophe unbemerkt bleiben, bis sie uns praktisch in den Ruin trieb – und an die Presse gelangte? Es machte mich fuchsteufelswild, und deshalb ließ ich meinen Ärger an ihnen aus.

„Haltet den Mund, alle miteinander! Ich habe keine Lust mehr, mir euer Gelaber anzuhören. Warum sagt ihr mir nicht einfach, wer an diesem Desaster Schuld ist?"

Alle drehten sich schockiert zu mir um. Sie hatten Angst vor mir, und damit hatten sie auch recht. Ich war vielleicht ein junger Milliardär, aber ich kümmerte mich um meinen Kram und ich würde es nicht zulassen, dass ein Angestellter von mir Skandale in meiner Firma vorkommen ließ. Es gab einen Grund, warum ich es so weit geschafft hatte; ich war verdammt schlau.

Im ganzen Raum war es still. Ich blickte jedem meiner Berater ins Gesicht und erkannte ihre Angst darin. Das waren doch alles nur Feiglinge. Der Ruf meiner Firma wurde gerade durch den Kakao gezogen und sie hatten nichts dazu zu sagen.

„Ich warte."

Sie starrten mich alle voller Ehrfurcht an. Sie wussten nur zu gut, dass ich nicht die Art Chef war, mit der man sich anlegen wollte, und sie fragten sich alle, ob sie heute wohl gefeuert würden. Vielleicht würde ich sie alle entlassen müssen und am nächsten Tag einfach mit einem neuen Team anfangen; so sehr hatte ich sie satt. Ich brauchte die besten Leute in meinem Team, und in letzter Zeit hatten sie mich enttäuscht. Ich war mir nicht sicher, wie ich mit der Situation umgehen würde, aber ich musste mir etwas überlegen, um meine Firma aus dieser Bredouille zu holen, bevor sie völlig in den Ruin getrieben wurde.

Die Firma war seit Kurzem angeklagt, Industriemüll im arktischen Ozean abgeladen zu haben. Im arktischen Ozean! Allein der Gedanke daran machte mich so sauer, dass ich mich fast nicht zurückhalten konnte. Noch schlimmer war, dass ich keine Ahnung gehabt hatte, dass diese Dinge hinter meinem Rücken vorgingen. Irgendein Idiot hatte sich diese Lösung ausgedacht, um den von der Firma produzierten Müll loszuwerden: Meeresverschmutzung. Schon beim Gedanken daran wurde mir schlecht. Ich musste zugeben, dass ich wütender auf mich selbst als auf irgendjemand anderen war. Ich war mir nicht sicher, wie so etwas Riesiges an mir hatte vorbeiziehen können. Wieso hatte ich nicht bemerkt, was hinter den Kulissen vorging? Vielleicht hatte ich mich zu viel vergnügt und mir nicht genügend die Hände mit meiner eigenen Firma schmutzig gemacht. Das musste es wohl sein, oder? Ich hatte nicht gut genug aufgepasst und jetzt bezahlte die Firma – *meine* Firma – dafür.

Ich blickte mich noch einmal im Raum um und versuchte, mir über die Situation klar zu werden. Würde es gelingen?

„Meine Damen und Herren, stellt euch meine Überraschung vor, als ich von einem tollen Urlaub nach Hause komme und von meinen Anwälten hören muss, dass ich einen Termin mit der Staatsanwaltschaft habe. Und als ich dort ankomme, muss ich herausfinden, dass die Firma, die ich aus dem Nichts erschaffen habe, mein Lebenswerk, wegen eines unerhörten Verbrechens angeklagt wird. Die Firma soll doch eigentlich humanitär sein, ihr Idioten, und trotzdem versenken wir Müll im Meer? Das habe ich zumindest gehört."

Mittlerweile brüllte ich und ich wusste genau, dass meine Angestellten noch Wochen später Albträume davon haben würden. Mein Kopf war hochrot und es war mir egal. Ich konnte nicht glauben, was alles geschehen war, während ich im Urlaub gewesen war und mich an Champagner und Frauen gelabt hatte. Es war zu schrecklich, um es mir auch nur vorzustellen. Ich brauchte einen Augenblick, um mich wieder zu sammeln, bevor ich völlig durchdrehte. Ich brauchte einen Augenblick, um ihren Wert zu schätzen und mich zu entscheiden, ob es die Mühe wert war, sie weiter als Angestellte zu behalten.

„Ich muss wissen, wer das getan hat. Ich bete zu Gott, dass es keiner meiner rechten Hände hier ist. Ich sähe es gar nicht gerne, wenn es einer meiner besten Mitarbeiter wäre, der das für angemessenes Verhalten in meiner Firma gehalten hat. Ich muss hier eine Riesensauerei aufräumen. Ich erwarte von euch, dass jeder in einer Stunde einen Bericht bei mir einreicht, wie wir diese Situation lösen sollen. Ich will weitere Vorschläge, wo wir den Müll von heute an abladen sollen, da wir jetzt wissen, dass das Meer nicht der richtige Ort dafür ist." Meine Stimme war von Sarkasmus getränkt, während ich mein Team wütend anfunkelte. „Und jetzt schert euch zum Teufel."

Sie eilten alle aus dem Raum, so schnell sie konnten. Ich sah meinem Team dabei zu, wie es aus dem Zimmer eilte, und hoffte, dass ich meine Einstellung klargemacht hatte. Der einzige Mann, der neben mir noch im Zimmer blieb, war meine rechte Hand Kyle, der CEO.

Ich starrte ihn einen Augenblick lang an und er starrte zurück. Er musste doch gewusst haben, dass so etwas passierte – wie hätte er es nicht wissen können? Andererseits gehörte mir die Firma und ich hatte es auch nicht gewusst. Aber war es nicht sein Job, jeden Winkel der Firma zu kennen, während ich mich anderweitig vergnügte? Dafür hatte ich ihn schließlich eingestellt, wenn ich auch nicht gedacht hatte, dass er mich eines Tages so hintergehen würde.

„Kyle, bitte sag mir, dass du mit alledem nichts zu tun hattest. Sag mir, dass du davon nichts gewusst hast."

Kyle war ein zäher Kerl. Ich hatte ihn in all den Jahren nur als eine treue Seele gekannt. Es fiel mir schwer zu glauben, dass er etwas derart Dummes und Unmoralisches tun würde.

„Ben, ich bin schockiert, dass du mich so etwas überhaupt fragen musst. Wir sind schon seit Langem ein Team. Ich versichere dir, dass ich nichts mit alledem zu tun hatte. Ich bin genauso schockiert wie du. Bestimmt ist es irgendein Lakai, der das abgezogen hat, und ich verspreche dir, dass wir herausfinden werden, wer dahinter steckt. Diese Person wird bestraft werden."

„Ich habe schon immer deine Treue zu schätzen gewusst, Kyle. Du bist eine wahre Bereicherung für mich und für meine Firma. Aber wie kann es sein, dass der CEO, der Mann, der mich ersetzen soll, wenn ich nicht da bin, von so etwas Bedeutendem nichts weiß? Es scheint mir eine Wahnvorstellung, dass Industriemüll im Meer versenkt werden kann und keiner aus der oberen Etage eine Ahnung davon hat."

„Ben, ich war es nicht. Es gibt noch andere Leute, die dafür zuständig sind, das Geld der Firma zu sparen, und offensichtlich war das der Zweck dieser Entscheidung."

Ich blickte ihn verdattert an. Meinte er das ernst? „Oh,

natürlich, Kyle. Was für eine schlaue Idee. Natürlich hatte niemand eine Ahnung, dass die Firma gegen das Gesetz verstößt. Habe ich denn nur Vollidioten eingestellt? Wie hätten wir all das tun können, ohne erwischt zu werden? Es wäre besser gewesen, den Müll im Boden zu vergraben. Dann wäre es wenigstens schwieriger gewesen, ihn zu finden. Nein, stattdessen werfen wir den Müll ins Meer und töten jedes Lebewesen, das darin so herumschwimmt. Sie haben die verdammten Schiffsnummern, Kyle. Es ist offensichtlich, dass wir das waren, also warum wussten wir nichts davon?" Ich stützte meinen Kopf in die Hände und konnte nicht verstehen, was mit den Leuten um mich herum vorging.

„Hör mal, Ben, ich weiß auch nicht mehr darüber als du. Aber die Staatsanwaltschaft wird in der Sache ermitteln und bald werden wir herausfinden, wer hinter der ganzen Sache steckt."

„Willst du mich verarschen?", brüllte ich. „Ich werde angeklagt, Kyle – verstehst du das nicht? Weißt du wieso? Weil sie denken, dass all das auf meinem Mist gewachsen ist."

Kyle seufzte. „Ja, das ist mir klar. Aber ich weiß, dass du nichts mit alledem zu tun hattest, genauso wenig wie ich. Das werden sie herausfinden. Du warst ja nicht einmal im Lande. Du wirst freigesprochen werden und all das wird aus der Welt geschafft sein. Sie können dir nichts anhängen, wenn du unschuldig bist."

„Okay, aber wie günstig ist es, dass ich nicht im Lande war, als all das passiert ist? Es wirkt so, als hätte ich mein Alibi geplant."

Ich stand auf und ging zum Fenster hinüber und blickte auf die grandiose Aussicht hinaus, die man vom Sitzungsraum aus hatte. Sie war nicht ganz so umwerfend wie die von meinem Büro aus, aber trotzdem wirklich schön. Ich brauchte einen Drink. Ich ging an den Seitentisch, auf dem ein Dekantiergefäß stand, und schenkte mir und Kyle einen Brandy ein. Dann ging ich wieder zum Tisch und reichte Kyle seinen Drink. Ich setzte mich neben ihn und nippte an dem Brandy, während die Hitze meine Kehle hinunterbrannte und mich fast reinwusch.

„Kyle, ich habe diese verdammte Firma aufgebaut, weil ich an etwas geglaubt habe. Ich hatte einen Traum und diese Firma war der Ausdruck dieses Traumes. Jetzt ist dieser Traum beschmutzt worden. Unser Ruf ist völlig ruiniert. Ich weiß nicht, wie wir das wieder umkehren sollen. Ich mache Wohltätigkeitsarbeit und organisiere Spendengalas und irgendwer vergiftet genau die Weltmeere, die ich retten will. Das ist doch wohl ein Witz."

„Ben, es ist deine Aufgabe, diese Dinge zu tun. Indem du all diese guten Dinge tust, sammelst du das Geld, das du brauchst, um einen Unterschied zu machen. Keiner erwartet von dir, dass du hier bist – das ist meine Aufgabe, und es tut mir leid, dass unter meiner Aufsicht etwas Derartiges passiert ist. Ich werde mich darum kümmern – das verspreche ich – und ich verspreche dir auch, dass so etwas nie wieder passieren wird."

„Das hoffe ich, denn ich glaube kaum, dass wir noch so einen Skandal überleben würden. Die Leute wollen mich hängen sehen."

„Bald ist es vorbei, versprochen."

„Und was, wenn nicht?"

„Sie können keinen unschuldigen Mann verurteilen, Ben. Wir müssen uns nur um die Schadensbegrenzung kümmern."

Ich hielt mein Glas hoch und stieß mit Kyle an. Wir tranken beide einen Schluck. Ich gab mich meinen dunklen Gedanken hin.

„Wie schlägst du vor, dass wir diese Sauerei wieder gut machen? An was für Schadensbegrenzung hast du gedacht?"

Ich konnte sehen, dass Kyle scharf nachdachte, und ich fragte mich, ob das gut oder schlecht war. Ich würde alles tun, um den Ruf der Firma zu retten, aber ich fragte mich, was er wohl tun würde, um das Gleiche zu erreichen. Kyle blickte nun aus dem Fenster und ich wusste, dass mir nicht gefallen würde, was er zu sagen hatte. Kyle trank einen weiteren Schluck Brandy und ich tat es ihm nach. Als er sich zu mir umdrehte, sagte er nur ein Wort: „Afrika."

Verwirrt kicherte ich. „Soll ich wissen, was das bedeutet?"

„Nun, ich habe mich schon informiert, was für Schadensbegrenzung wir an diesem Punkt betreiben müssten, um den Ruf der Firma aber auch deinen eigenen zu retten. Wir brauchen jede Menge gute PR, um das durchzustehen. Momentan sucht Afrika händeringend Leute, die Schule und Krankenhäuser bauen. Ich habe eine tolle Organisation gefunden, die bald in Malawi mit einem Bau anfängt, bei dem sie Hilfe gebrauchen könnte. Sie brauchen so viele Arbeiter und Ressourcen wie nur möglich. Da solltest du hin, Ben, – du solltest anderen helfen und der Welt zeigen, dass du der gleiche Mann bist, der du vor diesem Skandal warst."

„Und nach Afrika zu gehen, wird dabei helfen? Das wird dieses Problem aus der Welt schaffen?"

„Auf jeden Fall. Niemand kann die Wichtigkeit deiner Arbeit der letzten Jahre leugnen und sie werden nicht sagen können, dass es bloß ein PR-Gag ist, wenn sie dich mit Hammer und Nagel bei der Arbeit sehen. Du bist ein Milliardär – der letzte Ort, an dem dich die Leute erwarten, ist Afrika. Wir werden jede Menge Geld an die Baustelle schicken und ihnen alle Ressourcen besorgen, die sie brauchen, und dann wirst du dorthin fliegen und dir den Arsch aufreißen. Das sendet ein Signal an die Welt, was für eine Art Firma wir sind. Außerdem zeigst du damit Charakterstärke während eines Desasters."

Ich dachte darüber nach, was Kyle gesagt hatte. Es machte Sinn. Das Letzte, was ich bei meiner Rückkehr aus dem Urlaub erwartet hatte, war, dass ich nach Afrika fliegen würde, um zu arbeiten, aber die Leute durften nicht vergessen, dass ich im Herzen humanitär war. Ich hatte keine Ahnung gehabt, dass in meinem Namen Müll im Meer versenkt wurde, aber ich hätte bei so etwas nie mitgemacht. Die Menge an Geld, die ich ausgeben müsste, um den Ozean zu retten, wäre viel größer als das Geld, das durch das Entsorgen im Meer gespart würde. Außerdem wurden davon viel zu viele Korallen und Meerstiere vernichtet. Der Gedanke daran ließ mich fast verzweifeln. Nach Afrika zu fahren war das Mindeste, was ich tun konnte, um die Vergehen meiner Firma wieder gutzumachen, obwohl ich nichts von alledem gewusst hatte. Es erlaubte mir, mitzuarbeiten und außerdem meine Seele zu befreien. Es war schon eine Weile her, dass ich so etwas gemacht hatte, und es würde mir helfen, den Stress zu verringern. Wahrscheinlich war es das Beste, wenn ich mich eine Zeit lang von der Firma fernhielt, sonst würde ich womöglich jemanden erwürgen.

Ich blickte Kyle an und nickte. „In Ordnung, ich bin dabei. Wie gehen wir hier vor?"

„Du fliegst am Montag. Überlass mir den Rest."

2

BEN

Für die Reise zu packen dauerte länger, als ich erwartet hatte. Ich war mir nicht sicher, was ich brauchte oder wie lange ich fort sein würde. Ich machte oft bei humanitären Hilfsaktionen mit, aber ich hatte noch nie aktiv beim Aufbau einer Schule mitgewirkt. Ich hatte keine Ahnung, wie lange so etwas dauern würde. Ich war mir nicht sicher, wie viel ich packen sollte, und auf einmal wünschte ich mir, ich hätte die Aufgabe meinem Assistenten überlassen.

Ich fragte mich, wie Afrika wohl generell sein würde. Bestimmt heiß. Die Leute, die mit dem Aufbau zu tun hätten, würden keine Ahnung von dem Skandal haben, und das war gut so. Ich hoffte, dass ich ihn selbst sogar vergessen könnte – das Letzte, was ich wollte, war, über die ganze Sache ausgefragt zu werden. Es war so schon peinlich genug.

Das wäre das erste Mal, dass ich nach Afrika reisen würde, und ich musste schon zugeben, dass ich ein wenig aufgeregt war. Obwohl ich gerade erst im Urlaub gewesen war, würde das hier etwas völlig anderes sein, etwas mit mehr Seele. Es wurde auch langsam Zeit; normalerweise organisierte ich Spendengalas, aber ich hatte schon lange nicht mehr selbst mit angepackt.

Keine meiner Spendengalas der jüngsten Zeit hatte irgendwas mit Afrika zu tun gehabt, also empfand ich den Wechsel als erfrischend.

Ich bedachte die Hitze, mit der ich auskommen würde müssen und beschloss, nur leichte Stoffe einzupacken und keine, die an meiner Haut kleben würden, wenn ich anfinge zu schwitzen. Ich lächelte, während ich ein paar Hemden mehr in meinen Koffer legte. Ich freute mich darauf, Handarbeit zu leisten. Normalerweise wollten die Leute nur, dass ich Geld für Dinge spendete, und obwohl ich das sehr gerne tat, würde ich mich bei dieser Aufgabe viel männlicher fühlen. Ein männlicher Job, bei dem man zusammen etwas aufbaute – viel mehr Handarbeit konnte ich mir nicht vorstellen.

Es haute mich um, dass manche Leute solche Dinge ihr ganzes Leben lang taten – umherreisen und Krankenhäuser für bedürftige Menschen bauen. Es war wirklich selbstlos. Und dennoch gab es andere Leute, die Weltmeere verschmutzten. Ich seufzte tief. Ich musste wirklich aufhören, über den Skandal nachzudenken, sonst würde ich noch verrückt. Ich konnte im Moment nichts dagegen tun – ich musste alles Kyle und dem Rest meines Teams überlassen, die sich um die Firma kümmern würden, während ich in Afrika war. Es würde mir gut tun, mit Leuten an der frischen Luft zu sein und mit ihnen zusammenzuarbeiten, um ein Projekt auf die Beine zu stellen. Es ging mir nicht nur um das Geld; ich tat gerne Dinge, die einen höheren Sinn verfolgten. Obwohl ich geplant hatte, nach meinem Urlaub wieder bei meiner Firma weiterzumachen, musste ich nun das tun, um den Ruf der Firma zu retten, die ich mein ganzes Leben lang aufgebaut hatte.

Das Projekt würde harte Arbeit sein, aber ich war kein Weichei. Ich wusste, was es bedeutete, hart für etwas zu arbeiten, und ich war trotzdem bereit für die Herausforderung, für Herausforderungen aller Art. Es war ein guter Zeitpunkt, um sich von den Problemen der Firma zu verabschieden, da wirklich etwas schief gelaufen war. Es wäre besser, einen klaren Kopf zu haben, wenn ich zurückkam. So konnte ich viel effizienter dabei vorgehen, alles wieder geradezubiegen. Im Moment wollte ich nur alle im Büro schütteln und anbrüllen, bis ich endlich Antworten bekam, und das wäre auf keinen Fall der richtige Weg. Wenn ich nach Afrika ging, konnte ich dem ganzen Pressezirkus entkommen, und wenn sie doch über mich Bericht erstatteten, würden sie darüber schreiben müssen, wie ich Freiwilligenarbeit in Afrika leistete. Es wäre wirklich schwierig für sie, etwas Schlechtes über mich zu sagen, wenn ich versuchte, Menschen zu helfen. Ich konnte nur hoffen, dass die Gesellschaft mir den schlimmen Fehler vergeben konnte, den meine Firma begangen hatte. Allerdings würde das nicht geschehen, bis ich meinen Ruf wiederhergestellt hatte.

ICH STRECKTE meine Beine in meinem Privatflugzeug aus. Manche Leute fänden es vielleicht nicht gut, dass ich mit einem Privatflugzeug in ein armes Land flog und dabei Champagner trank, aber normalerweise war es mir egal, was die Leute dachten – mal abgesehen von richtigen Klagen. Aber mit dieser Reise, die Teil der Schadensbegrenzung und meiner öffentlichen Reuebekenntnis war, gab ich auch jeglichen Luxus auf, den ich zu Hause genoss, und deshalb würde ich ihn noch genießen, solange ich konnte. Außerdem hatte ich wirklich hart gearbeitet, um an diesen Punkt zu kommen, – und ich würde mich auf keinen Fall dafür entschuldigen.

Obwohl ich in ein armes Land reiste, wollte ich dennoch ein paar meiner Lieblingsbesitztümer nicht zurücklassen. Einige meiner liebsten Luxusgüter waren vorausgeschickt worden, sodass ich sie genießen und auch mit den Leuten teilen konnte, die ich kennenlernte. Unter anderem waren das Zigarren, Schokolade und mein Lieblingswhiskey; ich konnte mir nicht vorstellen, einen längeren Zeitraum ohne diese Dinge zu überlegen. Ich konnte den Gedanken nicht ertragen. Manche fänden das vielleicht verwöhnt, aber wozu war ich schon Milliardär, wenn ich mir dann nicht einmal das Leben ein wenig leichter machen konnte? Ich freute mich sogar darauf, meine Beute mit den anderen zu teilen. Ich war mir nicht sicher, wie lange die anderen schon dort waren, aber wahrscheinlich würden ein paar Leckereien gerade recht kommen – etwas, das ihnen helfen würde, durchzuhalten.

Ich hoffte, dass ich nur ein paar Wochen dort sein würde. Danach würde ich langsam unruhig werden und zur Firma zurückkehren wollen, um nachzusehen, was dort vor sich ging und ob ich helfen konnte. Das Letzte, was ich wollte, war, wieder auf die Bank geschickt zu werden und keine Ahnung zu haben, was mit meiner Firma vor sich ging. Ich hatte den Fehler schon einmal begangen und nun wollte ich ihn nicht wiederholen. Ich hoffte, dass Kyle sich um alles kümmern würde, während ich nicht da war. Wenn in meiner Abwesenheit noch etwas schief lief, dann würden Köpfe rollen. So viel war sicher.

Ich saß in meinem Stuhl, trank meinen Champagner und dachte über mein bisheriges Leben nach und wie weit ich gekommen war. Es war ein Segen, dass ich kommen und gehen konnte, wann ich wollte, dass ich jederzeit überallhin reisen konnte, wie es mir gerade passte. In meinem Leben gab es keine Verpflichtungen – keine Frau, keine Kinder, nichts, was mich an einen Ort fesselte. Oft dachte ich über diese Dinge nach und fragte mich, ob es mir ohne sie wirklich besser ging. Ich wurde bald siebenunddreißig und war immer noch Junggeselle. War das etwas Gutes? Ich war mir nicht ganz sicher.

Lange Zeit war ich glücklich damit gewesen, mich auf die Arbeit zu konzentrieren. Klar, es hatte Frauen in meinem Leben gegeben, aber keine hatte mir so gut gefallen, dass ich mich für immer mit ihr hatte zusammentun wollen – sie dienten lediglich meiner Unterhaltung. Ich nahm Frauen gerne mit in den Urlaub, wenn ich ihre Gesellschaft genoss, aber trotzdem hatte ich kein wirkliches Bedürfnis, die Frauen wiederzusehen, wenn der Urlaub vorbei war. Es ging mir nur um Spaß und lange war das völlig in Ordnung für mich gewesen. Tatsächlich hatte ich bis vor Kurzem kaum darüber nachgedacht. Aber in den letzten Monaten hatten diese Dinge an mir genagt, ich war mir nicht sicher, wieso. Mein letzter Urlaub war super gewesen, aber ich hatte das Gefühl gehabt, dass etwas fehlte. Waren es eine Frau und Kinder? Das wusste ich wirklich nicht.

Ich kicherte in mich hinein. Ich hatte ja nicht einmal eine Freundin und fragte mich schon, ob eine Frau mein Leben vervollständigen würde. Mein Leben war in letzter Zeit tatsächlich problematisch und das war allein meine Schuld. Ich hätte nie zulassen sollen, dass jemand anders in der Firma die Macht dazu hatte, zu entscheiden, wo Müll abgeladen wurde. Immer, wenn ich daran dachte, wurde mir schlecht. Jetzt dachte ich darüber nach, ob ich eine Frau haben sollte oder nicht. Vielleicht befand ich mich ja in der vielbesagten Midlife-Crisis. Männer durchlebten sie häufiger als Frauen und ich war im richtigen Alter dafür. Vielleicht ging es nicht darum, eine Frau zu haben. Vielleicht hatte ich die richtige Frau einfach noch nicht kennengelernt. Aber wenn sie in mein Leben trat, würde mir vielleicht wieder Einiges klar werden.

Ich ging ständig mit Frauen aus, oft zu Galas und Wohltätigkeitsveranstaltungen oder einfach mal abends in die Stadt. Manchmal war ich sogar in den Genuss gekommen, ihnen morgens Frühstück zu machen, aber ich traf mich selten zweimal mit derselben Frau. Sie interessierten mich einfach nicht so sehr. Das war wahrscheinlich meine Schuld; ich war schon so lange ungebunden, dass ich mir nicht sicher war, wie es wäre, viel Zeit mit einer Frau zu verbringen. Manche Frauen hielten mich vielleicht für einen Player, aber das war ich wirklich nicht. Ich wollte niemandem mit Absicht wehtun und ich war dem auch nicht abgeneigt, eine Frau mehr als einmal zu sehen. Aber sie musste schon mein Interesse wecken, mich bei der Stange halten – oder zumindest eine Leidenschaft für etwas anderes als nur ein neues Paar Schuhe haben.

Die Art Frau, die ich eines Tages heiraten würde, wenn ich je heiratete, würde mich auf Trab halten müssen. Ich brauchte geistige und körperliche Stimulation und ich würde meiner Auserwählten das Gleiche bieten. Ich war nicht egoistisch. Ich wollte keine Vorzeigefrau; ich wollte eine Frau, die selbstständig war und mich unterstützen konnte, wenn ich sie brauchte. Aber gab es so eine Frau überhaupt? Ich war mir da nicht so sicher. Auf jeden Fall hatte ich sie noch nicht gefunden.

Vielleicht musste ich weniger Zeit mit Arbeit verbringen und mich mehr auf mein Privatleben konzentrieren. Geld war kein Problem für mich; ich hatte genug davon, um mehrere Generationen durchfüttern zu können. Meine Firma war mein Imperium und ich konnte mir dadurch einen sehr ausladenden Lebensstil leisten, einen, der mich bis zu meinem Lebensende versorgen würde. Ich würde nie wieder arbeiten müssen, wenn ich das nicht wollte – natürlich würde ich meine Firma nie jemand anderem überlassen wollen, vor allem nicht nach der Katastrophe, die letzte Woche geschehen war. Es schien vielmehr, als müsste ich noch strenger regieren. Bei meiner Anwesenheit in der Firma ging es vielmehr darum, mich zu beschäftigen – außerdem genoss ich es, vor der Presse aufzutreten. Früher war ich der Inbegriff eines Philanthropen gewesen – aber natürlich nur, bis die Presse davon Wind bekommen hatte, dass meine Firma die Weltmeere verschmutzte.

Frustriert rieb ich mir die Schläfen und konnte gar nicht verstehen, wie das alles so schief gelaufen war. Vielleicht sollte ich etwas Stärkeres als Champagner trinken. Ich kann an nichts anderes denken. als daran, den Idioten zu erwürgen, der diese folgenschwere Entscheidung gefällt hatte. Wenn man schon so etwas Dummes und Undankbares tun musste, warum benutzte man dann Schiffe mit identifizierbaren Nummern? Wie dumm waren diese Menschen? Natürlich hatte man alles bis zur Firma zurückverfolgt, und jetzt waren wir das Zentrum eines nationalen Skandals, bei dem ich mir nicht sicher war, ob wir ihn überleben würden. Kyle schien zu denken, dass alles gut werden würde, aber der Schaden, der dem Ozean zugefügt worden war, war bedeutend, und es gab keine Garantie dafür, dass er umkehrbar war.

Wer auch immer dafür verantwortlich war, machte sich ohne Zweifel gerade in die Hosen und hoffte, dass ich es nie herausfinden würde. Das war natürlich unmöglich; eine Aktion dieser Größenordnung konnte nicht durchgezogen werden, ohne Hilfe in Anspruch zu nehmen, die Spuren hinterlassen würde. Irgendwer würde schon vortreten – wenn ich es nicht vorher herausfand. Wer wusste schon, was im Kopf dieses Idioten vorging? Vielleicht hatte die Person ja gedacht, dass es für mich in Ordnung wäre. Vielleicht hatte sie sogar gehofft, dass ich applaudieren würde. Es gab schließlich überall selbsternannte Wohltäter, aber ich gehörte nicht dazu. Ich wäre nie damit einverstanden gewesen, Müll auf diese Art und Weise zu entsorgen.

„Mr. Donovan, möchten Sie noch mehr Champagner? Wir servieren gleich das Abendessen."

Ich blickte auf und wurde aus meinen Gedanken gerissen. „Ja, natürlich, vielen Dank. Könnte ich vielleicht etwas Härteres haben?"

Die Stewardess lächelte mir vielsagend zu. Offensichtlich wollte sie nicht nur meinen Drink härter machen. Ich begutachtete sie, bemerkte ihre natürliche Schönheit und reagierte darauf. Ich konnte ein wenig Entspannung gut vertragen und wünschte, ich könnte mit ihr im Hinterzimmer des Flugzeuges verschwinden und sie auf der Stelle vernaschen. Aber ich hatte eine Regel, die mir verbot, mit Angestellten zu schlafen – es war keine gute Idee und normalerweise rächte es sich an einem. Ich brauchte wirklich nicht noch einen Skandal, also war mein Personal absolut tabu für mich. Das Letzte, was ich brauchte, war eine wütende Angestellte, die sich an mir rächen wollte. Nein, das brauchte ich wirklich nicht. Was die Presse zurzeit über mich schrieb, reichte mir schon. Letzten Endes lohnte es sich einfach nicht, mit einer Angestellten zu schlafen. Und außerdem hatte ich kein Problem damit, weibliche Gesellschaft zu finden, also fiel es mir leicht, mich von meinen Angestellten fernzuhalten.

Außerdem war ich mir nie sicher, ob sie mich jetzt anmachten, weil sie mich gut fanden, oder weil sie eines Tages zur Frau des Milliardärs werden wollten. Wenn man schon heiraten wollte, konnte man es schließlich gleich mit einem Milliardär versuchen. Für das richtige Mädchen wäre das ein würdiger Preis und was mein Personal betraf, fragte ich mich oft, ob sie mich nur als ein Sprungbrett zu einem luxuriöseren Leben sahen. Ich dachte nicht gerne so, aber in meiner Welt passierte das nun mal ständig. Vorzeigefrauen waren der letzte Schrei, aber ich verzichtete gerne. Das interessierte mich überhaupt nicht.

Die Stewardess kehrte mit meinem Drink zurück und sah leicht sauer aus. Sie hatte wohl erwartet, dass ich auf ihre Einladung eingehen würde, und hatte sie es persönlich genommen, als ich es nicht tat. Das war immer die Gefahr. Es wäre schlimm gewesen, wenn ich mit ihr geschlafen und sie dann fallen gelassen hätte. Ich lächelte sie freundlich an und hoffte, das würde ihr verletztes Ego wiederherstellen. Die Frau war der absolute Hammer; es war wirklich nicht persönlich gemeint, es ging mir nur ums Geschäft. Sie erwiderte mein Lächeln und eilte dann davon. Schnell kam sie mit meinem Abendessen zurück. Das Essen sah köstlich aus; gegrillter Lachs und Spargel mit jungen Kartoffeln. Ich kippte den Brandy auf Ex hinunter und ließ ihn meine Kehle hinunter brennen, bevor ich all meine Aufmerksamkeit auf die Mahlzeit vor mir lenkte. Die Stewardess kehrte noch einmal zurück, um mein Champagnerglas nachzufüllen, und dann eilte sie davon.

Die meisten meiner Leibgerichte enthielten Fisch in irgendeiner Form. Ich konnte irgendwie gar nicht genug davon bekommen. Um meine Figur zu halten, versuchte ich, so sauber wie möglich zu essen und mir nur ab und zu etwas zu gönnen. Es war für meine Firma und meinen erfolgreichen Lebensstil genauso wichtig, meinen Körper in Schuss zu halten – so schützte man sich schließlich vor Krankheiten, und wenn man eine millionenschwere Firma aufbaute, konnte man es sich nicht leisten, krank zu werden. Geist und Körper musste immer miteinander in Einklang sein und es war meine Aufgabe, mich bestens darum zu kümmern.

Nachdem ich mein Abendessen hinuntergeschlungen hatte, war ich auf einmal erschöpft. Die Ereignisse in der Firma hatten mich ordentlich gestresst und ich war geistig völlig ausgelaugt. Ich brauchte ein kleines Nickerchen, um wieder zu Topform zurückzukehren. Ich beschloss, dass es das Beste wäre, wenn ich an Bord des Jets schlafen würde. Wenn ich einmal in Malawi ankam, würde ich vielleicht keine Zeit dafür haben. Ich stellte meinen Sitz so ein, dass ich mich völlig zurücklehnen konnte und er mir als Bett diente.

Während ich mich zurücklehnte, kam die Stewardess wieder zu mir, diesmal mit einem Kissen und einer Decke. Es war seltsam, mich von jemandem ins Bett bringen zu lassen, aber irgendwie gefiel es mir auch. Das war die engste Gesellschaft, die ich seit Langem genossen hatte, und sie würde sich ganz natürlich ergeben, wenn ich eine Freundin hätte. Mein letzter

Gedanke, bevor ich meine Augen schloss, war, wie es sich wohl anfühlen würde, jemanden in meinem Leben zu haben, um den ich mich kümmern konnte und der sich auch um mich kümmern würde.

NACHDEM DAS FLUGZEUG GELANDET WAR, schlug mir eine unglaubliche Hitze entgegen, als ich aus der Tür trat. Ich hatte gewusst, dass es heiß sein würde, aber eine solche Hitze hatte ich nicht erwartet. Da blühte mir wirklich etwas und ich war froh, dass ich ordentlich gepackt hatte.

Malawi war genauso schön, wie es heiß war. Überall, wo ich hinblickte, kam ich mir vor wie auf einem anderen Planeten. Der Ort war so natürlich schön, wie ich es von zu Hause einfach nicht kannte – keine Wolkenkratzer, die die Sicht auf die freie Natur versperrten.

Nachdem wir gelandet waren, wurde ich durch den winzigen Flughafen geführt und in das Dorf gefahren, in dem ich meine Arbeit verrichten würde. Als erstes brachten sie mich in die Hütte, in der ich wohnen würde. Ich wollte auspacken und mich einrichten, bevor es richtig losging.

Als ich in der Hütte ankam, betrachtete ich alles mit größter Ehrfurcht. Ich freute mich sehr, dass ich beschlossen hatte, dieses kleine Abenteuer anzutreten, und hoffte, dass die Erfahrung wertvoll für alle sein würde. Die Hütte, die mir zugewiesen worden war, verfügte über eine Terrasse, die mich sofort zum Lächeln brachte. Der Gedanke, mich nach einem Tag harter Arbeit auf diese Terrasse zu setzen und einen Whiskey zu genießen, machte mich äußerst zufrieden. Ich sah es schon vor mir. Es würde super sein. Die Hütte war alles andere als luxuriös, aber sie verfügte über alles, was ich für meinen Aufenthalt benötigte.

Mein erster Plan war auszupacken, und dann konnte ich

mich in dem Dorf umsehen und die Projektverantwortlichen kennenlernen. An diesem Tag würde ich mich etwas einleben und am nächsten Tag würde ich dann meine Zusammenarbeit mit dem Team beginnen. Ich freute mich zu sehen, dass alle meine Pakete bereits eingetroffen waren. Ich wollte meine Besitztümer und Luxusgüter ständig zur Verfügung haben. Ich öffnete die Pakete eines nach dem anderen und stellte fest, dass Kyle auch Wein geschickt hatte, wahrscheinlich für den Fall, dass ich in Gesellschaft zu Abend aß. Kyle dachte immer voraus und das mochte ich an ihm. Wenn ich es schaffte, alleine zu essen, konnte ich die Flaschen ja immer noch verschenken. Am meisten freuten mich aber die vielen Tüten an Süßigkeiten, die ich an Kinder verschenken konnte, wenn ich welche sah. Ich wusste, dass ich damit ihre Augen zum Leuchten bringen würde.

Als ich ausgepackt hatte, ging ich auf die Terrasse hinaus und blickte mich um. Die Hitze war therapeutisch und gab mir das Gefühl, es wäre alles gut in der Welt. Es war nicht ganz so, wie am Strand zu liegen oder mit meiner Yacht herumzufahren, aber das Gefühl, in der Hitze zu sein, war immer noch sehr erfreulich. Auf der Terrasse stand ein hölzerner Liegestuhl und ich setzte mich darauf. Ich gähnte, während ich meine Hände hinter dem Kopf verschränkte. Ja, an einem Ort wie diesem konnte ich wirklich viel Gutes tun, und solange ich hier war, wollte ich alles in meiner Macht Stehende tun.

Der Wald, der meine Hütte umgab, war üppig und so hellgrün, dass es fast meinen Augen wehtat, die Bäume anzusehen. Ich konnte gar nicht glauben, dass es auf der Welt so einen Ort gab. Wo ich herkam, gab es so etwas einfach nicht. New York war eine wahre Betonwüste im Vergleich hierzu. Ich fühlte mich gesegnet, hier zu sein und noch dazu in der Lage, anderen zu helfen. Ich würde dem Dorf sehr helfen können und ich konnte es kaum erwarten anzufangen.

Zwischen zwei Bäumen war eine Hängematte aufgespannt und der Anblick erfreute mich wahnsinnig. Ich konnte mir gut vorstellen, mich nach einem langen Tag der Arbeit dorthin zurückzuziehen. Ich lächelte, während ich an das letzte Mal zurückdachte, das ich in einer Hängematte gelegen hatte. Ich war noch ein Junge gewesen, wahrscheinlich war es die im Garten meiner Großeltern gewesen, dort hing eine Hängematte neben dem Teich. Ich hatte früher oft stundenlang darin gelegen und hatte die Sommerbrise über mich hinweg streichen lassen. Meine Eltern waren gestorben, als ich erst zehn Jahre alt gewesen war, und ich war vor allem von meiner Tante großgezogen worden und hatte viel Zeit bei meinen Großeltern verbracht. Die Umstände meiner Kindheit hatten vermutlich viel damit zu tun, dass ich kaum enge Beziehungen zu anderen Menschen pflegte.

Nun, es wurde langsam Zeit, dass ich mich den Leuten vorstellte, die das Projekt leiteten. Ich bezweifelte, dass ich heute noch arbeiten würde, aber ich machte mir trotzdem keine Sorgen. Wenn sie mich sofort brauchen würden, würde ich tun, was ich konnte. Ich verspürte Aufregung, während ich darüber nachdachte, zu der Baustelle zu gehen, und mich fragte, wie weit die Schule und das Krankenhaus schon aufgebaut waren. Ich erhob mich von dem Liegestuhl und schnappte mir eine Flasche Wasser, bevor ich die Treppen hinunterging. Ich ging einen Pfad durch den Wald entlang, von dem ich hoffte, dass er mich zu der Baustelle führen würde. Ich hatte niemanden gesehen, seit ich an der Hütte abgesetzt worden war, aber sie waren auf diesem Pfad davongegangen, also wusste ich, dass ich schließlich auf jemanden stoßen würde.

Ich wollte unbedingt mit dem Projektleiter reden, um herauszufinden, was von mir erwartet wurde. Alle Ressourcen waren von meiner Firma bezahlt und im Voraus verschifft worden, also wollte ich auch nachsehen, ob alles gut angekommen war. Man brauchte jede Menge Ressourcen, um diese beiden Gebäude aufzubauen, und Geld bedeutete mir kaum etwas – ich hatte so viel davon, dass ich es wohl kaum vermissen würde.

Ich war froh, dass ich einen Sonnenhut mitgebracht hatte und spürte bereits, wie mir der Schweiß auf die Stirn trat, während ich den Pfad entlang ging. Die Sonne drang sogar durch das Blätterdach zu mir durch und ich konnte ihr kaum entkommen. Aber sie fühlte sich gut an; nicht im Geringsten erdrückend. Nicht die gleiche Schwüle, die ich in den Sommermonaten gewöhnt war. Die Hitze war so trocken, dass es sich nie so heiß anfühlte, wie es tatsächlich war. Es war sogar eher beruhigend.

Der Pfad gelangte schließlich an die Baustelle, auf der sich eine Menge Leute befanden. Um mich herum bewegte sich alles und ich wurde noch aufgeregter. Alle waren offensichtlich äußerst beschäftigt und keine Zeit wurde verschenkt. Die Energie des Ortes war inspirierend. Es waren auch Dorfbewohner da, die dabeisaßen und den Freiwilligen bei der Arbeit zusahen. Sie sahen so aus, als würden sie die Neuankömmlinge begutachten. Die Dorfbewohner sahen glücklich aus, als fänden sie es toll, wenn neue Besucher kamen, um Dinge zu ändern und sie hoffentlich zu verbessern.

Ich stand ein wenig abseits und sah den Freiwilligen dabei zu, wie sie die Ressourcen auspackten und sich ansahen, was ich so geschickt hatte. Beeindruckt stellte ich fest, dass sie schon das Grundgerüst der Schule aufgebaut hatten. Es sah bereits wirklich nach etwas aus. Ich war stolz auf das Team und darauf, was sie in so kurzer Zeit auf die Beine gestellt hatten, und jetzt würde ich auch Teil davon werden. Ich würde einen Unterschied machen können, das war das Einzige, was mir wichtig war. Was mich betraf, konnte mich die Presse mal. Niemand würde glauben, dass ich etwas mit Meerverschmutzung zu tun hatte – das wäre doch wirklich lächerlich.

„Mr. Donovan, willkommen auf der Baustelle! Wir sind so froh, sie bei uns zu haben."

Eine Stimme hinter mir ließ mich aufschrecken und ich drehte mich um, um einem ziemlich blassen Mann ins Gesicht zu blicken. Angesichts der Tatsache, dass wir in Afrika waren, war ich schockiert zu sehen, dass manche Leute trotzdem eine helle Haut behalten konnten, aber der Mann war tatsächlich so blass wie ein Gespenst. Seine Wangen waren aber feuerrot, was vielleicht ein Anzeichen dafür war, dass er die Hitze einfach nicht so gut vertrug. Allerdings war es mir ein Rätsel, wieso seine Haut weder braun wurde, noch Sonnenbrand bekam. Stattdessen sah sie einfach so aus, als wäre sie völlig farblos. Ich legte ein freundliches Lächeln auf und schüttelte dem Mann vor mir die schwitzige Hand.

„Hallo, sind Sie der Projektleiter? Ich bin gerade hier angekommen und ich dachte, ich sehe mich mal um."

„Ja, das bin ich tatsächlich, und ich bin froh, Sie kennenzulernen. Alle sind so aufgeregt, dass sie beschlossen haben, uns in unserem Unterfangen zu unterstützen. Wir sind ausgesprochen dankbar für die Ressourcen, die Sie uns geschickt haben. Das war sehr großzügig von Ihnen. Wie Sie sehen, sind wir dank Ihnen mit der Schule schon sehr weit vorangeschritten."

„Die Freude ist ganz meinerseits und ja, das habe ich tatsächlich bemerkt. Sie sieht toll aus und ich bin froh, dass ich helfen konnte. Und bitte, nenn mich Ben. Wir brauchen keine Formalitäten."

„Da hast du allerdings recht. Ich bin der Leiter des Projektes, und wenn du irgendetwas brauchst, komm bitte zu mir. Wir haben viele Projekte, die alle glatt laufen. Ich bin jetzt schon seit einem Jahr in Afrika und leite verschiedene Projekte auf dem ganzen Kontinent über die Firma, die du kontaktiert hast, um dich uns hier anzuschließen. Hast du dich in der Hütte schon eingerichtet?"

„Ja, die ist super, vielen Dank. Ich freue mich schon darauf, hier mit anzupacken. Ich glaube nicht, dass ich so lange bleiben kann wie du, aber ich werde mein Bestes geben, solange ich hier bin", sagte ich mit einem leichten Lachen.

„Super, das sind tolle Neuigkeiten. Wir sind wirklich froh, dass du hier bist, um uns zu helfen. Es gibt viel zu tun."

„Ich war mir nicht sicher, ob ich heute schon anfangen müsste oder ob ich morgen früh loslegen würde. Die Reise hat mich ziemlich angestrengt."

„Ganz wie du willst. Was für Arbeit interessiert dich so?"

Ich blickte mich um. Seit ich auf der Baustelle angekommen war, fühlte ich mich voller Energie und beschloss, sofort anzufangen; ich musste nicht bis morgen warten. Außerdem wären es nur noch ein paar Stunden, bevor alle Feierabend machen und zum Abendessen gehen würden.

„Alles, was nötig ist, und ich glaube, ich möchte doch heute noch arbeiten. Ich bin auch nicht zimperlich – ihr müsst mich nicht mit Samthandschuhen anfassen."

Paul lachte. „Guter Mann. Das höre ich doch gerne. Hast du Erfahrung mit Hämmern?"

„Klar. Zeig mir einfach, was ich machen soll."

In diesem Moment zerrte jemand an meinem Hosenbein und ich blickte herab, um ein kleines Mädchen mit schokoladenbraunen Augen zu sehen. Sie war sehr dünn, obwohl sie in keinster Weise mangelernährt aussah. Ich lächelte zu ihr herab und sagte, „Hallöchen, na, wie geht es dir?" Das Mädchen lächelte zu mir herauf und ich war mir gar nicht sicher, ob sie mich überhaupt verstand.

„Sie ist eine unserer häufigsten Gäste. Viele Kinder von den umliegenden Dörfern kommen ab und zu hier vorbei. Alle freuen sich sehr, dass eine Schule gebaut wird, aus offensichtlichen Gründen."

„Haben sie keine Schule?"

„Doch, haben sie, und es kommen immer mehr Kinder, wenn gerade Pause ist, aber die Schule ist abgewrackt. Wenn es stark regnet, steht sie völlig unter Wasser, und sie ist nicht groß genug für die Anzahl an Kindern. Sie brauchen eine neue Schule und in dieser neuen Schule werden sie in Ruhe lernen können, ohne dass sie sich Sorgen machen müssen, dass das Gebäude zusammenbricht. Also finde ich natürlich, dass diese Kleine in der Schule sein sollte, aber sie freuen sich so sehr, dass manche sich auch herschleichen, wenn sie es eigentlich gar nicht dürften."

Ich lachte. „Das ist kein Problem für mich. Ich freue mich darauf, die Dörfer zu besuchen und alle kennenzulernen."

„Ich bin mir sicher, dass sie das ganz toll fänden. Komm mit."

Ich folgte Paul zu einer Gruppe Menschen, der er mich vorstellte. Die Blicke, die sie mir zuwarfen, machten mir klar, dass sie alle wussten, dass ich der Milliardär war, der das Projekt finanziell unterstützte. Nicht, dass mich das gestört hätte; ich würde sie schon noch rumkriegen. Ich musste nur an mich glauben. Ich war diese Behandlung schon von meinen Ausflügen an die Upper East Side gewohnt. Die Leute behandeln dich anders, wenn sie wissen, dass du reich bist. Ich wurde wie ein Mitglied der Elite behandelt und alle wollten irgendwas von mir. Aber in New York wurde ich automatisch mit Respekt behandelt. An einem Ort wie Afrika auf einer Baustelle musste ich mir den erst verdienen.

Aber all das war kein Problem. Ich war mir sicher, dass sie mich in ein paar Tagen besser kennenlernen und gerne mögen würden. Ich war kein Snob und das würden sie schon bald merken.

„Jetzt, da du alle kennengelernt hast, Ben, willst du gleich mit anpacken?"

„Hört sich super an."

Die Leute um mich herum lächelten zwar, aber ich wusste, dass sie erst sehen wollten, ob ich wirklich hart arbeiten konnte. Sie wussten allerdings nicht, dass mein Großvater ein Farmer gewesen war und ich ihm am Wochenende oft geholfen hatte, wenn ich nicht in die Schule musste. Ich hatte nicht immer ein privilegiertes Leben geführt; ich hatte hart arbeiten müssen, um an diesen Punkt zu kommen. Ich folgte Paul in den Geräteschuppen. Er übergab mir einen Hammer und ein paar Schachteln Nägel.

„Du kannst dort drüben bei der Gruppe anfangen. Sie zeigen dir, was du tun musst. Ich schaue in einer Weile nach dir, in Ordnung?"

„Super, vielen Dank." Ich ging zu der Gruppe hinüber, die mir zeigte, wie sie das Gerüst für die Schule bauten. Ich machte mich sofort an die Arbeit und schlug die Nägel in das Gerüst, um es noch weiter aufzubauen.

Die Arbeit war ohne Fragen eine Bereinigung meiner Seele und ich wusste, dass es eine tolle Idee gewesen war, hierher zu kommen. Die harte Arbeit war genau das, was ich brauchte, um mir meine Geister auszutreiben. Ich ließ alle meine aufgestauten Aggressionen an den Brettern aus, während ich die Nägel in sie hineindrosch. Ich wusste, dass ich am richtigen Ort war, und wenn die Arbeit vollbracht war, würde ich einen klaren Kopf haben und genau wissen, was ich mit meiner Firma anfangen musste und mit ihren Angestellten. All der Schmerz und die Wut der letzten Woche entluden sich auf die Bretter und ich spürte, wie mir ein Stein vom Herzen fiel. Als Paul wieder zu mir kam, um mich abzuholen, hatten wir das gesamte Gerüst der Schule aufgestellt und sie sah toll aus.

Ich stand auf und gesellte mich zu den Leuten, die das

Ergebnis der harten Arbeit des Tages begutachteten. Ich schwitzte wie verrückt, aber ich fühlte mich zum ersten Mal seit Langem wirklich lebendig.

„Super gemacht, Leute. Das sieht wirklich toll aus", sagte ich.

Alle klatschten ein und klopften einander auf den Rücken. Sie waren alle ziemlich stolz auf ihre Leistung und ich konnte es ihnen nicht verübeln. Es war schon unglaublich, was man alles zustande bringe konnte, wenn man als Team an etwas arbeitete. Das war ein perfektes Beispiel dafür.

Während ich mich umblickte, kam mir eine fantastische Idee. Warum sollte ich meinen ersten Tag dort nicht mit einem Highlight ausklingen lassen, mit etwas, das alle glücklich machen würde?

„Entschuldigt bitte, Leute. Es wäre eine Ehre für mich, wenn heute Abend alle bei mir in der Hütte zu Abend essen würden. Ich habe schon organisiert, dass es heute Abend ein ausladendes Büffet geben wird, und ich fände es toll, wenn ihr alle gemeinsam mit mir feiern würdet, dass wir so hart gearbeitet haben. Ihr verdient es und ich hoffe, dass ihr alle kommen werdet. Wenn euch das Essen nicht genug verlockt, habe ich auch noch Alkohol."

Alle brachen in Gelächter aus und dieser Klang war wie Musik für meine Ohren. Sie fingen alle an zu jubeln, und davon musste nun ich lachen. „In Ordnung, dann sehen wir uns in einer Stunde in meiner Hütte. Ich muss erst noch diesen ganzen Schweiß abwaschen."

Die Menge teilte sich und ich machte mich auf den Weg zu meiner Hütte, als ich von einem jungen Kerl aufgehalten wurde, der höchstens neunzehn sein konnte. Er war mir bereits vorgestellt worden; ich glaubte, er hieß Jeff.

„Hi, Ben, ich wollte nur fragen, wo du uns doch alle zum Abendessen eingeladen hast ..."

„Ja?"

„Also, es gibt noch eine weitere Baustelle hier in der Nähe, auf der das Krankenhaus erbaut wird. Normalerweise setzen wir uns alle zum Abendessen zusammen. Ist es in Ordnung, wenn ich sie auch einlade?"

„Natürlich. Schließlich sitzen wir alle im gleichen Boot. Je mehr Leute, desto bessere Gesellschaft."

Der Junge lächelte freudig. „Vielen Dank, Alter. Du bist echt ein cooler Typ."

„Ja, danke", sagte ich lachend.

3
BEN

Jede Menge Tische waren vor der Hütte aufgestellt worden und auf den meisten stapelte sich das Essen aus der nächstgelegenen Stadt. Alles war heiß und roch köstlich. Niemand kam zu spät, wahrscheinlich, weil man das Essen meilenweit riechen konnte und alle am Verhungern waren nach einem langen Tag der harten Arbeit. Ich ging umher und stellte mich jedem persönlich vor. Ich wollte, dass sie sich bei mir wie zu Hause fühlten, und nicht so, als wäre das ein formelles Dinner.

Während ich so meine Runden drehte, erblickte ich eine schöne Frau mit leicht gebräunter Haut. Sie war ohne Frage die schönste Frau, die ich je gesehen hatte, und scheinbar war sie eine natürliche Schönheit. Sie hatte lange, rote Locken, die sie zu einem losen Dutt zusammengebunden hatte, der sexyer aussah als jede Hochsteckfrisur. Selbst aus einiger Entfernung konnte ich noch erkennen, dass sie leuchtend grüne Augen hatte, die die Leute um sie herum in den Bann zu ziehen schienen. Sie hatte einen sinnlichen Schmollmund, der einfach danach schrie, geküsst zu werden. Sie sah exotisch aus, obwohl ich wusste, dass sie auch Amerikanerin war. Sie war atemberaubend und ich musste mich zusammenreißen, um nicht einfach nur dazustehen und sie anzustarren.

Ich wusste nicht wirklich, wie alt sie war, aber das war mir auch egal. Ich konnte mich nur darauf konzentrieren, wie ihr Lächeln den ganzen Ort erhellte. Wer war dieses wunderschöne Wesen? Sie musste zu der Krankenhausbaustelle gehören, denn ich hätte mich auf jeden Fall an sie erinnert, wenn ich sie auf meiner Baustelle gesehen hätte. Wahrscheinlich hätte ich mich den ganzen Nachmittag an sie gehängt. Sie saß mit ein paar Freunden zusammen und redete freundlich mit ihnen, während sie sich voller Staunen auf dem Fest umblickte.

Sie war groß und wie eine professionelle Tänzerin gebaut. Ich wusste, dass ich mich auf etwas anderes konzentrieren musste, denn es fiel mir schwer, meinen Blick von ihr loszureißen. Sie sah umwerfend aus, obwohl sie nur Cargohosen und ein Trägertop trug. Selbst in diesen schlichten Klamotten sah sie noch zehnmal besser als jedes High-Society-Girl aus New York aus. Zusammen mit ihren Freunden beäugte sie das Essen und ich freute mich noch mehr, dass ich das Fest organisiert hatte. Die Freiwilligen hatten vermutlich lange nicht mehr so gut gegessen und ich hätte dieses Mädchen vielleicht nie kennengelernt, wenn ich dieses Dinner nicht organisiert hätte. Ich wusste nicht, ob die beiden Gruppen manchmal zusammenarbeiteten, aber bei diesem Fest konnte ich die Gelegenheit beim Schopf ergreifen und mich ihr vorstellen. Ich wollte keine Zeit verlieren und sie sofort kennenlernen; ich wollte nicht, dass irgendjemand anders mir zuvorkam, bevor ich die Gelegenheit bekam, mit ihr zu reden.

Sofort ging ich auf sie zu und rempelte dabei fast ein paar andere Freiwillige an.

„Tut mir leid", murmelte ich, während ich meinen Weg durch die Menge fortsetzte.

Je näher ich ihr kam, desto schöner sah sie aus – wenn das überhaupt möglich war. Langsam ging ich auf die Gruppe zu, mit der sie zusammen war, während sich alle Essen auf die Teller luden. Ich war ihr nahe genug, dass ich sie hätte anfassen können, und ich konnte ihr Parfüm riechen. Es roch nach Sandelholz und bei dem Duft wollte ich sie eng an mich drücken.

„Hallöchen. Möchtet ihr vielleicht etwas zu trinken?"

Sie drehte sich zu mir um und lächelte mich an, und es war das beste Geschenk, das man mir an diesem Tag hätte machen können. Ihre Augen leuchteten, wenn sie lächelte, und ich musste mich am Riemen reißen, um sie nicht sofort zu küssen. Diese Lippen – ich wollte Besitz über sie ergreifen. Ich hatte noch nie so auf eine Frau reagiert. Normalerweise war ich sehr gefasst, wenn ich mit Frauen redete, aber beim Anblick dieser Frau dachte ich nur an mein Schlafzimmer und daran, was ich darin mit ihr anstellen könnte.

„Hi. Ben, oder? Wir haben schon viel von dir gehört. Danke, dass du uns auf diese Party eingeladen hast. Alles sieht superlecker aus. Ich bin Katie und ich arbeite mit der AIDS-Aufklärungshilfe zusammen. Wir helfen den Leuten in den umliegenden Dörfern."

Also gehörte sie gar nicht zu der anderen Baustelle. Nun ja, ich freute mich über die zusätzliche Gesellschaft. Alle Freiwilligen waren bei mir willkommen.

„Katie, das ist aber ein hübscher Name. Ich bin froh, dass du kommen konntest, ihr alle."

Sie wurde rot und mir gefiel, wie ihre Wangen sich röteten. Das machte sie nur noch hübscher.

„Ich bin am Verhungern. Ich war so froh zu hören, dass wir an einen Ort gehen können, auf dem das Essen bereits auf uns wartet. Ich weiß gar nicht, wo ich anfangen soll."

„Oh, gern geschehen. Ich habe auch Essen in die Dörfer geschickt. Sie sollen sich auch über etwas freuen können."

Sie lächelte breit. „Das ist aber nett von dir. Ich bin mir sicher, dass eine ordentliche Mahlzeit allen guttun wird." Sie blickte mich interessiert an und ich fragte mich, ob es jemand bemerken würde, wenn ich sie ein Weilchen entführte. Ich wollte sie mit in meine Hütte nehmen und jeden Zentimeter ihres Körpers erkunden.

„Ach, das war doch gar nichts. Ich habe es wirklich gerne getan."

Wir starrten einander einen Augenblick lang an und ich fragte mich, ob sie wohl das Gleiche empfand wie ich. Ein elektrischer Schlag durchfuhr meinen Körper, als ich ihr so nahe stand. Es fühlte sich an, als wären wir die einzigen zwei Menschen an diesem Ort. Ich wollte nicht einmal mit irgendjemand anderem reden. Sie faszinierte mich und ich wollte sie so gerne küssen. Sie erwiderte unverfroren meinen Blick und ich fragte mich, ob sie vielleicht ebenso schmutzige Gedanken dachte.

„Nun, es hat mich wirklich gefreut, dich kennenzulernen, Katie."

Ich streckte meine Hand aus und sie nahm sie an. Ich schüttelte ihre so lange, dass es schon fast unangemessen war. Wir starrten einander immer noch an, als ich hörte, wie ihre Freunde kicherten. Das brachte meine Traumblase zum Platzen und ich ließ ihre Hand fallen. Katie lächelte, während ich versuchte, wieder die Fassung zu erlangen.

„Wie sieht's jetzt aus mit dem Drink?"

Sie nickte und ich schenkte ihr und ihren Freunden jeweils ein Glas ein. Dann entschuldigte ich mich sofort, damit ich nicht zum unerwünschten Gast wurde. Ich hatte keine Ahnung, was in ihrem Kopf vorging, aber ich wusste, dass ich meinen Kopf wieder klar bekommen musste. Ich holte mir einen Teller mit Essen und machte mich auf die Suche nach Paul.

Paul saß mit ein paar anderen an einem Tisch und ich setzte mich zu ihnen. Während ich aß, bemerkte ich, dass ich nicht viel zu sagen hatte. Aber Paul glich das aus, da er selbst belebt mit allen redete und ihnen alle möglichen Geschichten erzählte. Ich war dankbar dafür, da ich mich in diesem Augenblick nicht in der Lage fühlte, ein Gespräch zu führen.

Das Essen war natürlich fantastisch. Es gab verschiedene Sorten Fleisch, von Hühnchen über Rippchen bis hin zu Würstchen, und eine Mischung aus Gemüse und Kartoffeln. Außerdem gab es noch verschiedene Salate und frisches Obst. Es war wahrlich ein Festessen und alles war frisch. Aber während ich aß, konnte ich mich auf nichts anderes konzentrieren als mein Gespräch mit Katie. Wir hatten kaum miteinander geredet; es ging mir eher um das Gefühl, das ich bekommen hatte, als ich mit ihr geredet hatte. Ich blickte immer wieder in ihre Richtung, um zu sehen, was sie gerade tat. Sie leuchtete wie ein Stern, egal, was sie tat. Sie redete gerade angeregt mit ihren Freunden und schien wie eine Person, die das Leben liebte, und das war ein erfrischender Anblick. Ich wusste, dass ich sie haben musste, koste es, was es wolle. Ich hatte noch nie eine derartige Verbindung zu einer Frau verspürt und ich war fest entschlossen, sie zu der Meinen zu machen.

Über den Verlauf der Nacht behielt ich sie im Blick und dachte darüber nach, wie ich sie wohl für mich gewinnen könnte. Ich hatte ein paar Mal ihren Blick erhascht und ich vermutete, dass sie sich auch nach mir umblickte. Allein bei dem Gedanken bekam ich einen leichten Ständer, als ich erwägte, dass sie mich vielleicht genauso sehr wollte wie ich sie. Ich konnte an nichts anderes denken als daran, sie auszuziehen und ihre Beine zu spreizen. Ich musste mehr über sie herausfinden und erfragen, ob irgendjemand sie persönlich kannte.

Ich blickte zu Paul, der gerade an einem Whiskey nippte. „Hey, wie gut kennst du die Freiwilligen, die für die AIDS-Hilfe arbeiten?"

„Oh, sehr gut. Ich bemühe mich darum, alle hier kennenzulernen. Irgendwann wird man schließlich zu einer Familie."

„Das ist super, vor allem für die Leute, die länger hier bleiben. Und was hat es mit dieser Katie auf sich?"

Paul kicherte. „Bist du an ihr interessiert? Da wärst du nicht der Erste. Sie ist umwerfend, und deshalb sind natürlich so viele an ihr interessiert. Aber trotzdem hat sie an niemandem Interesse gezeigt, seit sie hier angekommen ist. Sie zieht sich viel zurück. Ich glaube, sie ist sehr auf ihre Privatsphäre bedacht."

Ich nickte und verarbeite die neuen Informationen. „Sie ist aber kein Mädchen mehr, oder?"

Paul musste laut loslachen und lenkte damit die Aufmerksamkeit auf unseren Tisch. Katie blickte zu mir hinüber und unsere Blicke trafen sich. Einen Augenblick lang blickte ich ihr in die Augen und war schon wieder erregt. Was für eine Macht besaß diese Frau über mich?

„Nein, natürlich nicht. Wir haben schon sehr junge Freiwillige, aber sie ist etwa 28 und sehr schlau. Soweit ich weiß, macht sie gerade eine Pause von ihrem Leben, um sich zu finden, bevor sie wieder in die Zivilisation zurückkehrt. Aber ich schätze, das machen wir alle hier, oder nicht, Ben?"

Ich blickte ihm in die Augen und mir wurde klar, dass er gehört hatte, in welchen Skandal meine Firma zu Hause verwickelt war. Ich fragte mich, wer es ihm wohl erzählt hatte und ob die anderen Leute auf der Baustelle auch davon wussten. Es war wohl unvermeidbar gewesen, aber ich hatte doch gehofft, dass ich eine Zeitlang nicht darüber reden würde müssen. Ich hoffte nur, dass Paul, und wer auch immer sonst noch davon Bescheid wusste, nicht schlecht von mir dachte. Ich hoffte wenigstens auf den Vertrauensbonus. Schließlich hatte ich nichts falsch gemacht. Das Letzte, was ich wollte, war, dass die Leute den Gerüchten um mich Glauben schenkten. Es war eine schreckliche Situation und mir gefiel der Gedanke gar nicht, dass ich an einen Ort wie Afrika kommen würde, um mir eine Pause davon zu gönnen, nur um bis hierher davon verfolgt zu werden.

Ich nickte langsam. „Ja, da hast du recht. Das ist normalerweise der Grund, aus dem Leute an einen Ort wie diesen kommen. Um ihre Sünden abzuarbeiten, schätze ich, oder um zu versuchen, die Welt zu retten, aber oft gehen diese beiden Dinge auch Hand in Hand."

„Das stimmt wohl, Ben. Aber ich sehe schon, dass du ein guter Mensch bist."

„Das weiß ich zu schätzen, Paul. Und du bist es auch."

Paul lächelte und nahm seinen Teller mit, als er sich vom Tisch erhob. Die Leute gingen langsam nach Hause, die Sonne war schon längst untergegangen, und der Mond zeigte sein bleiches Gesicht. Alle mussten langsam ins Bett, da sie um sechs Uhr morgens wieder mit der Arbeit anfingen. Ich wusste, was ich tun musste; ich war nicht der Typ Mann, der an Bereuen glaubte. Ich erhob mich vom Tisch und warf meinen Teller in den Müll. Dann ging ich zu dem Tisch hinüber, an dem Katie saß und sich gerade darauf vorbereitete, zu gehen.

„Katie, ich habe mich gefragt, ob du vielleicht noch auf einen Drink bei mir bleiben willst?"

Sie lächelte freundlich und ihre Freunde fingen an zu kichern. Sie gingen sofort, da sie genau wussten, was Katie antworten würde. Ich fragte mich, ob sie wohl an diesem Abend über mich geredet hatten.

„Das wäre toll, vielen Dank. Aber ich darf nicht zu lange wach bleiben – ich komme sonst nicht klar morgens und ich brauche meinen Schönheitsschlaf." Sie lachte, während sie das sagte, und ich hatte noch nie ein derart wohlklingendes Geräusch gehört.

„Das bezweifle ich." Ich bedeutete ihr, auf die Veranda zu gehen und sie tat es und setzte sich auf einen Stuhl nahe des Geländers. Ich schenkte uns beiden ein Glas Wein ein und überreichte ihr eines. Sie nippte daran und blickte in die Nacht hinaus. Die Geräusche um uns herum glichen in keinster Weise den Geräuschen der Stadt; es war irgendwie magisch. Ich setzte mich neben sie und ignorierte den Stuhl. Ich wollte nicht so weit von ihr weg sein.

„Dann erzähl mal, Katie, was führt dich nach Afrika? Erzähl mir mehr von deiner Freiwilligenarbeit mit der AIDS-Hilfe."

„Nun, vor allem geht es bei uns um Aufklärung. Wir verbringen unsere meiste Zeit in den örtlichen Schulen, um die Kinder zu unterrichten. AIDS ist hier ein großes Problem und wir versuchen zu verhindern, dass es auch auf spätere Generationen übergreift. Wir versuchen, den Kindern alles über Sex beizubringen, was sie wissen müssen, und ihnen zu erklären, wie die Krankheit übertragen wird. Wir hoffen, dass wir es verhindern können. Aber wir können nichts weiter tun, als sie aufzuklären und ihnen zu sagen, wie sie es vermeiden können."

„Ich bin überrascht, dass so ein junges Mädchen so viel von sich in dieses Projekt investiert."

„So jung bin ich gar nicht", sagte sie lachend. Sie starrte mich lange genug an, dass ich kapierte, was sie damit meinte. Jeder Teil meines Körpers kapierte die Anspielung.

„Ich meine nur, dass jemand so Junges seine Jugend genießen sollte und auf Partys mit Freunden Spaß haben sollte."

„Nun, das habe ich alles schon gemacht, aber ich langweile mich mittlerweile damit. Ich will meinem Leben einen Sinn geben. Ich will nicht meine ganzen Zwanziger mit Nächten im Club verschwenden."

Ich nickte und beobachtete sie vorsichtig. Paul hatte recht; sie war wirklich ein guter Mensch.

„Und warum bist du dann hierher gekommen?"

Sie drehte sich zu mir. „Nein, erst du. Wir wissen alle, dass du ein ziemlich reicher Mann bist, Ben. Was bringt dich in dieses arme Dorf in Afrika?"

Ich lachte. „Etwas ist neulich in meiner Firma passiert, danach habe ich über viele Sachen nachgedacht. Wir sind in Schwierigkeiten geraten und ich brauchte einfach mal eine Pause. Das ist meine zeitlich begrenzte Ausflucht, bei der ich etwas Gutes tun kann, während ich eine klarere Sicht auf die Dinge bekomme. Außerdem war es mal wieder an der Zeit, dass ich mit anpacke, anstatt nur Schecks auszustellen. Es ist schön, sich einer Situation wirklich zu stellen, anstatt nur Geld dafür auszugeben. Wenn ich hier bin, kann ich wirklich sehen, was vorgeht und wo ich am meisten helfen kann."

„Ja, das verstehe ich. Zumindest zu einem gewissen Grad – ich glaube nicht, dass ich nachvollziehen kann, wie es ist, wenn man eine milliardenschwere Firma leitet. Dein Leben ist sehr anders als meines."

„Vielleicht", lächelte ich. „Jetzt bist du dran."

Sie blickte auf ihre Hände und sah auf einmal sehr traurig aus. „Ich bin hierhergekommen, weil mir klar geworden ist, dass ich ein tolles Leben habe, und das hat Schuldgefühle in mir ausgelöst. Das hört sich verrückt an, ich weiß schon. Alle meine Freunde von zu Hause dachten, ich wäre verrückt, aber ich hatte einfach solches Glück in meinem Leben, dass ich mir jetzt wünsche, ihm einen höheren Sinn geben zu können."

„Interessant. Erkläre es mir."

Sie lächelte und atmete tief ein und sah ziemlich wehmütig aus bei dem, was sie gleich sagen würde. „Ach, hinter mir liegt keine schreckliche Vergangenheit oder so etwas. Die Leute sehen sich einfach mein Leben an und denken, dahinter muss irgendeine Geschichte stecken, aber das tut es nicht."

„Was für eine Geschichte meinst du?"

Sie lachte. „Ich erkläre mich wohl nicht besonders gut, oder?"

Ich lächelte.

„Nun, meine Familie ist völlig normal und gut gebildet. Viele Leute hier laufen vor irgendetwas weg. Ich nicht. Mein Leben ist normal und glücklich. Ich bin auch gebildet. Ich habe Mode studiert und darauf will ich mich konzentrieren, wenn ich wieder zu Hause bin. Ich habe schon eine Reihe Kunden, die auf meine Designs warten. Manche waren ziemlich verstimmt, dass ich mich entschlossen habe, eine Auszeit zu nehmen."

„Hört sich so an, als läge eine vielversprechende Zukunft vor dir, also bin ich mir nicht sicher, warum du dich schuldig fühlst."

Sie kicherte. „Ich hätte nicht gedacht, dass man sich so gut mit dir unterhalten kann." Ich lächelte sie an und freute mich darüber, dass sie gerne mit mir redete. Ich musste zugeben, dass es mir genauso ging.

„Lass mich uns kurz noch einen Wein einschenken." Ich ließ sie auf der Veranda zurück und ging hinein, um eine weitere Flasche Wein zu holen. Diesmal füllte ich die Gläser nicht ganz so sehr, denn ich wollte nicht, dass sie morgen einen Kater haben würde, und es war schon ziemlich spät. Ich ging auf die Veranda zurück und reichte ihr das Glas.

„Ich hoffe, du fühlst dich für deinen Erfolg nicht schuldig, Katie, denn darauf solltest du eigentlich stolz sein."

„Ich habe mal ein Mädchen gekannt, das für alles kämpfen musste, was sie besaß. Als wir zusammen in der Schule waren, hat sie eine Arbeit über die afroamerikanische Kultur geschrieben. Sie war ziemlich gut." Sie hielt inne und ich wartete ab, bis sie weiterredete. Sie faszinierte mich völlig; ich hätte ihr die ganze Nacht beim Reden zuhören können, obwohl ich nicht anders konnte, als mir auch andere schöne Dinge mit ihr vorzustellen.

„Ich schätze, wegen dieses Mädchens fühle ich mich so schuldig. Sie hat sich eine Karriere in der Politik geschaffen, während ich Mode studiert habe. Einmal haben wir uns getroffen und sie hat mir ein Video von den Dingen gezeigt, die in Afrika vor sich gehen. Sie ist eine große Befürworterin und sie wollte, dass ich mich mehr in der Welt einbringe, anstatt nur Mode zu produzieren. Da ist mir klar geworden, wie viel ich im Leben habe, während andere Leute gar nichts haben. Weißt du, was ich meine? Ich wusste einfach, dass ich etwas zurückgeben will und versuchen will, eine Veränderung zu bewirken, wenn auch nur im Kleinen. Also habe ich meiner Schwester die Verantwortung für meine Designs übertragen und ich schätze, wenn ich wieder da bin, erwartet mich eine ganze Modefirma. Und das ist natürlich sehr aufregend."

„Du kannst auf wirklich viel stolz sein, ich hoffe, das ist dir klar. Deine Eltern sind bestimmt sehr zufrieden mit dir."

„Tatsächlich sind sie das im Moment gar nicht. Sie haben wirklich sehr hart gearbeitet, damit ich ein besseres Leben haben könnte, als sie hatten. Sie wollten, dass ich das Leben genieße, das sie mir geschenkt haben, und nicht, dass ich hierherkomme und mich für mein Leben schuldig fühle", sagte sie lachend.

„Ich schätze, das kann ich verstehen. Eltern wollen immer nur das Beste für ihre Kinder und sie wollen einfach nur, dass du erfolgreich bist. Natürlich ist das hier nur auf Zeit und sie werden schon sehen, dass du am Schluss wieder in deiner Firma glücklich bist, und dann macht das alles nichts mehr."

„Danke, dass du das sagst."

Ich lächelte, denn ich wollte nicht, dass das Gespräch allzu ernst wurde. Ich war überrascht davon, wie das Gespräch sich entwickelt hatte. Ich war nicht wirklich der Typ dafür, nachzubohren, wenn ich jemanden neu kennenlernte – natürlich war aber mit Katie alles anders.

„Nun, du bist wahrscheinlich nicht viel älter als ich", meinte sie.

„Ein wenig. Ich bin sechsunddreißig. Außerdem habe ich viel Erfahrung, wahrscheinlich mehr als du."

„Erfahrung womit?", flüsterte sie. Mehr als das, was sie flüsterte, überraschte mich, wie sie es flüsterte. Es war, als wäre sie außer Atem – und das war irgendwie heiß. Ich wusste nicht, was ich ihr sagen sollte; mir fehlten die Worte. Ich hatte das Gefühl, ich verlor die Kontrolle über meine Gedanken und ich war mir nicht sicher, ob das der richtige Zeitpunkt war, um mich ihr zu nähern.

„Ich habe wirklich das Gefühl, du verstehst mich, Ben, und das findet man nicht leicht. Ich will dir Dinge sagen, die ich dir besser nicht sagen sollte."

Sie blickte mir in die Augen. „Ich mag dich auch sehr, wahrscheinlich mehr, als ich sollte."

„Nun, wir müssen ja nicht immer brav sein, oder? Wir können einfach unseren Gefühlen gehorchen, oder?"

Ich starrte in diese unglaublich grünen Augen, während sie in den Meinen versanken. Ich spürte, wie mein Schwanz hart wurde und mein Blick sich auf ihre Lippen legte. Ich wollte sie einfach auf der Stelle rannehmen und meinen heißen Mund auf ihren Körper legen. Wir hatten uns gerade erst kennengelernt und ich machte mir Sorgen, dass wir etwas anfangen würden, was wir nicht beenden könnten. Ich wollte ihr nicht wehtun. Ich war nicht gerade daran gewohnt, Beziehungen zu haben. Und obwohl wir nicht wirklich zusammenarbeiten würden, würden wir in der Nähe voneinander arbeiten, und ich wollte nicht die wichtige Arbeit behindern, die wir beide verrichteten. Das Letzte, was ich gebrauchen konnte, waren Gerüchte um uns beide. Und dennoch konnte ich an nichts anderes denken als daran, wie gut es sich anfühle würde, in sie einzudringen. Ich glaubte nicht, dass ich diesen Gedanken loswerden würde.

„Ich sollte dich darauf hinweisen, Ben, dass mir noch kein Mann einen Orgasmus beschert hat."

Bevor ich verarbeiten konnte, was sie da gerade zu mir gesagt hatte, stand sie auf und traf die Entscheidung an meiner statt. Sie legte ihren Mund auf meine Lippen und das Feuer, das zwischen uns entbrannte, war heiß. Katie keuchte an meinem Mund und meine Lenden brannten für sie. Meine Hände vergruben sich in ihren Haaren und zogen sie enger an mich. Ich küsste sie innig, fand ihre Zunge und saugte sanft daran. Sie stöhnte und von den Geräuschen wurde ich sofort so hart wie ein Stein. Oh ja, ich würde sie heute Nacht vernaschen. Ich wollte sie die ganze Nacht lang stöhnen hören.

Ich stand auf und zog sie an mich. Ich küsste sie über ihr Kinn und dann ihren Hals entlang, während ich sanft daran saugte. Ihre Hände fanden die Beule in meinen Shorts und massierten mich intensiv, sodass ich fast den Verstand verlor. Zu wissen, dass sie auf meinen Schwanz scharf war, machte mich fast wahnsinnig. Ich hob sie hoch, trug sie in die Hütte und legte sie auf mein Bett.

Ich zog ihr das Trägertop aus und öffnete ihren BH-Verschluss. Ihre Brüste fielen wunderschön aus den Schalen und ich beugte mich vor, um an ihren Nippeln zu lutschen. Sie stöhnte lustvoll und ich saugte noch fester daran. Ich wollte ihr einen Orgasmus bescheren, den sie nie vergessen würde. Ich konnte gar nicht glauben, dass sie noch nie zuvor einen gehabt hatte. Mit was für Männern hatte sie da geschlafen? Sie war so empfindlich, die anderen Typen hatten wohl einfach keinen Plan gehabt.

Sie schob mich von sich, um sich die Shorts vom Leibe zu reißen, und ich erhaschte einen Blick auf weiße Spitzenunterwäsche, bevor sie sie zu Boden gleiten ließ. Ich konnte gar nicht glauben, wie sehr ich sie in diesem Moment ficken wollte. Sie machte mich verrückt.

Ich sank vor ihr auf den Boden und spreizte ihre Beine, während sie sich auf dem Bett zurücklehnte. Ihre Muschi war so pink, dass ich fast den Verstand verlor. Sie war bereits feucht und ich ließ einen Finger in sie gleiten, sodass ich spürte, wie ihre Säfte mir über die Hand liefen. Ich beugte mich vor und legte meine Lippen auf ihre Klit. Sie keuchte überrascht, als meine Lippen ihre Muschi berührten. Sie schmeckte köstlich und ich trank ihre Säfte, während sie mir in den Mund strömten.

Ich leckte an ihr, als wäre sie das leckerste Eis, das ich je gegessen hatte, und drang mit meiner Zunge in sie ein. Ich sehnte mich danach, sie zu ficken, aber ich konnte mich kaum davon losreißen, sie zu schmecken. Ich leckte ihre Muschi durch und durch; es wäre der größte Sieg, wenn sie in meinem Mund kommen würde. Ich stöhnte tief. Es machte mich so geil, ihre Muschi zu lecken.

„Katie, du bist so heiß. Ich finde das total geil."

Sie wand sich mir entgegen und ich wusste, dass ich sie bald besitzen müssen würde.

„Oh mein Gott, Ben." Sie stöhnte meinen Namen und ich hatte noch nie so einen wohlklingenden Laut gehört. Ich beugte mich vor und saugte an ihrer Klit, sodass sie fast um sich schlug. „Ja, genau da, Baby, das fühlt sich so gut an." Katie machte ein hohes Geräusch, das ich noch nie gehört hatte, und zu wissen, dass sie sich durch mich so gut fühlte, machte mich noch entschlossener, ihr den Orgasmus zu geben, den sie zuvor noch nie mit jemandem erlebt hatte.

„Ich bin so nah dran ... oh Gott ..." Katie packte mein Haar und drückte sich noch fester an meinen Mund. Ich leckte sie ordentlich, während ich sie mit meinem Finger fickte.

Mit einem markerschütternden Schrei kam Katie und ergoss ihre Säfte über meine Finger und in meinen Mund. Ich zog meine Finger aus ihr heraus und blickte in ihre benebelten

Augen. Ihr Gesicht war ganz rot von ihrem Orgasmus und ich spürte Stolz und Befriedigung zugleich. Zu wissen, dass ich der einzige Mann war, der sie je in diesen Zustand versetzt hatte, machte mich noch geiler, als ich es je in meinem Leben gewesen war. Bei ihrem nächsten Orgasmus sollte mein dicker Schwanz in ihrer Muschi stecken.

Katie atmete schwer und versuchte, wieder zu Atem zu kommen, aber sie hätte mir nicht deutlicher machen können, dass sie das Gleiche wollte wie ich, als sie folgende Worte aussprach: „Bitte, Ben, ich will dich in mir."

Eine Frau sollte mich um nichts anbetteln müssen. Ich würde ihr genau das geben, was sie wollte. Ich zog Katie zu mir und drehte sie um. Erregt stöhnte sie auf, als ich sie bückte und sie mir ihren knackigen Arsch entgegenstreckte. Ich beugte mich vor und küsste ihren Hintern, näherte mich ihr. Ich war steinhart und ich konnte es kaum erwarten, mich in ihrer pinken kleinen Muschi zu versenken.

Ich drang tief in sie ein und sie stöhnte auf. Sie war eng und feucht und ich musste mich wirklich zusammenreißen, wenn ich nicht sofort kommen wollte.

„Ben, ich hab es so nötig."

Ihr Arsch sah zu geil aus, während ich noch tiefer in sie eindrang und mich in ihr bewegte. Sie rief laut meinen Namen und ich fragte mich kurz, ob irgendwer in der Nähe war. Aber dann war es mir völlig egal – von mir aus konnte uns das ganze Dorf hören. Ich fickte gerade eine umwerfend geile Frau und nichts konnte mich davon abbringen.

Katie war noch so empfindlich von ihrem ersten Orgasmus, dass sie nach nur ein paar harten Stößen von meinem Schwanz kam. Ich bewegte mich weiter in ihr, bis auch ich meinen Saft vergoss. Dann legte ich mich auf ihren Rücken und atmete in ihr Haar.

„Oh, Katie, das war unglaublich."

„Und wie." Sie kicherte unter mir. Ich rollte mich von ihr ab und legte mich auf das Bett. Sie lag neben mir und wir waren beide still, während wir darüber nachdachten, was gerade zwischen uns passiert war. Sie legte sich auf meine Brust und vergrub ihr Gesicht darin. Ich schlang meine Arme um sie und küsste sie auf den Kopf.

„Ja, das war wirklich unglaublich." Wir schliefen eng umschlungen ein.

4

BEN

Am nächsten Tag erwachte ich vor Morgengrauen und spürte eine wunderschöne Frau in meinen Armen. Ich zog sie noch enger an mich und spürte, wie ich wieder einen Ständer bekam. Ich war mir nicht sicher, was nach letzter Nacht zwischen uns passieren würde, aber ich wollte die Gelegenheit für morgendlichen Sex nicht an mir vorüberziehen lassen. Es war schließlich die beste Art, um in den Tag zu starten, und es gab nicht allzu viele Frauen, bei denen ich sofort einen Ständer bekam. Ich wollte sie ficken, bevor wir zur Arbeit gingen. Ich schmiegte mich an ihren Nacken, bis ich spürte, wie sie aufwachte. Sie stöhnte, während ich meinen harten Schwanz an ihren Arsch drückte.

„Ich brauche dich, Katie. Lieber Himmel, es sind noch nicht einmal vierundzwanzig Stunden vergangen und ich muss schon wieder in dir drin sein. Ich will dir noch mehr Orgasmen bescheren – ich weiß, dass du viel zu lange ohne sie auskommen musstest."

Ihr stockte der Atem und sie konnte mir nicht einmal antworten. Es war so geil, wenn eine Frau so auf mich reagierte, wenn sie mir zeigte, dass sie mich genauso nötig hatte. Mein

Körper wurde bei dem Gedanken ganz warm, sie wieder ranzunehmen.

Sie drehte sich zu mir um und küsste mich, drang mit ihrer Zunge sanft in meinen Mund und berührte die Meine. Es durchfuhr mich wie ein Stromschlag und mir wurde richtig heiß. Himmel, was war es nur mit diesem Mädchen? Sie war einfach so unglaublich, dass ich die Finger gar nicht von ihr lassen konnte, und ich war mir sicher, dass sie ganz genauso empfand.

Sie lächelte wieder zu mir auf und ihre Augen blickten mich intensiv an. „Es würde mir gefallen, wenn du mich anfassen würdest."

Ich stöhnte. „Baby, nichts lieber als das. Ich will diesen geilen Arsch wieder in meinen Händen halten. Du bist so heiß, Katie."

Sie stöhnte. „Oh Ben, das ist so sexy. Ich liebe die Art, wie du mit mir redest."

Sie schmiegte sich enger an mich und rieb mich durch meine Boxershorts hindurch, drückte ihre Hand an meinen Schwanz. Sie hatte ziemlich leichten Zugang. Sie massierte mich gekonnt, bis ich spürte, wie ich noch härter wurde. Ich war schon ordentlich hart gewesen, als ich aufgewacht war, und es machte mich noch geiler zu spüren, wie ich noch härter wurde. Sie konnte mir so leicht einen Ständer bescheren. Ich stöhnte unter ihrer Berührung und meine Hände wanderten an ihrem Körper herab und packten sich ihren Arsch.

Ich lächelte. „Ich kann nicht anders. Ich bekommen einfach nicht genug von dir."

„Ich weiß, wie du dich fühlst." Sie kicherte.

Sie brachte sich selbst in die Hündchenstellung. Sie wusste ganz genau, was sie wollte.

„Willst du, dass ich dich von hinten ficke? Gleich wirst du dich richtig gut fühlen, Baby."

Sie servierte mir ihren knackigen Arsch auf dem Silbertablett und ich wollte von hinten ganz tief in sie eindringen. Sie war absolut perfekt. Ich konnte gar nicht anders; ich wollte sie hart von hinten durchnehmen und sie wieder und wieder meinen Namen schreien lassen.

Ich würde sie ordentlich durchficken. Von unten massierte ich ihre Brüste und sie stöhnte sanft auf. Mein Kopf war voll von diesem Mädchen und ich wusste, dass ich heute nicht zu der Baustelle gehen hätte können, ohne vorher meinen Schwanz in ihr zu versenken.

Meine Finger fanden ihre Öffnung. Es war so geil, wie bereit sie immer für mich war, ihre Muschi schon feucht vor Verlangen. „Oh Baby, du bist schon so feucht."

Ich versenkte einen Finger in ihr und fickte sie sanft, während sie in meinen Armen wimmerte. Ich war jetzt schon süchtig nach ihr und wollte sie mehr als alles in der Welt ficken. Ich wusste, dass es ihr genauso ging; ich spürte förmlich ihr Verlangen nach mir. Sie brachte mich völlig um den Verstand – es war, als wären wir von einem Nebel umgeben, wenn sie da war, in dem nur sie mir wichtig war. Sie wollte mich und sie würde alles von mir bekommen. Ich hob sie hoch und drehte sie um.

„Keine Sorge, Süße, ich ficke dich schon noch von hinten aber ich will zuerst noch etwas von dir."

Sie legte sich auf den Rücken und spreizte die Beine. Ihre nasse Muschi vor mir zu sehen, machte mich fast verrückt. Sie sah so appetitlich aus und ich wollte jeden Zentimeter ihrer tropfnassen Muschi ablecken. Ich beugte mich vor und leckte langsam ihre Öffnung und steckte meine Zunge in sie rein.

„Baby, du bist so geil."

Sie wand sich an mir und ich wusste, dass ich sie haben musste, sie richtig gut ficken musste. Ich setzte mich hin und zog sie auf mich. Sie drehte sich um und beugte sich vor, ihren knackigen Arsch in die Luft gereckt, während ich in ihre warme Muschi eindrang und spürte, wie tief sie war. Ich stöhnte vor Lust. Sie fühlte sich unglaublich an und ich bezweifelte, dass ich je müde davon werden würde, meinen Schwanz in ihr zu haben. Ich steckte so tief in ihr drin – ich konnte gar nicht glauben, wie gut es sich anfühlte.

„Härter, Ben, bitte."

Mehr musste sie nicht sagen. Ich hämmerte hart in sie hinein und spürte jeden Zentimeter von ihr. Ihre Finger krallten sich in die Laken, während Lustwellen sie überkamen. Sie rief wieder und wieder meinen Namen und es war Musik in meinen Ohren. Sie wollte mich hart und ich wollte wetten, dass sie später wund sein würde – dafür würde ich garantieren. Ich fickte sie hart und lauschte ihr, wie sie meinen Namen wimmerte. Dann nahm ich sie noch härter, während ich ihre Klit rieb. Sie war so feucht, dass meine Finger mit Leichtigkeit über ihre Muschi glitten. Ich beugte mich vor und küsste ihre Schulter und knabberte leicht daran. Von unten liebkoste ich ihre Brüste und genoss die Weichheit ihrer Haut.

Ich konnte spüren, wie sie sich um mich zusammenzog und ich wusste, dass sie noch einmal kommen würde. Ich rammte sie härter und sie erstickte ihr Stöhnen mit dem Kissen. Oh, sie war gut, so gut. Ihr Orgasmus wurde entfesselt und sie wimmerte dabei. Ich stieß weiter in sie rein; ich war noch nicht fertig mit ihr.

Ich rieb ihren Arsch, während ich noch in ihr steckte. „Du bist wirklich ein Geschenk des Himmels, Katie. Ich kann gar nicht genug von dir bekommen."

Ich zog mich aus ihr zurück und sie drehte sich schnell um, was mich überraschte. Sie schob mich auf das Bett und kniete sich über mich. So etwas Heißes hatte ich schon lange nicht mehr gesehen. Ich hatte es kaum für möglich gehalten, aber der Anblick machte mich noch härter. Sie beugte sich vor und nahm meinen Schwanz in den Mund. Ich stöhnte, während sie an mir lutschte.

„Whoa! Halblang, Baby, sonst komme ich gleich." Ich verlor fast die Kontrolle. Sie lutschte hart an mir und ich flüsterte: „Was für ein geiler Blowjob, Baby." Ihre Zunge kreiste um meinen Schwanz, während sie mich noch tiefer in den Mund nahm und mein Schwanz bis in ihre Kehle vordrang. Ich stöhnte, als sie meinen Schwanz zum Pulsieren brachte. Sie lutschte mich weiter, bis ich bettelte, sie möge von mir ablassen.

„Komm schon, Baby, ich will dich noch einmal ficken." Sie erhob sich und küsste mich auf den Mund. Ihr Mund war heiß und warm. Ich legte meine Hand auf ihre Muschi und rieb an ihrer Klit.

„Oh Liebes, du bist so feucht."

„Oh Ben, das ist nur wegen dir. Ich denke ständig daran, dich in mir zu spüren. Ich muss dich einfach noch einmal haben. Und jetzt will ich, dass du dich gut fühlst."

Ich lächelte und es gefiel mir, wie sie mit mir redete. Wenn sie schmutzige Dinge sagte, machte mich das verrückt. Wir waren wohl Seelenverwandte.

„Ich kann es kaum erwarten, dich noch einmal zu ficken, Katie. Ich war so enttäuscht, als ich aus deiner Muschi rausmusste." Ich hob sie hoch und wollte sie gerade auf meinem Schwanz absetzen, als sie mich aufhielt. Ich setzte mich auf, aber sie schob mich gleich wieder nach unten. Ich lachte und genoss den Blick auf ihrem Gesicht. Sie hatte jetzt die Macht und sie genoss es in vollen Zügen. Ich begutachtete sie von oben bis unten und schließlich blieb mein Blick an ihrer perfekt rasierten Muschi hängen. Mein Schwanz war hart und bereit und sie wusste, dass ich nicht mehr länger warten wollte. Sie setzte sich auf mich und küsste mich leidenschaftlich und meine Hände fanden ihre Brüste.

Sie haute mich völlig um. „Du willst so gerne in mir kommen, nicht wahr, Baby?"

„Mein Gott, ja, Katie! Ich will so gerne in deine Muschi rein."

Ihre Küsse legten sich über meinen Mund und meinen Kiefer und sie knabberte auch sanft an mir. Dann küsste sie meine Brust und leckte über meinen Bauch zu meinem pulsierenden Schwanz. Sie rutschte die Matratze hinunter und wollte wieder meinen Schwanz. Ich würde also einfach etwas länger warten müssen. Aber die Qual war genauso süß.

Neckisch leckte und saugte sie an der Spitze meines Schwanzes. „Du kleiner Teufel."

Sie war umwerfend, wie sie da an meinem Schwanz lutschte, während sie mir direkt in die Augen blickte. Langsam verlor ich den Verstand. Schnell erklomm sie wieder meinen Schoß und setzte sich auf mich, versenkte meinen Schwanz in ihr. Sie keuchte auf mir und ich stöhnte vor Lust. Ich beobachtete sie, während sie mich langsam ritt und sich qualvoll langsam auf meinem Schwanz bewegte. Ihre roten Haare fielen über ihre Brüste, während sie auf meinem Schwanz auf und ab hüpfte und mir einen absolut geilen Anblick bescherte. Ich legte meine Hände auf ihre Hüften und rieb sie an mir. Katie stöhnte wie ein Kätzchen und das Geräusch machte mich fast verrückt. Sie verengte sich um meinen Schwanz wie ein Schraubstock und ich wusste, dass sie gleich kommen würde. Sie war dabei ziemlich laut und ich lachte und fand das Geräusch total geil.

„Ich liebe die Geräusche, die du machst, wenn du kommst, Katie." Sie lächelte zu mir herab und ritt mich noch härter. Dann nahm sie meine Hand und lutschte an meinem Mittelfinger, während sie mich hart ritt. „Wow, Baby, das ist so heiß."

Sie ritt meinen Schwanz noch härter und rieb ihren Körper an mir. Die Spannung in mir baute sich auf und ich würde gleich abspritzen, während sie die volle Kontrolle über meinen Orgasmus hatte. „Oh Gott, Katie, das fühlt sich so geil an." Ich kam hart in ihr und sie ritt mich weiter, bis ich einen der intensivsten Orgasmen erlebte, die ich je gehabt hatte.

Ich war völlig fertig und sie fühlte sich wunderbar an auf mir. Sie beugte sich vor und leckte mir über den Mund, bevor sie mich fest küsste. Dann kletterte sie von mir herab und öffnete eine Schublade, um Kleenex herauszuholen, mit denen sie uns sauber machte. Beide Male mit Katie waren umwerfend gewesen. Es hatte sich toll angefühlt, in ihr zu sein; trotz des unglaublichen Orgasmus, den ich gerade gehabt hatte, war ich ein wenig traurig, dass es vorbei war. Ich konnte immer noch ihr Parfüm riechen, während sie wieder auf meinen Schoß kletterte und mich eng umschlungen hielt.

„Du riechst fantastisch, Katie."

„Vielen Dank." Sie blickte mir verlegen lächelnd in die Augen.

Während ich ihr in die grünen Augen blickte, musste ich mich doch fragen, wie sie es achtundzwanzig Jahre ausgehalten hatte, ohne dass ein Mann ihr einen Orgasmus machte. „Darf ich dich etwas Persönliches fragen?" Ich hoffte, sie würde mir antworten und mich nicht für unhöflich halte – ich wollte unbedingt mehr über sie erfahren und normalerweise bekam ich das, was ich wollte.

Sie kicherte. „Ich finde, wir sind schon in einer ziemlich persönlichen Situation hier – und lass mich raten, du willst was über diese Orgasmus-Sache wissen?" Ich nickte und sie fuhr fort. „Nun, es ist nicht so, als hätte ich es nicht versucht. Ich habe schon jede Menge Partner gehabt, und meistens waren unsere Zusammentreffen schön, aber irgendwas hat wohl immer gefehlt. Eine gewisse Intensität, schätze ich." Sie zuckte mit den Schultern und lächelte noch breiter. „Bis heute, versteht sich."

Ich erwiderte ihr Lächeln und fühlte mich ziemlich geschmeichelt, dass es ihr mit mir so gut gefallen hatte. Allein beim Gedanken daran wollte ich schon wieder loslegen, aber ich wusste, dass wir uns auch auf andere Dinge konzentrieren mussten. „Vielleicht sollten wir uns langsam an die Arbeit machen."

„Vielleicht ... da hast du schon recht, aber ich glaube, ich will dich erst noch einmal ficken." Sie lächelte mich wieder an und es war um mich geschehen.

5

BEN

Als ich es an dem Tag endlich aus dem Bett schaffte, fühlte ich mich besser denn je. Ich fühlte mich praktisch unglaublich. Die vorige Nacht hatte ich mit der wunderschönsten aller Wesen in meinen Armen wie ein Toter geschlafen, und als es Morgen geworden war, hatten wir beide nicht aufstehen wollen. Obwohl wir am Tag zuvor so hart gearbeitet hatten, fühlte ich mich erfrischter denn je.

Nachdem wir an diesem Morgen noch einmal miteinander geschlafen hatten, war Katie aus dem Bett geschlüpft, hatte sich schnell angezogen und war dann wortlos verschwunden. Sie war wirklich eine mysteriöse Frau, aber ich liebte alles an ihr. Es schien mir verrückt, dass wir einander erst seit einem Tag kannten. Ich spürte bereits so eine starke Verbindung mit ihr. Der Sex war überwältigend gewesen, und das war noch fast eine Untertreibung, und ich wollte nichts lieber tun, als sie ausfindig zu machen und wieder mit mir in die Kiste zu zerren.

Ich war bereit, meinen Tag in Angriff zu nehmen, und war auch froh darüber, dass der Tag noch nicht völlig vergeudet war. Obwohl wir nahtlos am vorigen Abend angeschlossen hatten, nachdem wir aufgewacht waren, war es erst acht Uhr morgens, als ich mich darauf vorbereitete, auf die Baustelle zu gehen. Ich hoffte, dass ihr flinker Abgang nicht bedeutete, dass sie wegen irgendetwas sauer war. Sie war eine unglaubliche Frau und ich wollte wirklich nicht, dass sie die Zeit bereute, die wir miteinander verbracht hatten.

Ich wusch mich in dem Waschbecken, das man mir hingestellt hatte. Dann kleidete ich mich schnell mit einem leichten Leinenhemd und Shorts. Ich wollte noch einmal mit Katie reden, bevor ich mich wieder an die Arbeit machte, nur um sicherzugehen, dass wir uns auch gut verstanden. Nach so einer explosiven Nacht wollte ich nicht einfach alles vergessen und weitermachen wie vorher und ich wollte sichergehen, dass Katie ebenso empfand. Ich wollte nicht, dass verletzte Gefühle oder Missverständnisse zwei wunderbare Wochen versauten.

Ich wusste, dass ich zur alten Schule gehen musste, um sie zu finden, aber ich war mir sicher, dass ich diese mit Leichtigkeit ausfindig machen könnte. Ich hatte gehört, dass sie ganz in der Nähe der neuen Baustelle war, vor allem, da die Kinder oft zu Besuch vorbeikamen. Ich folgte einem weiteren Pfad, der mich zu der jetzigen Schule führte, und als ich sie erblickte, klappte mir der Kiefer runter. Sie war in noch schlechterem Zustand, als ich mir das vorgestellt hatte. Der Putz bröckelte ab und das Dach sank schon ein und es schien mir unerhört, dass die Kinder so viel Zeit in diesem Gebäude verbrachten, in dem sie versuchten, zu lernen. Wenn so ein Gebäude in New York rumstünde, würde es sofort abgerissen werden, und dennoch war das das einzige Gebäude, das zurzeit als Schule verwendet werden konnte.

Ich schüttelte erschüttert den Kopf und ging auf eine Gruppe Leute zu, die ich vom Abendessen gestern her kannte. Ich fragte sie, ob sie wussten, wo Katie war, und sie erzählten mir, dass sie sie noch gar nicht gesehen hatten. Ich blickte mich schnell um und bemerkte, dass sie tatsächlich nicht auf der

Baustelle zu finden war. Als ich mich zu ihren kichernden Freunden umdrehte, behaupteten sie, keine Ahnung zu haben, wo sie war, aber ihre Blicke verrieten mir, dass sie mir damit nicht ganz die Wahrheit sagten.

Als ich auf die Uhr blickte, bemerkte ich, dass ich selbst schon viel zu spät zur Baustelle kommen würde, und ich wollte nicht faul und arbeitsscheu aussehen. Ich würde Katie nach der Arbeit aufsuchen müssen oder musste hoffen, dass ich sie beim Abendessen sehen würde, zu dem alle sich versammelten.

Die Sonne brannte auf mich herab und ich war dankbar, dass ich an einen Hut gedacht hatte. Sonst hätte ich wirklich Probleme gehabt. Alle schwitzten wie aus Eimern von der Hitze, und obwohl wir bis zum Mittagessen schon jede Menge vollbracht hatten, war ich von der Wärme völlig erschöpft. Ich stellte fest, dass die Hitze mich noch mehr schaffte als das Hämmern. Ich konnte an nichts anderes mehr denken als daran, unter eine kalte Dusche zu steigen und den Schmutz des Tages abzuwaschen, aber ich wusste, dass ich damit so bald nicht rechnen konnte.

Als es zum Mittagessen klingelte, machten sich alle auf den Weg zu den Mittagstischen, während ich beschloss, noch einmal zu versuchen, Katie bei der alten Schule zu finden. Ich hatte den ganzen Tag lang nur an sie gedacht und es schien mir seltsam, dass ich sie noch nicht gesehen hatte. Wo war sie bloß hin, wenn sie an diesem Tag nicht an ihrem Arbeitsplatz erschienen war?

Ich schnappte mir zwei Flaschen Wasser von der Baustelle und hatte schon beide leergetrunken, als ich an der alten Schule ankam. Ich hoffte, dass Katie dort sein würde, da ich wusste, dass ich nicht würde aufhören können, an sie zu denken, bevor ich sie fand und mit ihr redete. Ich hatte noch nie so viel an eine einzige Frau gedacht. Normalerweise schlief ich mit einer Frau und dachte dann nie wieder an sie, aber bei Katie war das anders. Ich verspürte das Bedürfnis, immer in ihrer Gesellschaft zu sein, oder zumindest zu wissen, dass alles in Ordnung war, nachdem wir die Nacht und den Morgen zusammen verbracht hatten.

Es hatte mich gestört, dass sie an diesem Morgen so ganz ohne Abschiedskuss verschwunden war. Ich musste zugeben, dass Katie mich mehr als alle anderen Mädchen interessierte. Sie hatte einfach ein gewisses Etwas; ich konnte es gar nicht richtig beschreiben. Ohne Zweifel war sie heiß und ein totales Sexkätzchen im Schlafzimmer, aber da war noch mehr. Sie war ehrgeizig und irrsinnig schlau und ich mochte alles an ihr.

Als ich an ihrer Baustelle ankam, sah ich sie sofort und verspürte wahnsinnige Erleichterung. Sie spielte draußen mit Kindern und sie lachten alle und jagten einander hinterher.

Ich verschwendete keine Zeit und ging direkt auf sie zu. Sie lächelte, als sie mich näher kommen sah, obwohl ich mit Sicherheit schrecklich aussah. Mit der ganzen Hitze und dem Schweiß hoffte ich zumindest, dass ich nicht unausstehlich stinken würde.

„Ben, ich habe dich gar nicht hier erwartet. Willkommen in der Schule – hast du sie schon gesehen?"

„Ja, ich war heute Morgen hier. Sie sieht ja ganz schön schlimm aus. Ich bin jetzt noch glücklicher, dass eine neue gebaut wird. Die sieht echt ganz schön verfallen aus – die Kinder da drin tun mir leid. Ist es überhaupt sicher?"

„Ja, größtenteils. Wir haben die Bauingenieure eine Inspektion durchführen lassen und sie haben gesagt, dass sie so bald schon nicht zusammenbrechen wird. Aber natürlich ist es besser, sie so früh wie möglich da raus zu bekommen. Die Lehrer halten ihren Unterricht oft draußen ab, außer es regnet."

„Verstehe. Du, könnten wir vielleicht kurz miteinander reden ... alleine?"

Sie lächelte freundlich und blickte zu den Kindern, die uns übermütig umringten. „Geht wieder nach drinnen, Kinder –

gleich fängt der Unterricht an. Julie fängt an und dann komme ich nach."

„Nehmt ein paar von diesen hier, Kinder." Ich gab ihnen eine Handvoll Süßigkeiten und die Kinder kreischten vergnügt. Sie rannen auf die Schule zu und rissen beim Laufen die Verpackungen auf. Ich hatte noch nie so glückliche Kinder gesehen.

Katie lachte, während sie ihnen dabei zusah, wie sie auf die Schule zuliefen. „So bekommst du sie auf jeden Fall in Bewegung." Sie blickte zu mir auf. „Du siehst aus, als hättest du heute hart gearbeitet."

„Ja, ohne Witz", lachte ich. „Ich kann gar nicht glauben, wie heiß es heute ist. Ich glaube, ich habe durchs Schwitzen allein schon fünf Kilo abgenommen."

„Ja, an die Hitze muss man sich erst mal gewöhnen."

„Ich wollte nur kurz mit dir reden, Katie. Du bist heute Morgen so plötzlich abgehauen, also wollte ich nur sichergehen, dass alles in Ordnung ist."

„Oh, fandest du es schlimm, dass ich gegangen bin?"

„Nein, natürlich nicht", lachte ich leicht. „Ich schätze, ich wollte einfach nur sichergehen, dass du nicht bereust, was wir getan haben."

„Warum sollte ich? Ich habe mich so gut gefühlt. Der erste Mann, der mir einen Orgasmus beschert hat. Das ist gar nicht so einfach."

Ich musste grinsen und war beeindruckt von den Dingen, die sie sagte. Solch eine Antwort hatte ich nicht erwartet und sie schien sich in meiner Gegenwart nicht im Geringsten unwohl zu fühlen. Ich erkannte ein Blitzen in ihren Augen, bei dem ich sie am liebsten in den Wald geschleppt und auf der Stelle vernascht hätte. Sie war brandheiß, wenn sie lächelte.

„Na, da bin ich aber froh."

„Du musst dir überhaupt keine Sorgen machen, Ben. Ich wollte nur nicht länger bleiben als nötig. Außerdem mussten wir beide auf Arbeit. Ich war schon ziemlich spät dran, als ich endlich ankam." Sie hielt kurz inne. „Außerdem bin ich mir nicht wirklich sicher, was da zwischen uns läuft."

„Ich fände deine Gesellschaft nie unnötig. Nur, damit du es weißt."

„Na, das höre ich gerne." Sie kicherte.

„Ich fände es sogar toll, wenn du mir erlauben würdest, immer deinen Körper anzufassen, wann ich will."

Sie atmete scharf aus, aber ein Lächeln breitete sich auf ihrem Gesicht aus. Sie antwortete mir nicht, aber sie sagte auch nicht nein.

6

BEN

Eine Woche verging und mit jedem Tag wurde es besser. Jeden Augenblick, den Katie und ich nicht auf den Baustellen verbrachten, verbrachten wir zusammen, und ich hatte schon lange nicht mehr so viel Spaß gehabt. Sie war verspielt und wir verbrachte viel Zeit damit, herumzualbern und die ganze Nacht lang zu reden. Allerdings war das nicht das Einzige, was wir taten – tatsächlich stopfte ich sie jede Nacht mit meinem Schwanz und manchmal stahlen wir uns sogar in der Mittagspause davon und drehten eine Runde zwischen den Laken.

Katie war wie eine Droge für mich und ich konnte einfach nicht genug bekommen. Wir langweilten uns nie miteinander und immer, wenn wir uns vereinten, fühlte es sich an, als wäre es das erste Mal. Ich bekam nie genug davon, ihr die Klamotten vom Leib zu reißen. Ihr machte es Spaß, mir zu den unerwartetsten Zeitpunkten einen zu blasen, was mich jedes Mal in den Himmel katapultierte. Oft machte sie Dinge mit meinem Schwanz, bei denen ich Sterne sah. Sie war eine unglaubliche Liebhaberin und es machte sie nur noch mysteriöser. Wenn wir zusammenfanden, gingen wir immer sofort ins Schlafzimmer und trieben es dort in jeder erdenklichen Stellung. Meine Lust auf sie war unstillbar. Wir schafften es selten, einfach mal zusammen Abend zu essen – denn erst, wenn ich meinen Hunger auf sie gestillt hatte, konnten wir uns setzten und das Essen genießen, und manchmal aßen wir erst gar nicht.

Eines Tages in der Mittagspause drehte ich mich zu ihr um, als sie gerade in meine Hütte spazierte. Manchmal fühlte ich mich, als würde ich gar kein Mittagessen mehr essen, da ich die Zeit lieber damit verbrachte, Katies Körper zu vergöttern. Sie kam sofort zu mir und ich blickte tief in ihre grünen Augen. Ich prägte mir ihre Gesichtszüge ein – ich wollte ihr Gesicht nie vergessen. Es verfolgte mich in meinen Träumen.

Ich strich ihr das Haar aus dem Gesicht und trat nur einen Zentimeter näher, drängte mich in ihren persönlichen Raum vor. Mein Herz hämmerte wie verrückt und ich konnte gar nicht glauben, wie geil sie mich immer noch machte, nachdem wir schon so oft miteinander geschlafen hatten, dass ich gar nicht mehr mitzählen konnte. Ich langweilte mich mit Katie nie, wie es mir mit anderen Mädchen passiert war, mit denen ich geschlafen hatte, und das verriet schon viel über unsere Chemie. Sie war wie ein Schuss Heroin, den ich mir sofort setzen musste.

Ich fragte mich, wie oft Menschen es erlebten, mit jemandem zusammen zu sein, der ihnen ein derart gutes Gefühl gab, ein unglaubliches Gefühl. Katie belebte mich, auch wenn wir nicht zusammen waren, und ich wusste, dass viele meiner Freunde von ihren Partnern nicht das gleiche Gefühl bekamen. Bedeutete das, dass sie sich mit weniger zufrieden gaben? Der Gedanke entsetzte mich und ich wusste, dass das der Grund war, dass ich so lange Single geblieben war. Ich wollte mein Junggesellenleben nicht für weniger als das Allerbeste aufgeben.

„Würde es dich schockieren, wenn ich dir sagen würde, dass ich dich wollte, sobald ich dich bei diesem Abendessen erblickt hatte, als du mit deinen Freunden geredet hast?", flüsterte ich ihr ins Ohr. „Ich dachte mir damals, dass du das schönste Mädchen seist, das ich je in meinem Leben gesehen hatte."

„Nein, es war ziemlich offensichtlich, dass ich dir gefiel", lachte sie. „Ich meine, ich bin schließlich am gleichen Abend noch mit dir im Bett gelandet. Aber mir ging es genauso, nur, damit du es weißt."

Ihre Worte erregten mich und ich wusste sofort, dass ich diesen süßen Schmollmund küssen würde, ich würde ihre Lippen mit den meinen noch stärker zum Anschwellen bringen. Ich musste sie schmecken, – an nichts anderes dachte ich, während ich an der Schule arbeitete. Wir waren in den vergangenen paar Tagen schon ziemlich weit gekommen, und die Dinge nahmen langsam richtig Form an.

Sie blickte mir in die Augen und ich wusste, dass sie das Gleiche brennende Verlangen für mich verspürte wie ich für sie. Da küsste ich sie und schmeckte einen Hauch von Erdbeeren. Die Kombination ihres Geschmackes und des Gefühls ihrer weichen Lippen erregte mich und ich verspürte den Drang, in ihr zu sein. Meine Hände fanden ihre Brüste und ich drückte sie fest genug, um ihr zu signalisieren, was jetzt auf sie zukommen würde. Sie stöhnte kehlig und verriet mir so, dass auch sie mich brauchte. Meine Arme schlangen sich um sie und liebkosten sie, während ich ihr Trägertop auszog.

„Ben, vielleicht sollten wir nicht. Wir schleichen uns schon wochenlang davon, wir sollten wieder an die Arbeit. Irgendwann kommt noch wer und sucht nach uns."

„Das ist mir egal. Glaubst du wirklich, dass die Leute nicht von uns wissen? Natürlich tun sie das. Ich will dich so sehr, und wenn ich dich nicht bekomme, dann verliere ich vielleicht den Verstand."

Sie sah so nervös aus, dass ich sie sanft auf den Mund küsste und sie wieder zu mir lockte. Sie stöhnte wieder, als ich anfing, sie auszuziehen. Ich konnte es kaum erwarten, ihren nackten Körper vor mir liegen zu haben.

Ich hatte Gefühle für sie, daran bestand kein Zweifel. Ich küsste ihren Mund erneut und meine Erektion wuchs an. Sie streichelte meinen harten Schwanz mit ihrer Hand genau so, wie es mir am besten gefiel, und ich hatte das Gefühl, ich würde gleich meine Hose sprengen.

„Gleich wirst du dich so gut fühlen, Katie, das verspreche ich dir. Ich werde dich so gut ficken, Baby."

Ich wollte ihre Muschi jetzt mehr denn je spüren. Die Tatsache, dass sie sich mir hingeben wollte, brachte meinen Schwanz immer wieder zum Pulsieren. Ich hob sie in meine Arme und trug sie zu meinem Bett – das mittlerweile so gut wie unser Bett war. Sie schlief selten noch in ihrer eigenen Hütte und entschied sich dafür, nachts bei mir zu schlafen.

Ich drückte sie auf das Bett und spreizte ihre Beine. Ihre Muschi sah so köstlich aus, ich leckte sie sehr oft, weil ich einfach liebte, wie sie schmeckte. Meine Hand glitt zwischen ihre Beine. Sie war bereits nass und bereit für mich. Das liebte ich an ihr. Sie wurde so schnell so geil und es brachte mich um den Verstand, ihre feuchte Muschi zu spüren. Ich massierte sanft ihre Klit, kreiste mit meinem Daumen darum, liebkoste sie zunächst zärtlich und dann fester. Sie stöhnte leise und es machte mich so an. Ich blickte von zwischen ihren Beinen zu ihr auf und sie blickte mich heiß an. Sie war so ein geiler Fick.

„Oh, Ben."

„Ich werde dafür sorgen, dass du dich wirklich gut fühlst, Katie." Sie liebte es, wenn ich das zu ihr sagte.

Sie konnte nicht anders, als zu stöhnen, als ich einen Finger in ihre bereits feuchte Muschi gleiten ließ. Ich fingerte sie und spürte, wie ihre Muschi um meinen Finger herum noch feuchter wurde. Sie wurde immer richtig feucht und es machte mich unglaublich geil. Ich konnte einfach nicht mehr, als ich sie flüstern hörte: „Bitte, ich will mehr." Ich wollte ihr noch viel mehr geben.

Ich ließ meinen Finger wieder herausgleiten und fing an, meine Shorts zu öffnen. Ich ließ sie zu den Knöcheln sinken, aber ich machte mir nicht die Mühe, herauszusteigen. Sie legte sich wieder auf das Bett und spreizte sich vor mir. Ihr Mund war angeschwollen von meinen Küssen und sie wartete auf mich. Ich beugte mich vor, sodass ich an ihren Nippeln lutschen konnte. Ich nahm einen in meinen Mund und saugte daran, während sie sich aufbäumte. Ich konnte gar nicht genug von ihrem heißen, kleinen Körper bekommen, und wenn ein Tag vergangen wäre, an dem wir nicht miteinander geschlafen hätten, wäre ich bestimmt verrückt geworden.

Als ich in sie eindrang, gab ich mir Mühe, sanft zu sein, aber sie war so eng, dass ich mir trotzdem Sorgen machte, ich könne sie verletzen.

Sie flüsterte, „Ich liebe es, wie groß dein Schwanz ist."

Fuck, das war so heiß. Daraufhin versenkte ich ihn fast völlig in ihr, aber ich konzentrierte mich darauf, sie nicht zu roh vollzustopfen. Sanft ließ ich mich in sie vorgleiten, bis ich ihre Muschi vollständig ausfüllte. Sie stöhnte lustvoll und ich ritt sie zunächst langsam, küsste ihr Gesicht und redete leise mit ihr. Als ich mir sicher war, dass alles in Ordnung war, rammte ich etwas schneller in sie hinein, bis sie meinen Namen schrie. Es klang genau so, wie es in meiner Erinnerung geklungen hatte – das mochte ich am liebsten daran, sie zu ficken. Sie war so unglaublich heiß, dass sie zu vögeln mich so geil machte, dass ich sie wieder vögeln wollte. Ich fickte sie noch ein wenig härter, meine Hüften bewegten sich wie wild hin und her, als ich langsam völlig den Verstand verlor und mich auf ihre warme Muschi konzentrierte, während sie meinen Namen schrie. Sie explodierte um meinen Schwanz, während ich sie hart ritt, und kurz danach ergoss ich mich in ihr.

Ich lag kurz auf ihr und atmete ihren süßen Duft ein. Dann hob ich meinen Kopf und küsste sie leidenschaftlich. Ich küsste sanft ihr Gesicht, ihren Hals, ihren Nacken, und bedeckte auch ihre Brust mit Küssen.

„Wie geht es dir, Katie?"

Sie lächelte. „Das war sehr gut. Ich glaube, wir werden jedes Mal besser. Ich bekomme gar nicht genug von dir."

„Das finde ich auch, es fühlt sich unglaublich an. Deine Muschi fühlt sich so gut an."

Ich setzte mich auf und zog mich langsam aus ihr heraus, bevor ich mich saubermachte. Ich sah auf die Uhr. „Nun, wir sind auf jeden Fall spät dran – unsere Mittagspause ist schon längst vorbei." Ich lachte wie ein Mann, der keine Sorgen auf der Welt hatte – und in genau diesem Augenblick hatte ich auch keine.

Katie hatte sich unglaublich angefühlt und ich hätte es mir um keinen Preis entgehen lassen, sie zu ficken. Ich war sogar versucht, es noch einmal zu tun, nur um wieder ihre innere Wärme zu spüren. Wenn ich in ihr war und sie sich um mich zusammenzog, verspürte ich eine Vollständigkeit, die ich sonst von nichts bekam.

Aber ich hatte jetzt Verpflichtungen und ich musste auf der Baustelle sein, um den Tag zu Ende zu bringen. Es war dem ganzen Team wichtig, dass ich sie nicht im Stich ließ, obwohl ich mir sicher war, dass alle von uns wussten und es ziemlich amüsant fanden. Die Tatsache, dass der andere sofort folgte, wenn einer von uns verschwand, war ein ziemlich stichhaltiges Indiz dafür, dass wir die Zeit immer zusammen verbrachten. Außerdem wurden wir immer schräg angeschaut, wenn wir zusammen auf der Baustelle waren – nicht, dass mir das etwas ausgemacht hätte. Die Blicke waren nicht bösartig. Ich hatte eher das Gefühl, dass die Leute sich für uns freuten und die Situation witzig fanden, vor allem, wenn wir gemeinsam verschwanden.

Katie setzte sich auf und fing an, sich anzuziehen und sich die Haare zu richten. Sie sah einfach aus wie jemand, der gerade Sex gehabt hatte – da konnte sie sich das Haar richten, so viel sie wollte. Sie war so heiß, dass ich weiterhin darüber nachdachte, es ihr ein zweites Mal zu besorgen, aber ich wusste, dass wir dafür keine Zeit hatten. Irgendwann würde jemand nach uns sehen, wenn wir wirklich beschlossen, überhaupt nicht aufzutauchen. Außerdem wäre es ziemlich respektlos. Das Letzte, was ich wollte, war, mir einen Ruf als Playboy zu machen, wenn ich gerade eine Schule aufbauen sollte. Ich war stolz auf meinen Beitrag zu der Schule und ich wollte niemanden enttäuschen.

Ich half Katie dabei, sich anzuziehen, und gab ihr einen kleinen Klaps auf den Po. Sie grinste, während sie sich fertigmachte. Ich fing auch an, mich anzuziehen und wünschte mir, dass wir mehr Zeit miteinander hätten. Ich sah ihr dabei zu, wie sie ihre Kleidung glatt strich, während ich mein T-Shirt und meine Shorts anzog. Sie trug sich eine frische Schicht Erdbeerlabello auf und ich hoffte, dass ihre Lippen nicht mehr ganz so rot aussähen, wenn wir wieder auf der Baustelle waren. Sie sah auf jeden Fall so aus, als wäre sie viel geküsst worden, und allein bei dem Gedanken an all diese Küsse bekam ich wieder einen Halbsteifen. Egal, wie sehr sie sich Mühe gab, sich herzurichten, sie sah immer noch aus wie eine Frau, die gerade gefickt worden war. Der Look gefiel mir – es würde mir passen, wenn sie immer so aussehen würde. Es törnte mich an. Ich konnte gar nicht glauben, welche Macht diese Frau über meinen Schwanz hatte, und vielleicht sogar über mein Herz – das würde sich mit der Zeit zeigen. Ich wollte nichts überstürzen, aber ich konnte mir auch nicht vorstellen, dass sie eines Tages nicht mehr in meinem Leben sein würde.

„Wir sollten wahrscheinlich gehen", sagte sie.

Ich nickte und küsste sie auf die Wange. „Ich gehe schon mal voraus. Warte fünf Minuten und folge mir dann." Sie nickte auch. Ich küsste sie leidenschaftlich und saugte sanft an ihrer Zunge. Wir küssten uns gute dreißig Sekunden lang und ich wünschte, wir müssten nicht damit aufhören.

Ich verließ glücklich und befriedigt die Hütte. Ich blickte über meine Schulter zurück und sah sie in der Tür meiner Kabine stehen. Dieses Bild blieb mir auf dem ganzen Weg zur Baustelle im Kopf und ich wollte nicht vergessen, wie sie aussah. Würde sie auch so aussehen, wenn wir uns ein Heim teilten? Dieser Gedanke trieb mir ein Lächeln ins Gesicht.

JEDE WOCHE KAMEN neue Freiwillige an und das war toll für die Baustelle – je mehr Leute da waren, desto schneller ging es voran. Ich konnte es kaum erwarten, die Schule fertig zu bekommen, vor allem wegen der Kinder, die in dem anderen Gebäude lernen mussten. Ich wollte nicht, dass etwas schrecklich Tragisches passierte, weil sie in diesem renovierungsbedürftigen Häuschen saßen. Die neue Schule war beinahe fertiggestellt und ich spürte, wie alle stolz darauf waren, so etwas Gutes geleistet zu haben. Als ich langsam das fertige Produkt erahnen konnte, gab mir das ein wirklich gutes Gefühl. Ich war durch die Arbeit und auch Katie so abgelenkt gewesen, dass ich den Skandal zu Hause so gut wie vergessen hatte.

Als die Woche schließlich zu Ende ging, arbeitete ein relativ großes Team zusammen und wir machten immer schneller Fortschritte. Wenn die Schule fertig war, würden wir beide Teams vereinen und das Krankenhaus fertigstellen. Das war ein viel größeres Projekt und das fertige Produkt würde den Dorfbewohnern jede Menge helfen. Sie hatten nichts in der Nähe, das auch nur einem Krankenhaus ähnelte, und viele Leute waren gestorben, weil sie es nicht rechtzeitig zu einem Krankenhaus geschafft hatten. Wenn das Krankenhaus fertig war, würde ich wahrscheinlich nach Hause zurückkehren. Ich war bereits eine Woche dort und würde bald zurückkehren müssen, um mich um die Probleme der Firma zu kümmern. Zumindest würde ich mich um die Anschuldigungen mir gegenüber kümmern müssen und dann vielleicht noch um ein Gerichtsverfahren, wenn die Klage nicht fallengelassen würde – all das hing davon ab, ob sie die Person fanden, die für all das verantwortlich war.

Kyle flog heute auf die Baustelle, um mir ein Update darüber zu geben, was zu Hause vor sich ging. Ich war schon gespannt darauf, herauszufinden, ob Kyle der Sache auf den Grund gegangen war. Schließlich war das sein Job und er hatte mir versichert, dass ich herausfinden würde, wer den Befehl gegeben hatte, die Dinge im Meer zu versenken.

Ich war in der letzten Woche wirklich von der Außenwelt abgeschnitten gewesen. Ich hatte mein Handy nicht mitgebracht, da ich gewusst hatte, dass es mich zu sehr ablenken würde, und es gab kein WiFi, außer ich ging in die Stadt – und das geschah nur selten. Ich verbrachte meine gesamte Freizeit mit Katie und das machte viel mehr Spaß, als auf Social Media herumzusurfen oder meine Mails zu checken. Außerdem hätte es mich vermutlich verrückt gemacht, jeden Abend in den Nachrichten zu lesen, was schon wieder über mich gesagt worden war. Schließlich war ich nach Afrika gekommen, um auf andere Gedanken zu kommen und mein Image wiederherzustellen. Ich musste mir um all das keine Sorgen machen, solange ich in Afrika war. Die Tatsache, dass Kyle vorbeikam, um mich auf den neuesten Stand zu bringen, genügte mir fürs Erste.

Ich war auf der Baustelle, als Kyle ankam. Paul hatte ihn an seinem Flugzeug abgeholt und ihn zu der Baustelle gefahren, sodass er sich mit mir treffen konnte. Als er ankam, genoss ich gerade meine Mittagspause mit Katie. Wir hatten uns heute ausnahmsweise entschieden, den Sex zu überspringen, da wir wussten, dass Kyle kommen würde. Ich wollte nicht unbedingt, dass meine rechte Hand hereinspazierte, während ich gerade Sex hatte, obwohl es die reinste Qual für mich war, sie nicht anfassen zu können.

Als Kyle mich fand, war ich schweißüberströmt. Mittlerweile hatte ich mich an die Hitze gewöhnt, aber Kyle sah überhaupt nicht so aus, als wäre er richtig dafür gekleidet.

„Meine Güte, ist es heiß hier."

„Ja, und wie", lachte ich. „Aber glaub mir, man gewöhnt sich schon daran."

„Sieht so aus, als würdest du knackig gebräunt nach New York zurückkehren."

Ich lächelte. „Ja, ich verbringe viel Zeit in der Sonne, soviel steht fest. Ich nehme an, dein Flug war angenehm?"

„Ja, natürlich. Das war alles kein Problem."

Ich zeigte auf Katie. „Das ist Katie. Sie arbeitet ehrenamtlich für das AIDS-Programm und klärt die Kinder im Gebiet auf. Katie, das ist meine rechte Hand, Kyle."

„Freut mich, dich kennenzulernen."

Kyle schüttelte ihr lächelnd die Hand. Es war offensichtlich, dass sie ihm gefiel, denn er lächelte sie bewundernd an. Ich konnte es ihm natürlich nicht verübeln. Sie war wunderschön, aber ich verspürte trotzdem Eifersucht, als ich Kyle so mit ihr reden sah.

„Freut mich auch, dich kennenzulernen." Kyle richtete seine Aufmerksamkeit wieder auf mich. „Ich muss dich über die Lage zu Hause informieren. Können wir bitte unter vier Augen miteinander sprechen?"

„Ja, natürlich." Ich blickte kurz zu Katie und erhaschte ihren verwirrten Blick.

„Wir reden später, in Ordnung, Katie? Genieß noch dein Mittagessen."

Sie nickte nur wortlos. Ich fand es etwas seltsam, wie sie sich verhielt, aber ich beschloss, es nicht zu kommentieren. Ich wollte mit Kyle sprechen und herausfinden, was in meiner Abwesenheit in New York passiert war. Das war im Moment wichtiger. Ich würde später mit Katie über alles reden können. Ich ging mit Kyle davon und ließ sie am Esstisch zurück, wo sie ihr Mittagessen fertig aß.

„Also, Kyle, was hast du mir zu berichten? Ich hoffe, es sind gute Neuigkeiten."

Kyle blickte mich von oben bis unten an. „Du siehst echt gut aus, Mann. Ich glaube, ich habe dich noch nie so entspannt gesehen, selbst nach einem normalen Urlaub nicht. Ich muss schon sagen, Afrika scheint dir richtig gut zu tun. Wie sieht es mit dem Stresslevel aus?"

„Ich habe hier überhaupt keinen Stress und genau das habe ich gebraucht. Es war ein guter Vorschlag, hierherzukommen und mitzuhelfen. Es hat mir richtig gut getan, weit weg von all dem Stress und den Anschuldigungen zu sein. Ich bin so froh, dass ich erst mal weit von dem ganzen Kram weg bin." Ich war mir nicht sicher, was mich glücklicher machte, auf der Baustelle zu arbeiten oder Zeit mit Katie zu verbringen. Was wäre wohl gewesen, wenn ich nie nach Afrika gegangen und sie somit nie kennengelernt hätte? Ich konnte es mir gar nicht vorstellen. War das Ganze Schicksal? Ich war mir nicht sicher, ob ich an derartige Dinge glaubte.

„Nun, es freut mich, das zu hören, Mann. Du verdienst mal eine Pause. Du musst dir um rein gar nichts Sorgen machen – du wirst dich völlig unbeschadet aus dieser Affäre ziehen."

„Das höre ich doch gerne. Also, erzähl mal, was passiert da drüben? Gibt es Neuigkeiten?"

„Nun, als erstes muss ich dir sagen, dass du in ein paar

Wochen mit deiner Arbeit hier fertig sein musst, egal ob das Krankenhaus fertiggestellt ist oder nicht. Ich weiß schon, dass du gerne beide fertigstellen wolltest, aber in zwei Wochen musst du auf jeden Fall wieder da sein."

„Warum?" Es gefiel mir gar nicht, dass ich die Fertigstellung des Krankenhauses versäumen würde – danach würde es eine richtige Feier geben und ich hatte gehofft, dass ich sie abhalten könnte. Aber vielleicht hätte ich ja Glück und auch das Krankenhaus wäre rechtzeitig fertig. Mit beiden Teams zusammen würde uns das vielleicht gelingen. Außerdem hatte ich noch nicht mit Katie darüber geredet, was zwischen uns lief und was es bedeuten würde, wenn ich ging. Ich konnte mir nicht vorstellen, in zwei Wochen nach Hause zu reisen und sie hier zurückzulassen. Es wäre komisch, sie nicht bei mir zu haben. In letzter Zeit verbrachten wir so gut wie jede wache Minute miteinander – und auch die Stunden, in denen wir schliefen.

„Nun, du musst vor Gericht erscheinen wegen der Klage, die gegen dich erhoben wird. Ob das Krankenhaus also fertig ist oder nicht, du musst bereit zur Abreise sein."

„Wie bitte, Kyle?! Vor Gericht? Ich lasse mich doch nicht den Rest meines Lebens ins Gefängnis stecken, weil der arktische Ozean verschmutzt worden ist. Du hast mir gesagt, du hättest die Sache im Griff."

„Ben, beruhige dich. Reg dich nicht auf."

„Sag mir nicht, dass ich mich nicht aufregen soll, Kyle. Es geht hier um mein Leben."

„Ich weiß, und du musst nicht ins Gefängnis. Das wird sich alles in Luft auflösen, das verspreche ich dir. Es wird alles unter den Teppich gekehrt werden, und ehe du dich versiehst, werden alle dich wieder für einen tollen Mann halten. Und das bist du natürlich aus. Das ist nur eine kleine Hürde. Wir klettern schon wieder an die Spitze."

„Das wäre wunderbar, Kyle, und ich erwarte von dir, dass du

das regelst." Ich atmete tief ein und versuchte, wieder meine Fassung zu erlangen.

Kyle und ich spazierten weiter durch das Lager, damit ich ihm zeigen konnte, was wir mit der Schule gemacht hatten. Keiner von uns bemerkte, dass uns die ganze Zeit über eine andere Person folgte.

7
BEN

Katie hätte sich an diesem Abend mit mir zum Abendessen treffen sollen und ich wartete über eine Stunde lang in der Hütte auf sie und fragte mich, wieso sie bloß so lange brauchte. Schließlich wurde mir klar, dass sie nicht kommen würde, und ich hätte verwirrter nicht sein können. Ich fing an, mir Sorgen um sie zu machen und beschloss, mich auf die Suche nach ihr zu machen, um sicherzugehen, dass alles in Ordnung war. Ich fand sie in ihrer eigenen Hütte. Hatte sie unser Date vergessen? Es fiel mir schwer, das zu glauben. Sie blickte kaum zu mir auf, als ich auf ihre Veranda trat, auf der sie saß.

„Katie, hast du unsere Verabredung vergessen? Ich dachte, wir würden gemeinsam zu Abend essen."

„Na, da hast du dich geirrt."

Ihr Tonfall erschreckte mich. Sie war offensichtlich sauer, ich hatte nur keine Ahnung, wieso. Ich konnte mir nicht vorstellen, warum sie auf einmal so kalt zu mir war. Wir waren normalerweise total heiß zusammen.

„Was ist los?"

Als sie zu mir aufblickte, starrte sie mich wütend an.

Erschrocken wurde ich von Minute zu Minute verwirrter. Ich war nicht sicher, was ich zu ihr sagen sollte, also blieb ich still. Sie würde mir schon noch sagen, was los war, vor allem, wenn sie mich loswerden wollte.

Endlich sagte sie: „Wie konntest du nur das Meer verschmutzen? Und dann kommst du hierher und täuscht allen vor, dass du ein guter Mensch bist, wenn das in Wirklichkeit nur eine Farce ist."

Ich war sprachlos, was mich wahrscheinlich schuldbewusst wirken ließ, aber ihr Kommentar hatte mich völlig aus der Bahn geworfen. Woher wusste sie das? Hatte Paul ihr es doch noch erzählt? Ich konnte mir nicht vorstellen, dass Paul so etwas tun würde, aber woher sollte sie es sonst wissen?

„Wovon redest du?"

„Ich habe praktisch hinter dir gestanden, als du mit Kyle geredet hast. Ich habe alles gehört. Ihr seid beide böse."

„Katie, du irrst dich. Ich hatte damit nichts zu tun – das verstehst du nicht."

„Das ist aber praktisch. Wie soll bitte ein Firmenbesitzer nicht mitbekommen, dass so etwas in seiner Firma vor sich geht? Willst du mich verarschen?"

„Katie, bitte, du musst mir glauben, dass ich keine Ahnung davon hatte. Ich hatte mich eine Zeit lang von der Firma abgewendet, um andere Dinge zu erledigen. Ich habe die Verantwortung anderen Leuten übertragen."

„Nur, weil du weit von der Firma weg bist, bedeutet das nicht, dass du keine Ahnung hast, was los ist."

Ich war erstaunt über das, was ich hörte. Sie sagte genau die gleichen Dinge, die ich mir gedacht hatte, bevor ich nach Afrika gekommen war. Und noch schlimmer: Sie glaubte mir nicht.

„Hör mal, ich weiß schon, wie sich das anhört, aber es stimmt alles nicht. Kyle hatte auch keine Ahnung und wir versuchen, der Sache auf den Grund zu gehen. Ich muss vor Gericht, ja, aber ich verteidige mich selbst und der Strafverfolger hat keine Beweise, dass ich das veranlasst habe. Bitte, Katie, du kennst mich – ich würde so etwas nie tun."

„Es ist abstoßend und ich glaube dir einfach nicht, dass du keine Ahnung davon hattest."

„Ich habe mein ganzes Leben damit verbracht, Menschen zu helfen. Ich würde nie so etwas tun. Ich bin hierhergekommen, um Gutes zu tun, nicht um Leute hinters Licht zu führen. Bitte, du kennst mich doch."

„Nein, ich glaube, du bist hierhergekommen, um einen Medienskandal zu vermeiden, der deinem Ruf schaden könnte."

„Ich bin hierhergekommen, damit die Medien sehen können, wer ich wirklich bin. Ich habe das nicht getan, ich bin nicht böse oder täusche irgendetwas vor. Die Person, die du hier kennengelernt hast, die bin ich wirklich. Hier zu sein, hat mich so glücklich gemacht."

Sie blickte mir tief in die Augen und ich hoffte, dass sie mir einfach glauben würde, mir vertrauen würde, dass ich nichts mit der Weltmeerverschmutzung zu tun hatte.

„Bitte komm mit mir zur Hütte."

„Lüg mich ja nicht an."

„Katie, ich würde dich nie anlügen. Du musst mir vertrauen."

Sie warf sich in meine Arme und ich atmete erleichtert auf. Sie küsste mich hungrig und in ihrer Umarmung wurde ich erregt. Ich ging mit ihr auf die Tür der Hütte zu und fing schnell an, sie auszuziehen. Sie teilte sich die Hütte mit anderen Mädchen, und ich hatte keine Ahnung, wo sie waren, aber es war mir auch egal.

Sie löste sich aus dem Kuss. „Ben, ich glaube, das ist keine gute Idee."

„Wir machen es ganz leise. Bitte, ich brauche dich."

IN DIESER NACHT ging ich alleine zu meiner Hütte zurück und ließ sie in ihrer zurück. Ich wollte, dass sie bei mir war, aber sie hatte abgelehnt und gesagt, sie müsse sich ausruhen. Als ich nach Hause kam, wurde mir klar, dass ich auch wirklich müde war, und ich schlief ein, sobald ich mich hingelegt hatte.

Als ich am nächsten Tag aufwachte, saß Katie auf meiner Bettkante und hielt zwei Tassen Kaffee in den Händen. Ich setzte mich auf, verwirrt aber erfreut darüber, sie zu sehen.

„Hi, meine Schöne. Danke, dass du mir Kaffee gebracht hast."

„Ich muss mit dir reden, Ben."

Ihr Tonfall machte mir Sorgen. „Was ist los?"

„Ich fahre heute nach Hause."

Mit einem Schlag war ich hellwach. „Wovon redest du bitte?"

„Ich hätte dir sagen sollen, dass ich vorhatte, zu gehen, aber ich wollt einfach unsere gemeinsame Zeit genießen. Ich bin schon eine Weile hier und ich muss wieder nach Hause zu meiner Arbeit. Meine Schwester hat mir gesagt, dass die Bestellungen langsam aus dem Ruder laufen."

„Ich weiß nicht, was ich ohne dich hier machen werde."

Sie lächelte. „Du musst dich jetzt einfach nur auf das Krankenhaus konzentrieren. Ich hoffe, du verstehst, dass ich jetzt gehen muss."

Ich weigerte mich, ihr zu zeigen, wie traurig ihre Abreise mich machte. Ich verstand nicht, warum sie abreiste – ich hatte das Gefühl, ihre Abreise wäre kalt und plötzlich. Anscheinend fühlten wir doch nicht das Gleiche.

„Klar verstehe ich das. Ich hoffe, mit deinen Bestellungen läuft alles glatt." Ich war verletzt, dass sie mich über ihre Abreise nicht vorgewarnt hatte, aber ich wollte die letzten gemeinsamen Augenblicke nicht mit einem Streit verschwenden.

Sie sah traurig aus, als sie sich vorbeugte, um mich zu küssen. „Pass auf dich auf, Ben."

Ich sah ihr nach, als sie aus der Hütte und aus meinem Leben trat. Mein Herz schlug mir bis zum Hals. Ich wusste, dass sie nicht nur Afrika verließ – sie verließ auch mich, und ich wusste, dass ich sie zurückholen musste.

8

KATIE

Sechs Monate später

Es schien, als wäre ich immer in Eile, egal wie sehr ich mir Mühe gab, das nicht zu sein. Ich fühlte mich wie ein Huhn, dem man den Kopf abgehackt hatte, und das war wirklich kein gutes Gefühl. Jeder Tag war richtig stressig und oft fühlte ich mich überwältigt, aber das war nun mal das Leben einer Modeschöpferin. Ich liebte die Welt der Mode und obwohl sie manchmal anstrengend war, hätte ich sie gegen nichts auf der Welt eingetauscht.

Ich ging ins Café am Ende der Straße, um meine übliche Dosis Koffein zu bekommen, die mir durch den Tag helfen würde. Ich trank in letzter Zeit viel Kaffee, vor allem, weil ich bis spätabends wach blieb und an meinen Entwürfen arbeitete, und der Morgen immer viel zu schnell da war. Das Café war nicht weit von dem Designstudio entfernt, in dem ich arbeitete, und ich brachte meinem Team immer gerne Cupcakes mit – und dieses Café machte die besten der Stadt!

Ich ging zum Tresen, gab meine Bestellung ab und gab mir größte Mühe, geduldig zu sein. Ich trommelte mit meinen Fingern auf dem Tresen, während ich wartete. Ich konnte die Designs von letzter Nacht nicht vergessen und fragte mich, ob ich noch etwas an ihnen ändern musste. Es würde ihnen auf keinen Fall schaden, aber ich würde sie schon so bald auf der Fashion Week vorstellen, dass ich keine Zeit damit verlieren wollte, sie unnötigerweise zu ändern. Manchmal war ich eine richtige Perfektionistin und das hatte mich schon öfter in Schwierigkeiten gebracht.

Ich hatte heute etwas sehr Aufregendes auf dem Terminplan stehen und allein der Gedanke daran machte mich ganz nervös. Vor ein paar Wochen war eine Bestellung für einen Popstar eingegangen, die ein bestimmtes Design wollte. Heute war das Lieferdatum und ich musste dem Popstar heute meine Skizzen und Entwürfe schicken. Sie brauchte ein Design für die MTV Music Awards, die bald stattfinden würden, und es war eine Ehre, dass sie mich dafür ausgesucht hatte. Was konnte ein Designer mehr wollen als sein Kleid an einer Berühmtheit zu sehen? Besser wurde es eigentlich nicht.

Es war von Bedeutung, dass ich dem Mädchen meine besten Entwürfe zeigte, und es machte mir schon eine Weile zu schaffen. Ich durfte das nicht versauen. Diese Kundin könnte mich auf den nächsten Level in meiner Karriere katapultieren und mein Herz schlug allein schon bei dem Gedanken daran schneller.

Ich war vor sechs Monaten aus Afrika zurückgekehrt und es war beinahe, als wäre das alles nie passiert. Es war schon komisch, wie man manche Dinge vergaß, sobald man wieder in der großen Stadt war. Der laute Wirrwarr der Stadt glich in keinster Weise dem entspannten Leben, das ich in Malawi kennengelernt hatte. Wenn ich zu oft daran dachte, merkte ich, wie ich mental an diesen Ort zurückreiste und ihn vermisste. Ich vermisste die Kinder, die Arbeit, die mich so sehr erfüllt hatte, und die Leute. Seit ich wieder hier war, schuftete ich Tag und Nacht und die Tage vergingen wie im Flug. Ich hatte kaum Zeit, über meine Reise nachzudenken.

Nachdem ich gesehen hatte, wie es in Afrika ablief, war es mir wichtig, meine Träume in die Tat umzusetzen. Eine Lektion, die ich auf meiner Reise gelernt hatte, war, dass das Leben kurz und so schnell vorbei war. Es war mir wichtig, meine Träume zu verwirklichen, solange ich noch jung war – ich hatte das Gefühl, ich schuldete es meiner Erfahrung, mein Bestes zu geben und alle Gelegenheiten zu nutzen, die mir das Leben zuspielte.

Ich weigerte mich, zu glaube, dass ich mich nur so auf Trab hielt, um etwas anderes zu vergessen – oder jemanden. Ich mochte auf jeden Fall keine freie Zeit, in der ich nur herumsaß und über Dinge nachdachte. Aber es gab auch Zeiten, in denen ich einfach an Ben denken musste und an die Zeit, die wir miteinander verbracht hatten. Ich hatte nicht mehr mit Ben geredet, seit ich ihn in seiner Hütte zurückgelassen hatte. Ich hatte damals gedacht, es sei das Beste für mich, und diese Entscheidung konnte ich nicht hinterfragen. Nicht jetzt zumindest. Ben war ein Mann, der mich einfach nicht losließ. Ich hielt es für eine Affäre, nichts weiter. Diese Dinge passierten, wenn Menschen weit weg von zu Hause waren, und sie bedeuteten in der Regel nichts. Ich wollte, dass das, was passiert war, in der Vergangenheit blieb – es hatte keinen Sinn, sich daran festzuklammern.

Wenn ich ehrlich zu mir war, musste ich aber zugeben, dass die viele Arbeit in letzter Zeit wohl eher damit zu tun hatte, dass ich ungeklärte Gefühle für Ben hegte – und das war total dumm, da wir einander nur ganz kurz gekannt hatten. Wie konnte ich etwas für ihn empfinden, wenn ich kaum genug Zeit mit ihm verbracht hatte, um ihn kennenzulernen? Ich wollte einfach nicht glauben, dass ich mich in einen Typen verliebt hatte, den ich gerade erst kennengelernt hatte. Noch dazu war der Typ noch nie in einer richtigen Beziehung gewesen – in einem Moment der Schwäche kurz nach meiner Rückkehr hatte ich den Fehler begangen, ihn zu googlen. Es gab mehr als genug Bilder von ihm mit den unterschiedlichsten Frauen an seinem Arm, um mir zu verstehen zu geben, dass er den Lebensstil eines Playboys gewöhnt war. Das ließ mich noch stärker hinterfragen, warum ich mich an so einen Kerl binden wollte. Das Chaos war damit quasi vorprogrammiert.

Ich hatte die letzten sechs Monate so hart gearbeitet, um zu vertuschen, dass jeder Gedanke an Ben mich daran erinnerte, wie seine Hände sich auf meiner Haut angefühlt hatten. Ich konnte mich wirklich nicht beschweren, denn die harte Arbeit hatte sich ausgezahlt und meine Firma wuchs im Sauseschritt. Geschäftlich lief alles super – ich hatte ein tolles Team und sie arbeiteten genauso hart wie ich, um sicherzustellen, dass meine Entwürfe auch hergestellt wurden. Zunächst hatte ich die ganze Arbeit alleine gemacht, aber jetzt hatte ich Leute, an die ich diese Aufgaben delegieren konnte. Es war ein befreiendes Gefühl und beruflich hätte ich glücklicher nicht sein können.

Das war der Vorteil meines Lebens nach Ben. Der Nachteil war, dass ich oft mit meterlangen Augenringen für einen Kaffee anstand. Aber wenn die Pop-Prinzessin meinen Entwurf mögen und ihn bei der Gala tragen würde, wäre alles gelöst. Dieser Popstar konnte einen Müllsack gut aussehen lassen und wenn ihr mein Kleid gefiel, waren mir jede Menge Bestellungen sicher.

Ich lächelte den Barmann an, als er mir die Tabletts mit Kaffee und Cupcakes überreichte. Mein Team hatte das genauso nötig wie ich und es gefiel mir, mich um mein fleißiges Team zu kümmern. Kaffee zu holen gab mir das gleiche Gefühl, das ich gehabt hatte, als ich den Leuten in Afrika geholfen hatte – ich machte einfach gerne Leute glücklich. Es machte mein Leben so viel erfüllender.

Als ich nach draußen trat, schien die Sonne so hell, dass ich kurz innehalten und sie mir ins Gesicht scheinen lassen musste. Ich blieb selten stehen, nur um mal durchzuatmen, und dennoch stand ich plötzlich mitten auf dem Gehsteig und zwang mich, mich zu entspannen und die Sonne einen Augenblick lang zu genießen. Die Strahlen fühlten sich auf meiner Haut so gut an und es ergab sich einer der seltenen Momente, in denen ich mich nach Afrika zurückversetzt fühlte.

Ich liebte mein Leben – es gab nichts daran auszusetzen. Ich sollte dankbar sein. Ich sollte vermutlich auch langsamer machen, um kein Burnout zu bekommen. Es gab sterbende Menschen auf der Welt, also war es Unsinn, sich darum Sorgen zu machen, ob meine Entwürfe sich verkaufen würden oder nicht. Schließlich ging das Leben weiter – das tat es immer. Meine Zukunft war rosig und erfolgreich, warum machte ich mir also Sorgen? Ich musste anfangen, mein Leben so zu leben, als wäre jeder Tag mein letzter.

Ich ging mit frischem Mut in mein Büro und dachte darüber nach, was heute für ein toller Tag werden würde. Ich öffnete die Tür zu dem hellen Studio. Eine der Praktikantinnen eilte auf mich zu und nahm mir die Tabletts ab.

„Danke, Becky. Es war gar nicht so einfach, die alle hierherzubekommen. Ich bin überrascht, dass ich sie nicht fallen gelassen habe."

„Ja, ich weiß, was du meinst. Ich habe so etwas auch schon hinter mir." Becky brachte allen ihren Kaffee und stellte die Cupcakes auf den Tisch, damit die Leute sich bedienen konnten. Innerhalb von zwanzig Minuten würden sie alle weg sein, soviel stand fest.

„Heute ist etwas für dich angekommen."

„Was denn?"

„Ich weiß es nicht. Aber es sieht sehr besonders aus."

Ich lachte. „Ich kann mir nicht vorstellen, was das sein soll. Außer, der Popstar versucht, mich zu inspirieren, damit ich schneller neue Dinge erschaffe."

„Ich habe keine Ahnung, von wem es ist."

„Wie mysteriös." Ich konnte mir kaum vorstellen, wer mir wohl das Paket geschickt hatte – ich hatte schon länger nichts mehr bestellt. Ich folgte Becky in mein Büro, in dem ein Paket auf meinen Schreibtisch stand. Wir blickten es beide an, aber ich konnte immer noch nicht feststellen, wo es herkam. Das Paket war in Papier gewickelt, das nur als luxuriös beschrieben werden konnte, und das verwirrte mich noch mehr.

„Ich muss schon sagen, Katie, das sieht aus, als wäre es ein romantisches Geschenk."

„Was? Meinst du wirklich?"

„Pack es einfach aus, um Himmels willen. Die Spannung bringt mich noch um."

„Okay, warte", lachte ich. Schnell wickelte ich das mysteriöse Paket aus und entdeckte darin ein umwerfendes, blaues Kleid mit einer Diamantkette.

„Oh mein Gott."

„Hey, da ist ein Brief drin", flüsterte Becky.

„Wo?"

„Na, hier!", brüllte mich Becky fast an.

Ich kicherte. „Immer mit der Ruhe, meine Liebe, ich habe ihn halt nicht gesehen."

Becky überreichte mir den Brief und ich drehte ihn um, um zu sehen, ob ein Name darauf stand. Fehlanzeige. Schnell öffnete ich den Umschlag, um darin die Wegbeschreibung zu einem der besten französischen Restaurants in der Stadt zu finden. Ich sollte das Kleid und die Kette tragen und um sieben Uhr an diesem Abend dort sein.

„Wow. Das ist so romantisch."

„Ich habe keine Ahnung, was hier gerade abgeht", murmelte ich.

„Bestimmt ist es Matt."

„Meinst du wirklich?" Mir wurde warm bei dem Gedanken, dass Matt mir so ein Paket schicken könnte. Ich traf mich erst seit Kurzem mit ihm, aber alles lief gut.

„Natürlich – wer sollte es sonst sein? Er hat dir doch neulich erst diese Blumen geschickt. Bei ihm läuft es rund."

„Ja, aber Blumen sind eine Sache – und so etwas ist eine ganz andere Sache."

„Klar, aber der Kerl hat Geld wie Heu. Er kann sich so etwas leisten."

Ich starrte den Brief an und grübelte. Es wäre eine nette Geste, aber es war einfach zu früh für zwei Menschen, die gerade erst angefangen hatten, sich kennenzulernen. Aber vielleicht gab Matt sich einfach ganz besonders viel Mühe.

„Was soll ich tun?"

„Du solltest auf jeden Fall hingehen."

„Wirklich? Ich weiß ja nicht."

„Bist du verrückt, Katie? Wenn ein Typ so etwas für mich tun würde, wäre ich schon auf dem Weg dorthin, auch wenn ich damit zehn Stunden zu früh wäre."

Ich lachte. „Ja, aber das gilt nur, wenn es auch wirklich Matt ist. Vielleicht ist es ein Stalker, der an dem Tisch auf mich wartet. Total unheimlich."

„Komm schon. Das ist doch wohl nicht dein Ernst."

„Na, schließlich bin ich in letzter Zeit dauernd in den Nachrichten aufgetaucht. Das hätten alle möglichen Leute schicken können. Ehrlichgesagt glaube ich, dass Matt es mir sagen würde, wenn er dahinterstecken würde."

„Wow, Katie, du machst dir viel zu viele Gedanken. Ja, du hast Matt erst vor einer Woche kennengelernt, aber er kontaktiert dich seitdem ohne Pause. Es könnte einfach eine romantische Geste sein."

Ich nickte. „Ja, ich schätze, da hast du recht. Vielleicht reagiere ich auch über."

„Also, ich muss jetzt los. Ich muss meinen Kaffee trinken und dann weiterarbeiten. Ich habe jede Menge zu tun."

„Ja, tu das, bitte. Du bist wirklich eine große Hilfe."

Ich setzte mich an meinen Schreibtisch und fing an, ein paar Papiere durchzusehen. Ich blickte immer wieder zu dem Paket und konnte mich nicht konzentrieren. Wer hatte dieses schöne Kleid geschickt? Ich nahm wieder den Brief in die Hand und las ihn ein zweites Mal. Dann berührte ich den Stoff des Kleides. Eine Sache stand außer Frage – das Material war teuer und die Kette war nicht von dieser Welt. Becky hatte recht gehabt, das Paket war sehr besonders. Ich war mich nur nicht sicher, dass Matt dahintersteckte.

An Matt zu denken, entlockte mir immer ein Lächeln. Ich mochte den Typen wirklich, aber ich glaubte nicht, dass er so eine große Geste bringen würde, vor allem noch nicht so früh. Bis jetzt hatten wir jede Menge Spaß miteinander gehabt, also unterschätzte ich vielleicht einfach meine Anziehung auf ihn. Vielleicht stand er wirklich auf große Gesten.

Ich hatte Matt auf einer AIDS-Gala kennengelernt. Seit ich aus Afrika abgereist war, wollte ich mich mehr in der Sache engagieren. Vielleicht baute ich keine Schulen mehr oder unterrichtete Schüler, aber ich wollte immer noch Teil der Sache sein und helfen, wo ich nur konnte – nur jetzt eben von zu Hause. Ich hatte eines meiner Kleider zum guten Zweck versteigert und es war für fast 10,000 Dollar vom Tisch gegangen. Das war kein Kleingeld. Ich hatte Matt kennengelernt, weil er an demselben Tisch gesessen hatte wie ich. Er war groß, dunkelhaarig und äußerst durchtrainiert – was unwiderstehlich war. Er war ein wenig älter als ich, aber das machte mir gar nichts aus. Ihm gehörte eines der erfolgreichsten Football-Teams in der Gegend und er war ziemlich erfolgreich. Es fiel mir schwer, nicht an ihn zu denken.

Wir hatten den Großteil des Abends miteinander verbracht, zusammen gelacht und geredet. Später hatte der Veranstalter mir dann verkündet, dass Matt darum gebeten hatte, an meinen Tisch gesetzt zu werden. Ich war überrascht aber äußerst geschmeichelt gewesen. Ich hatte noch nie einen so lieben und freundlichen Mann kennengelernt und hatte es wirklich genossen, Zeit mit ihm zu verbringen. Ich hatte wahnsinnig viel Spaß an diesem Abend gehabt und das wäre wahrscheinlich nicht so gewesen, wenn er nicht da gewesen wäre.

Er hatte mich an diesem Abend um eine Verabredung gebeten und wir hatten am nächsten Abend zusammen gegessen. Seitdem waren wir ständig in Kontakt. Nach diesem ersten Date war ich mir sicher gewesen, dass es einen Grund gab, warum Matt in mein Leben getreten war. Ich konnte mir gut vorstellen, dass er der Eine für mich war. Oder wurde ich auch schon verrückt? Wir hatten uns erst vor einer Woche kennengelernt, aber dann war diese Schachtel angekommen. Was bedeutete das nun schon wieder?

Matt war sexy, erfolgreich und lieb – ich sollte ihn festnageln, solange ich die Gelegenheit dazu hatte. Obwohl er ausgesprochen sexy war, hatten wir noch nicht miteinander geschlafen. Ich wollte auch nichts überstürzen – ich war zufrieden damit, wie die Dinge liefen.

Ich traf meine Entscheidung. Ich würde zu dem Restaurant fahren und mich mit dem mysteriösen Mann treffen.

9

KATIE

Ich trank ein Glas Wein, während ich mich auf das mysteriöse Date vorbereitete. So konnte ich mich gut entspannen, bevor ich mich mit der Person traf, die da auf mich wartete. Wahrscheinlich war es Matt – ich meine, wer würde mir sonst so ein extravagantes Geschenk schicken?

Alles in Allem war der Tag super gelaufen. Die Entwürfe waren rechtzeitig fertig geworden und wir hatten sie dem Popstar geschickt, damit sie sie absegnete. Alleine das Abschicken war so aufregend gewesen. Ich tat es also wirklich – ich arbeitete in einem Job, den ich liebte und machte große Schritte darauf zu, meine Träume zu verwirklichen. Wenigstens hatte ich nicht mehr den Stress wegen dieser Entwürfe am Hals. Jetzt musste ich nur noch auf Zustimmung warten und das Kleid konnte genäht werden.

Ich blickte in den Spiegel und drehte mich einmal um. Das Kleid war eng anliegend und betonte meine Kurven. Wer auch immer das Kleid gekauft hatte, wusste meine Größe und wusste, was mir gefiel, denn ich sah darin total heiß aus. Ich fragte mich, wie Matt nur meine Größe so gut kennen konnte, wenn er mich noch nie nackt gesehen hatte. Hatte er einfach geraten? Ich legte die Diamantkette an, befestigte den Verschluss und fühlte die Schwere der Kette auf meiner Brust.

Ich blickte noch einmal in den Spiegel und lächelte. Ich sah verdammt gut aus. Die Kette war atemberaubend und passte so gut zu dem Kleid. Ich konnte es kaum erwarten, im Restaurant anzukommen und Matt zu zeigen, wie gut ich in den Sachen aussah, die er für mich ausgesucht hatte. Er würde begeistert sein – allein schon sein Blick wäre unbezahlbar. Ich beschloss, meine sexyeste Spitzenunterwäsche zu tragen, nur für den Fall, dass ihn mein heutiger Look inspirierte. Wenn das tatsächlich geschah, würde ihm eine Nacht blühen, die er so bald nicht vergessen würde.

Ich beschloss, dass es am besten wäre, mit dem Taxi ins Restaurant zu fahren, da ich mir nicht ganz sicher war, was danach geschehen würde. Wenn nichts passierte, würde ich einfach auch mit dem Taxi nach Hause fahren. Ich wollte mir außerdem keinen Kopf wegen Alkohol machen, wenn ich danach noch fahren musste.

Als ich ankam, betrat ich das erstklassige Restaurant und blickte den Oberkellner an. Mein Herz schlug wie wild in meiner Brust. Es war die Art Restaurant, bei dem man monatelang auf eine Reservierung wartete, und ich war schon lange nicht mehr dort gewesen. Wer auch immer mir das Kleid geschickt hatte, hatte auf jeden Fall gute Beziehungen.

Der Oberkellner kam auf mich zu und ich verkündete, dass ich mich mit einem Unbekannten traf. Die Empfangsdame notierte meinen Namen und lächelte, während sie mich an meinen Tisch führte. Ich versuchte, mich zu beruhigen, aber mein Herz hämmerte weiter und ich konnte nichts daran ändern. Sie führte mich auf die Terrasse und als ich an den Tisch gelangte, war noch niemand dort. Das machte das Ganze noch spannender. Es waren buchstäblich die besten Plätze des

Hauses und hatten einen grandiosen Blick auf den Sternenhimmel. Er raubte mir den Atem.

Ich blickte mich im Restaurant um, um zu sehen, ob ich Matt irgendwo sehen würde. Ich wollte ihn mit einem Lächeln begrüßen. Aber ich hätte nie erwartet, dass ich Ben auf mich zukommen sehen würde. Mein Kiefer klappte auf den Boden runter und das sah alles andere als vorteilhaft aus. Er hatte ein breites Grinsen im Gesicht und plötzlich sah ich wieder scharf. Verdammt, was machte er bloß hier?

Ich hatte vergessen, wie gut Ben aussah, aber als er so auf mich zuging, wurde ich wieder schmerzlich daran erinnert. Ich hatte ihn seit Afrika nicht mehr gesehen, und ihn jetzt vor mir zu haben rief mir jeden unserer gemeinsamen Momente in Erinnerung. Er stand mir nicht einmal so nahe und dennoch wurde mir ganz heiß bei seinem Anblick. Schließlich war er immer noch der einzige Mann, der mir je einen Orgasmus beschert hatte.

Ich schüttelte das Gefühl ab. Ich konnte nicht glauben, dass ich mich nach so langer Zeit immer noch so fühlte. Schließlich waren sechs Monate vergangen, und es fühlte sich immer noch an wie gestern. Es fühlte sich an, als hätte er gerade zum ersten Mal seine Hände auf meinen Körper gelegt. Wie war das möglich? Dass er nach all dieser Zeit immer noch eine solche Kontrolle über meinen Körper haben konnte? Ich wurde rot bei dem Gedanken an all die Empfindungen, die er mir beschert hatte. Er lächelte mich immer noch an und es zog sich mir innerlich alles zusammen davon.

„Du siehst genauso schön aus wie an dem Tag, an dem ich dich kennengelernt habe. Das ist ein umwerfendes Kleid."

Ich verengte meine Augen zu Schlitzen. „Ben, was zum Teufel machst du hier?"

„Sollte ich beleidigt sein, dass du mich nicht erwartet hast?"

Oh nein, war das Paket etwa von ihm? Deutete er das gerade

an? Ich weigerte mich, mir irgendeine bedeutendere Reaktion als ein Lächeln entlocken zu lassen. Ich würde Matt nicht mit in dieses Chaos reinziehen. Ich konnte gar nicht glauben, dass er vor mir stand, aber ich hätte es wissen müssen. Es wäre für Matt viel zu früh gewesen, so eine extravagante Geste zu bringen. Ich hatte einfach nicht erwartet, dass ich je wieder von Ben hören würde.

„Hast du wirklich erwartet, dass ich dich so einfach aufgeben würde? Ich habe in den letzten sechs Monaten an nichts anderes gedacht."

„Na, du hast auf jeden Fall eine Art, dein Revier zu markieren."

Er setzte sich mir gegenüber hin und ich wurde noch nervöser. Ich hatte erwartet, dass Matt sich vor mich setzen würde, und stattdessen holte mich meine Vergangenheit ein. Wäre Matt sauer, wenn er wüsste, dass ich mit einer alten Flamme zu Abend aß? Nein, es war viel zu früh für derartiges Besitzverhalten. Er hätte kein Recht, sauer zu sein. Wir trafen uns nicht exklusiv miteinander und wir hatten nie auch nur ansatzweise über so etwas geredet.

Ich fühlte mich hin und hergerissen. Ich wusste, dass ich immer noch ungeklärte Gefühle für Ben hegte, aber dennoch mochte ich Matt auch sehr gerne. Zwischen uns könnte es etwas werden. Tatsächlich kamen mir schon Gedanken, in denen weiße Kleider und Babyklamotten vorkamen. Ich hatte es mit alledem natürlich nicht eilig, aber es waren einfach die Art Gedanken, die Mädchen bekamen, wenn sie einen Typen kennenlernten, den sie wirklich gerne mochten. Mit einem Mann wie Matt würde ich glücklich werden – er war der perfekte Familienvater.

Aber ich konnte auch die unglaubliche Chemie nicht leugnen, die zwischen mir und Ben bestand – wir waren wie elektrisch geladen. Ich wusste nur nicht, ob ich mit Ben eine

Zukunft hatte. Unsere gemeinsame Zeit in Malawi war unglaublich gewesen, bis sie es auf einmal nicht mehr gewesen war. Ich kam immer noch nicht klar damit, dass er mir etwas so Bedeutsames verheimlicht hatte, während wir zusammen waren, und ich wusste nicht, ob ich ihm vertrauen konnte. Außerdem kannte ich seine Vergangenheit mit Frauen und ich konnte mir nicht sicher sein, dass er länger bei mir bleiben würde.

„Sag mir, Katie, wie ist es dir in den letzten Monaten ergangen?" Sein Lächeln erwärmte mich sofort.

„Es läuft super. Meine Firma hebt richtig ab. Ein Star hat mich gefragt, ob ich ihr ein Kleid designe, ziemlich aufregend."

„Gut für dich, das freut mich wirklich. Aber überraschen tut es mich nicht wirklich. Du bist eine verdammt kluge Frau."

Ich lächelte ihn an. Ich war stolz auf meine Errungenschaften und ein wenig erfreut, dass er das auch gut zu finden schien. Ich fühlte mich immer wohl mit Ben; wir waren so bequem miteinander, wie man es selten mit Leuten sein konnte, ohne viele Jahre mit ihnen zu verbringen.

Während wir Getränke und Essen bestellten, verging die Zeit wie im Fluge. Wir unterhielten uns wie alte Freunde und redeten stundenlang pausenlos. Es war, als wäre ich am Verhungern gewesen, bevor er aufgetaucht war, und er brachte mir Sicherheit durch nichts weiter als seine Gegenwart.

Schließlich sprachen wir auch über Afrika und was dort geschehen war, nachdem ich gegangen war. Die Erfahrung hatte Ben zum Besseren gewandelt und ich konnte es erkennen, als er von seinen Erfahrungen dort erzählte. Wir sprachen auch über die Gerichtsverhandlung, die auf ihn zukam und was er hoffte, mit ihr zu bewirken.

In diesem Moment klingelte das Telefon und ich wurde aus meinen Träumereien gerissen. Ich hatte gedacht, dass mein Team mich anrief, aber als ich das Display ansah, stand Matts Name darauf. Ich ließ die Mailbox rangehen und drehte das

Handy wieder um. Ich konnte nicht mit Matt reden, während ich mit einem anderen Mann zu Abend aß. Das wäre beiden gegenüber respektlos gewesen.

Ich blickte auf, um festzustellen, dass Ben mich interessiert beäugte. „Wichtiger Anruf?", sagte er mit einem Blitzen in den Augen.

„Mach dir keine Sorgen darum, wer mich anrufen könnte, Ben."

Das Handy klingelte erneut und erschreckte mich, und wir lachten beide. „Wenn du rangehen musst, Katie, dann tu das ruhig."

„Nein, schon in Ordnung", lachte ich. „Tut mir leid."

„Na, schau doch nach, wer es ist, bevor du dir einen wichtigen Anruf entgehen lässt."

Ich drehte das Handy um und diesmal war es tatsächlich mein Team. Becky rief mich an und ich nahm sofort ab. Das Hintergrundgeplauder war so laut, dass ich kaum verstand, was sie sagte.

„Becky, beruhige dich. Ich kann dich kaum hören."

Ich war einen Augenblick still, während ich Becky zuhörte, die mit ruhigerer Stimme fortfuhr. „Oh mein Gott! Das ist unglaublich." Ich lachte und es fühlte sich toll an. Ich legte auf und strahlte Ben an.

„Scheinen gute Neuigkeiten gewesen zu sein."

„Oh, wunderbare Neuigkeiten. Dieser Star, von dem ich dir erzählt habe, die Entwürfe haben ihr gefallen und sie will das Kleid."

„Herzlichen Glückwunsch, Katie. Das verdienst du wirklich." Er stand von seinem Stuhl auf und kam auf mich zu. Dann zog er mich von meinem Stuhl hoch und nahm mich fest in die Arme, und als unsere Körper sich berührten, durchfuhr mich ein elektrischer Schlag. Als wir uns voneinander lösten, blickte ich ihm in die Augen und es fühlte sich genauso an wie in unserer ersten Nacht. Da küsste ich ihn, mitten in dem Restaurant, und er erwiderte hungrig meinen Kuss.

„Komm mit in mein Hotelzimmer", flüsterte er an meinem Hals. „Ich habe eines im ersten Stock."

Ich fragte mich, ob er das Ganze geplant hatte, aber dann wurde mir klar, dass mir das egal war. Ich nickte.

10

KATIE

Wir fuhren mit dem Aufzug in die Penthouse-Suite, ohne ein Wort miteinander zu sprechen. Als wir dann in der Suite waren, nahm Ben mich auf den Arm und trug mich in sein Zimmer, wo er mich auf das Bett legte.

Tausend Gedanken schwirrten mir durch den Kopf, während seine Augen sich mit Lust füllten. War es möglich, dass mein Herz noch schneller schlug? Ich hatte das Gefühl, es würde meinen Brustkorb sprengen und mir aus der Brust springen. Bumm, bumm, bumm – liebe Zeit, ich würde vielleicht sogar in Ohnmacht fallen. Ich hatte mich noch nie mit jemandem so wollüstig gefühlt, aber er hatte einfach so eine Art. Bei ihm wollte ich ganz ungezogen sein. Zu wissen, dass Ben nichts anderes im Kopf hatte, als mich auf jede erdenkliche Art und Weise zu beglücken, machte mich ganz heiß. Ich wurde langsam unglaublich geil, während seine Zunge weiter mit meiner spielte.

Er starrte mich einfach nur an und ich sah, dass er sich genauso fühlte wie ich. Er wollte mich und ich erinnerte mich daran, wie es zwischen uns gewesen war. Gott, das machte mich so sehr an. Was würde er wohl gleich mit mir anstellen?

„Also, was machen wir als erstes?", sagte ich mit einem Zwinkern.

Er schenkte mir ein teuflisches Grinsen, bei dem mir ganz heiß wurde. „Ich werde dafür sorgen, dass du dich richtig gut fühlst, Katie, indem ich jede Menge schmutzige Dinge mit dir anstelle."

Ich keuchte auf. Vor Ben hatte noch nie jemand so mit mir geredet, und ich hatte schon jede Menge ziemlich heißen Sex gehabt – auch wenn der Orgasmus eben nicht mit von der Partie gewesen war. Warum hatte das noch nie jemand gemacht? Vor Ben war es mir noch nicht einmal in den Sinn gekommen, dass mir Dirty Talk gefallen könnte, aber jetzt gefiel es mir richtig. Seit der ersten Nacht, in der wir Sex gehabt hatten, redete Ben so mit mir und ich fand es absolut berauschend.

Er beugte sich vor, legte seine Hand um meinen Nacken und zog mich an sich, während sein Mund sich meinem bemächtigte. Er schmeckte süß und verlockend. Sein Mund war heiß und ich stöhnte beinahe, als seine Lippen die Meinen liebkosten. Er küsste mich zunächst sanft und dann wurden seine Küsse hungrig, als brauche er meinen Mund auf seinem. Seine Zunge glitt in meinen Mund und ich nahm sie gierig entgegen. Ich saugte langsam an ihm, um ihn zu schmecken, bevor ich mich von ihm löste. Er zog mich wieder an sich und zeigte mir, dass er noch nicht fertig damit war, mich zu küssen. Seine Zunge fand wieder die Meine und unsere Küsse wurden immer leidenschaftlicher. Seine Hand fand meine Brust und er knetete sie sanft. Er fing an, mein Kleid zu öffnen, und warf es dann zur Seite. Er hörte kurz auf, mich zu küssen, um auf meine Brüste niederzublicken, die danach schrien, aus meinem BH befreit zu werden.

„Du bist schön", sagte er mit einem Lächeln.

Ich lächelte, obwohl ich nur daran denken konnte, wie er nackt aussah. Er öffnete meinen BH und drückte mich nach hinten, bis ich an das Bett gelehnt war. Sein Mund fand meinen Nippel und er saugte, knabberte und leckte daran. Die Empfindungen, die meinen Körper durchströmten, befeuchteten mein Spitzenhöschen. Ich stöhnte sanft, als Ben seinen Mund mit seinen Fingern ablöste, die an meinem Nippel zogen und es zwischen meinen Beinen pulsieren ließen. Es gefiel mir und ich konnte nichts dagegen tun, wie mein Körper reagierte. Er spielte weiterhin mit meinen Nippeln und entlockte mir ein weiteres Stöhnen, während die Lust sich immer weiter in meinem Körper aufbaute. Ich griff mit meiner Hand nach unten und massierte ihn durch seine Hose. Ich konnte spüren, wie sein harter Schwanz sich gegen seinen Reißverschluss drängte.

Er lächelte mich an. „Willst du ihn? Willst du ihn in deinem Mund?"

Ich nickte, immer noch sprachlos über die Dinge, die aus seinem Mund kamen. Ich fühlte mich mit ihm völlig hemmungslos, als ob ich so gut wie alles nur aus Lust tun würde – nur damit er meinen Körper befriedigte, mir gab, was ich wollte.

Er öffnete den Knopf seiner Hose und zog den Reißverschluss nach unten. Er ließ seine Hose bis zu seinen Knien rutschen und zog gleichzeitig auch seine Unterhose aus. Sein harter Schwanz sprang vor mir heraus, als er von seiner Unterhose befreit wurde. Er war so groß – der Anblick raubte mir den Atem und ich hatte ganz vergessen, wie beeindruckend er in Fleisch und Blut war. Er stand vor mir und hielt mir seinen Schwanz ins Gesicht. Ich nahm seinen Schwanz in den Mund und lutschte daran. Seine Augen schlossen sich und ich lutschte ihn hart, während ich ihm die Eier massierte. Meine Zunge massierte langsam seinen Schaft und dann seine Eichel. Er stöhnte vor Geilheit und ich lutschte ihn noch härter.

„Oh mein Gott, das machst du so gut."

Ich nahm seinen Schwanz noch tiefer in den Mund, bis er ganz hinten in meinem Rachen anstieß. Ich bewegte mich rhythmisch auf und ab, bis ich einen richtigen Flow mit ihm in meinem Mund entwickelte.

Sein Stöhnen törnte mich an und ich spürte, wie meine Muschi noch feuchter wurde. Er zog seinen Schwanz aus meinem Mund und zog sich fertig aus.

„Mmm, du siehst so lecker aus. Ich glaube, ich muss dich auffressen."

Ich zögerte nicht und legte mich zurück, um meine Beine zu spreizen. Ich wollte ihn zwischen meinen Beinen. Ich wollte, dass er mir die Muschi leckte.

Er ging vor mir auf die Knie und leckte mir langsam die Muschi, als würde er meinen Geschmack voll und ganz auskosten. Es fühlte sich unglaublich an, als er mit der Zunge über meinen Eingang leckte und ein angenehmes Kribbeln meinen Körper durchströmte. Er nahm meine Klit in den Mund und lutschte daran, sodass ich laut stöhnte, während meine Muschi tropfnass wurde.

„Oh Gott ... oh Gott ..." Ich kam kaum zu Atem, so gut fühlte es sich an.

Er blickte zu mir auf und lächelte mich an. „Fühlt sich das gut an, Liebes?"

„Oh mein Gott, ja, es fühlt sich unglaublich an."

Meine Muschi lief schon über und er leckte alles davon auf, schmeckte jeden Zentimeter von mir. Ich spürte, wie es sich langsam in mir aufbaute, dieses geile Gefühl, das bisher nur er mir beschert hatte. Ich würde gleich mitten in seiner Penthouse-Suite kommen.

„Oh Gott ... oh wow – ich komme gleich."

Er lutschte an meiner Klit, als er einen Finger in meiner Muschi begrub und mich damit rhythmisch fickte. Es war zu viel – zu viel auf einmal und ich schrie leise auf, als ich so köstlich kam, dass ich sofort mehr wollte.

„Wie war das?" Sein teuflisches Lächeln verriet mir, dass er genau wusste, wie es gewesen war.

Ich grinste ihn einfach nur an, die Lust stand mir ins Gesicht geschrieben.

„Lass mich mich setzen, Baby. Ich will, dass du dich auf meinen Schwanz setzt und ihn reitest."

Ich grinste, der Klang seiner Worte heizte mich an. Er legte sich auf das Bett und ich brachte mich in Stellung, ihm den Rücken zugekehrt, und spießte mich auf seinem Schwanz auf. Er wurde in dieser Stellung direkt an meinen G-Punkt gedrückt und bei dem Gefühl wurde ich fast wahnsinnig.

Ich war völlig sprachlos und fing an, mich langsam zu bewegen. Er fühlte sich so geil an und ich ritt seinen geschmeidigen Schwanz noch härter. Er stöhnte auch leise und ich wollte ihm genauso viel Lust bereiten, wie ich sie verspürte.

„Mmm, du bist so eine heiße Frau. Du fühlst dich köstlich an. Du reitest meinen Schwanz so gut, Baby."

Ich stöhnte. Seine Stimme, seine Worte, sein Schwanz machten mich verrückt. Und als ich schon dachte, es könne gar nicht besser werden, griff er vor meinen Körper und fing an, mit meiner Klit zu spielen. Es war fast zu viel – ich konnte gar nicht genug davon bekommen. Ich stöhnte sanft und wollte um mehr betteln, aber ich fühlte mich schon so besessen von ihm. Meine Muschi war so feucht. Er machte mich verrückt.

„Entspann dich einfach, Liebes."

Ich keuchte auf, als Lust mich durchströmte. Ich ritt weiter seinen Schwanz, während ich ein zweites Mal kam. „Oh Gott, Ben, oh Gott, das fühlt sich so gut an", flüsterte ich ihm meine Gelüste zu.

„Ich will meinen Schwanz in dich stecken und dich durchficken. Ich bin dran."

Ich erhob mich von seinem Schwanz und wartete ab, um herauszufinden, was er mit mir vorhatte.

Sein Schwanz – oh Gott. Sein Ausmaß zu sehen löste Schockwellen in mir aus. Ich wollte unbedingt von ihm gefickt werden.

Ich konnte gar nicht glauben, dass all das gerade passierte. Es war schwer zu glauben, dass ich in dieser Situation war, mit Ben, den ich schon monatelang nicht mehr gesehen hatte, aber ich genoss jede Sekunde mit ihm. Er löste ein Pulsieren in meinem Körper aus, und ich wollte ihn anflehen, mich von diesem Gefühl zu erlösen. Er musste mich gut ficken, damit ich die Erlösung erlangen konnte, die ich brauchte, die ich verdiente. Ich war bereits zwei Mal gekommen, aber ich war noch nicht befriedigt. Ich wollte wieder und wieder von diesem Mann gefickt werden. Das war die Art Therapie, die man nach einem harten Tag im Büro brauchte – scheiß auf Therapie, Wein oder heiße Bäder. Viel besser fühlte man sich nach einem richtig guten Fick.

Er stand vom Bett auf und drückte mich auf die Matratze. Als er meine Beine über meinen Kopf hob, machte ich große Augen. Gottseidank war ich dehnbar.

Ich gehorchte ihm, mein Körper erschöpft von der ganzen Lust. Ich lag auf meinem Rücken, die Beine gespreizt und nach oben gestreckt.

„Fass dich für mich an."

Ich riss die Augen auf und schüttelte den Kopf. „Das kann ich nicht."

„Doch, das kannst du. Ich will sehen, wie du dich geil machst – das macht mich geil. Dann werde ich in deine feuchte Muschi gleiten und dich richtig durchficken."

Nervosität machte sich in meinem Bauch breit. Ich hatte natürlich schon mal masturbiert, aber noch nie vor jemandem. Also tat ich, was jede Frau bei Verstand tun würde, ich spreizte meine Beine und ließ meine Finger über meine feuchte Muschi gleiten. Ich umkreiste sie, bevor ich zu meiner Klit nach oben wanderte und sie mit meinem Finger massierte. Dann massierte ich sie hart und schloss meine Augen, während ich meine eigenen Berührungen genoss.

Ich war mir sicher, dass mein Gesicht feuerrot war, aber er sagte nichts. Tatsächlich stellte ich fest, dass er mich fasziniert anblickte, als ich meine Augen öffnete, um ihn anzublicken. Er blickte mich feurig an und bei seinem Blick fühlte ich mich heiß und begehrenswert, als hätte ich die Kontrolle über seine Lust und Erregung. Ich mochte das Gefühl, seine Lust zu kontrollieren, und steckte mir zwei Finger in die Muschi und stöhnte, während ich sie mir ganz tief reinschob. Ich fingerte mich vor ihm und sah zu, wie sich langsam ein Lächeln über sein Gesicht erstreckte.

„Das ist so geil."

Ich stöhnte, während ich es mir selbst besorgte, zog meine Finger wieder raus und befeuchtete meine Klit mit meinen Säften. Mein Körper pulsierte durch und durch und ich wollte mittlerweile unbedingt gefickt werden.

„Bitte?"

„Was ‚bitte', Schätzchen? Brauchst du Hilfe?"

„Ich brauche dich."

„Dann kannst du mich auch haben." Er brachte sich in die Missionarsstellung und legte wieder meine Beine über meinen Kopf. Er drang langsam in mich ein und ich keuchte, je tiefer er in mich vorstieß.

„Oh ja, das ist schön. Du bist richtig eng, Baby. Mein Gott, deine Muschi fühlt sich so gut an." Der tiefe Winkel in dieser Stellung war unglaublich gut.

Ich legte den Kopf zurück, wahnsinnig vor Lust. Er passte perfekt in mich und eine Welle der Lust durchfuhr mich jedes Mal, wenn er sich in mir bewegte. Er fing an, etwas schneller in mich zu stoßen und ich stöhnte so laut, dass man es mit Sicherheit im Zimmer unter uns hörte. Sein Schwanz war perfekt und in dieser Stellung stimulierte er perfekt meinen G-Punkt. Mein Körper baute erneut Spannung auf und ich wusste, dass ich gleich kommen würde.

„Komm für mich, Baby. Ich sehe es dir doch an. Komm auf meinem Schwanz, Baby."

Da explodierte ich, gehorchte seinem Befehl, schrie auf. Ich war total fertig und er fickte mich langsam weiter. Er zog ihn aus mir raus und ich rollte mich auf den Bauch, meinen Arsch hoch in der Luft. Das war die geilste Stellung mit ihm.

„Du hast so einen geilen Arsch. Du solltest mal die Aussicht sehen, die ich hier genießen darf."

Er stieß hart in meine Muschi. Ich schrie auf, als die Lust meinen Körper erneut übermannte. Ich stöhnte und genoss jeden Zentimeter seines Schwanzes, während er immer und immer wieder in mich hineinhämmerte. Er beugte sich zu mir vor und versohlte mir den Hintern. Ich schrie auf und mir wurde klar, dass ich noch nie in meinem Leben etwas derart Sexy erlebt hatte. Er fickte mich noch härter und Wellen der Lust durchströmten mich. Ich blickte ihn über meine Schulter an und lächelte. Ich bekam bei diesem Mann multiple Orgasmen – wie konnte ich es nicht vermissen, mit ihm zusammen zu sein?

„Du hast eine echt geile Pussy, Katie. Ich finde es so geil, dich zu ficken."

Ich stöhnte und genoss das Gefühl, das er mir gab, und noch mehr, wie er mit mir redete.

Er zog sich wieder aus mir raus und drehte mich wieder um. Dann ließ er seine Finger in meine Muschi gleiten und fingerte mich ein bisschen. Er machte mich schon wieder so feucht und ich war doch schon durchnässt von dem ganzen Gevögel. „Ich will dich wieder auf meinem Schwanz, Baby.

Willst du dich auf mich setzen und mich noch mal so geil reiten?"

„Und wie."

Er legte sich wieder hin und ich brachte mich in Stellung, sodass ich ihm wieder den Rücken zukehrte, und ließ seinen Schwanz in mich gleiten.

„So ist's gut, Liebes – jetzt machen wir mal ganz langsam. Das fühlt sich doch geil an, oder nicht?" Ich stöhnte zustimmend.

„Okay, weiter so. Entspann dich einfach, nicht anspannen."

Ich konnte gar nicht glauben, was ich da machte. Was hatte mich bloß geritten, so etwas zu tun, wieder mit Ben zusammenzukommen? Mein Gott, ich hatte ihn so nötig gehabt – ich hatte ihn immer noch nötig. Ich war so sexuell befriedigt und trotzdem noch so geil – er hätte alles mit mir machen können. Ich verzehrte mich innerlich nach ihm.

Ich ritt Bens Schwanz und spürte, wie sich das Gefühl der Geilheit in meinem ganzen Körper ausbreitete.

„Entspann dich, Süße, du spannst dich an. Ich kann spüren, wie du dich um meinen Schwanz zusammenziehst."

Mir war nicht klar gewesen, dass ich den Atem anhielt, also tat ich, was er sagte. Während ich mich noch ein wenig tiefer auf ihm aufspießte, versuchte ich, mich zu entspannen und es geschehen zu lassen. Er fühlte sich auf jeden Fall riesig an. Ich fühlte mich voll bis zum Rand mit ihm in mir drin, aber ich liebte es wie verrückt. Dann fing er an, seine Hüften zu bewegen und meinen Stößen entgegenzukommen, während ich auf seinem Schwanz auf und ab glitt. Er versuchte, mich daran zu gewöhnen, noch mehr von ihm in mir zu haben. Ich stöhnte, als er den Rhythmus verschnellerte und sein Schwanz rein und raus glitt.

„Alles in Ordnung, Katie?"

„Ja", flüsterte ich.

„Fühlt es sich gut an?"

„Oh Gott, ja. Ich lerne so gerne neue Stellungen mit dir."

Der Gedanke, mehrere Stellungen drauf zu haben, war mir noch nie zuvor gekommen, aber es hörte sich auf jeden Fall geil an. Das war eines der Dinge, die mir bei Sex mit Ben am besten gefielen – es gab immer etwas Neues. Wenn ich ihn ritt, fühlte er sich gigantisch in mir an. Er drang sanft in mich vor und kam weiter meinen Stößen entgegen. Ich fing an, ihn schneller zu reiten und ließ die Wellen der Lust wieder und wieder über mir brechen, hielt nie inne zwischen zwei Stößen.

„Oh Gott", stöhnte ich.

Er griff nach vorne und spielte mit meiner Muschi. Er rieb meine feuchte Klit und bereitete mir zusätzliche Lust, während er seinen Schwanz in mir bewegte.

„Okay, Baby. Jetzt will ich, dass du mich richtig gut fickst."

Bei seinen Worten dachte ich, ich würde durchdrehen. Er war sexy und erfahren und er zeigte mir eine Welt, von deren Existenz ich nie gewusst hatte. Zumindest hätte ich nie erwartet, dass ich mich in sie vorwagen würde. Der Sex war schon gut gewesen, als wir noch in Afrika gewesen waren, aber das hier war wirklich außergewöhnlich.

Sein ganzer, langer Schwanz schob sich in mich hinein und ließ mich langsam und tief aufstöhnen. In diesem Augenblick durchlebte mein Körper so viele unterschiedliche Gefühle. Ich war schiffbrüchig in einem Meer der Lust und ich wollte ein drittes Mal kommen.

„Ich will mehr."

Ich hörte ihn kichern und er fing an, hart in mich hineinzustoßen, während ich auf ihm ritt. Ich war von Sinnen von der Lust, die er mir bescherte, ich brauchte sie, ich brauchte ihn.

Ich war klatschnass und spürte es mir noch einmal kommen. Ich konnte gar nicht glauben, dass ich schon wieder einen Orgasmus haben würde. Mein Gott, der Gedanke war einfach zu geil.

„Ben, es fühlt sich gut an. Es fühlt sich wirklich so gut an."
„Ich weiß, Baby. Es ist toll, nicht wahr?"
„Ja", keuchte ich. „Ich komme wieder."

Mein ganzer Körper bebte, als ich kam und er immer weiter in mich reinfickte. Er war glorreich, es war alles so unglaublich. Der beste Sex meines Lebens fand gerade hier in dieser Hotelsuite statt. Das Nachbeben hatte noch nicht einmal aufgehört und es baute sich schon wieder in mir auf – ich war von all den Orgasmen so empfindsam geworden, dass die kleinste Berührung mich schon in höhere Sphären katapultierte. Ein Zittern durchfuhr meinen Körper und ich schrie seinen Namen.

„Oh, Katie, ich bin auch soweit, Baby. Ich werde deine Muschi mit meiner Wichse füllen."

Ich stöhnte und fand seinen Dirty Talk total geil. Er spritzte in mir ab und sank dann auf das Bett.

Ich ließ mich langsam von seinem Schwanz gleiten und wusste mit Sicherheit, dass ich am nächsten Tag total wund sein würde. Aber es war jede Sekunde wert gewesen. Ich beugte mich zu dem Tischchen am Fuße des Bettes, auf dem eine Packung Kleenex stand, und zog ein paar Taschentücher heraus. Ich machte mich notdürftig sauber und schlüpfte in meine Unterhose. Dann zog ich mein Kleid an, während ich ihm zusah, wie er seine Klamotten zusammensammelte, die auf den Boden gefallen waren. Schnell zog er seine Unterhosen und seine Anzughose an und zog sein Hemd über den Kopf.

Alles war ein wenig zerknitterter, als mir lieb gewesen wäre, aber hoffentlich würde es niemand bemerken, wenn ich das Hotel verließ. Ich konnte allerdings dieses Lächeln nicht aus dem Gesicht bekommen. Meine Hände zitterten von den ganzen Orgasmen, die meinen Körper ausgelaugt hatten – ich konnte gar nicht glauben, dass ich überhaupt stehen konnte. Ben sah mir zu, während ich mich anzog, und als ich zu ihm aufblickte, lächelte er. Er hatte so ein umwerfendes Lächeln, dass ich gleich wieder von vorne anfangen wollte. Würde ich je genug von diesem Mann bekommen, oder würde es immer so sein? Himmel, ich hoffte es jedenfalls.

Ich wusste, dass er wollte, dass ich über Nacht bei ihm blieb, aber das würde ich auf keinen Fall tun. Er kam auf mich zu und küsste mich sanft auf die Lippen.

„Fahr ein paar Tage mit mir nach Paris."

Ich lachte. „Das geht nicht. Ich muss arbeiten."

„Du kannst dir doch ein paar Tage freinehmen, um deine neue Kundin zu feiern."

„Nein, ich muss wirklich an ihrem Kleid arbeiten."

„Mach es am Montag."

Ein kleines Lächeln glitt über mein Gesicht.

11

KATIE

Der letzte Tag in Paris war ein trauriger für mich. Die Stadt war einfach so schön, dass ich es gar nicht glauben konnte. Ich konnte auch nicht glauben, dass ich zugelassen hatte, dass Ben mich hierher brachte. Es wartete so viel Arbeit auf mich daheim, aber ich war ja nur ein paar Tage weg gewesen, also machte es nicht wirklich etwas aus. Ich hatte meinem Team nicht verraten, wo ich hinfuhr, da ich nicht wollte, dass sie erfuhren, dass ich gerade mit einer alten Flamme die Stadt verlassen hatte, vor allem, da manche von ihnen über Matt Bescheid wussten. Es war alles so kompliziert. Ich wusste selbst nicht einmal, was ich tat, also wäre es ausgesprochen kompliziert und vielleicht sogar peinlich gewesen, es jemandem anderen zu erklären.

Ich hatte Matt angerufen, bevor ich nach Paris geflogen war, um ihm zu sagen, dass ich ein paar Tage lang nicht in der Stadt sein würde. Ich hatte ihm gesagt, dass wir miteinander reden müssten, wenn ich zurückkam. Schließlich musste ich irgendeine Entscheidung treffen und beschließen, welchen Mann ich in meinem Leben haben wollte – und das war keine leichte Entscheidung bei diesen beiden Männern.

Ben und ich waren fast sofort nach Paris geflogen und hatten seinen Privatjet benutzt. Ich liebte Paris. Es war nicht nur wunderschön, es war auch die Modehauptstadt der Welt. Ich liebte es, dort shoppen zu gehen; sie hatten immer so einzigartige Kollektionen.

Wir waren erst ein paar Tage dort gewesen und der erste zählte nicht wirklich, da wir nie das Hotelzimmer verlassen hatten – geschweige denn das Bett. Ich war schrecklich wund deswegen gewesen, aber das war es völlig wert. Wir beide standen nicht so sehr auf Sightseeing, also verbrachten wir den Großteil der Zeit damit, am Strand zu liegen oder am Pool auf dem Balkon von Bens Suite. Es war luxuriös und ich genoss die Gelegenheit, ein wenig Sonne zu tanken, bevor ich wieder nach Hause fuhr. Es war wirklich ein äußerst entspannendes Wochenende gewesen.

Allerdings lagen wir auch nicht nur am Strand herum. Ich war stundenlang shoppen, aber welches Mädchen würde sich so etwas entgehen lassen? Ich kaufte nicht nur Kleidung; ich kaufte auch jede Menge Stoffe für meine Designs und ließ sie nach Hause schiffen. Und alles bezahlte Ben; er verwöhnte mich ständig auf unserem Kurzurlaub.

Wir lagen am Pool und tranken Champagner und ich konnte mich an keine glücklichere Zeit in meinem Leben erinnern. Alles lief nach Plan. Ben stand auf, um seine Mails zu checken, und ich schlürfte weiter den edlen Tropfen. Ich weigerte mich, meine Mails zu checken, da ich sonst nur das Bedürfnis verspürt hätte, in den Jet zu steigen und nach Hause zu fliegen. Es fiel mir schwer, die Firma anderen Leuten zu überlassen, und wenn etwas schief lief, wollte ich da sein. Also zwang ich mich, nur zu festgelegten Zeiten eine SMS zu schreiben.

Als ich mein Handy nahm, um meine Nachricht zu verfassen, bemerkte ich, dass Matt mir zwei Nachrichten geschickt hatte. Es waren einfache Nachrichten, in denen er mich fragte, wie meine Reise lief. Ich schickte ihm schnell eine Nachricht, in der ich ihn einlud, mit mir zu Abend zu essen, wenn ich wieder in der Stadt war. Ich wusste, dass ich mit ihm reden musste.

Als ich mich von meinem Handy abwandte, stellte ich fest, dass Ben hinter mir stand. Er sah nicht besonders glücklich darüber aus, dass ich auf mein Handy geschaut hatte, was ich seltsam fand, da er selbst ständig mit seinem Handy nach dem Rechten in seiner Firma sah.

„Ich habe uns Essen bestellt, damit wir an unserem letzten Abend entspannen können. Ich hoffe, das ist dir recht."

„Klar, natürlich."

„War das die Arbeit?" Er nickte in Richtung meines Handys.

„Sie wollen mich einfach gerne wieder im Büro haben, das ist alles. Ich kann es ihnen nicht verübeln. Wie schon gesagt, wir stecken in einer heißen Phase."

Ben betrachtete mich eingehend und ich fragte mich, ob er mir überhaupt glaubte. Schließlich lächelte er aber und beugte sich vor, um mich zu küssen. Er ergriff Besitz von meiner Zunge und knetete mir rau die Brüste. Ich stöhnte und fing an, seinen Schwanz durch seine Hose zu reiben, wie es ihm gefiel. Wir hatten einen Tag Sexpause gemacht, da ich so wund gewesen war, aber ich war schon wieder bereit für ihn. Tatsächlich dachte ich an nichts anderes.

Unsere Hände erkundeten einander, während unsere Zungen miteinander spielten, und ich spürte, wie ich feucht vor Verlangen wurde. Ich wollte ihn sofort in mir drin.

„Fick mich, Ben. Jetzt sofort." Ich schenkte ihm ein neckisches Lächeln. „Wenn du mich fangen kannst."

Ich schälte mich aus meinem Bikinitop und Höschen, rann zum Pool und sprang hinein. Ich kicherte, als ich wieder an die Oberfläche kam und sah, dass er mir hinterhersprang. Dann schwamm ich ans seichte Ende und wartete am Rand des Pools auf ihn. Er fand mich schnell und drängte mich an die Wand.

Sein Mund legte sich hungrig auf meinen und ich stöhnte laut, das Verlangen strömte mir aus allen Poren. Ich schlang meine Beine um seine Taille und er stieß hart in mich rein, fickte mich schnell und grob. Mein Körper explodierte vor Lust und ich schlang meine Beine noch enger um ihn. Er biss meinen Hals und ich schrie vor Lust.

„Oh Ben, dein Schwanz fühlt sich so gut an."

„Du bist Mein, Baby."

„Oh, es fühlt sich so gut an."

Er stieß tief in mich rein, wieder und wieder, bis ich kam und mich am Rande des Pools aufbäumte. Er hämmerte weiter in mich rein, immer härter, bis auch er kam.

Erschöpft lehnte ich mich an seinen Hals und umarmte ihn fest. Er gab mir ein unglaubliches Gefühl – die Chemie zwischen uns war nicht zu leugnen und machte unser Sexleben noch besser.

Er löste sich von mir. „Schauen wir mal nach, ob das Essen schon da ist", sagte er. Sein Grinsen brachte mich zum Lachen und ich kletterte mit ihm aus dem Pool. Während ich mich abtrocknete, sah ich ihm zu, wie er wieder ins Zimmer ging, um nach dem Zimmerservice zu sehen. Ich fühlte mich so befriedigt, dass ich auf der Stelle hätte einschlafen können.

Ich ging wieder ins Zimmer und sah, dass mein Handy vibrierte. Als ich nachsah, sah ich, dass Matt mir geantwortet hatte. Plötzlich fühlte ich mich schuldig dafür, hier mit Ben zu sein, wenn Matt mich doch so gut fand. Aber ich machte nichts falsch – ich hatte nie mit Matt geschlafen und wir trafen uns nicht exklusiv. Ich wollte nur sichergehen, dass ich die beste Entscheidung für mich traf.

Das Letzte, was ich erwartet hatte, als ich anfing, mit Matt zu reden, war, dass Ben wieder in mein Leben treten würde. Ich hatte angenommen, dass es zwischen uns vorbei war, als ich Afrika verlassen hatte. Seit er wieder in mein Leben getreten

Das Versprechen von Liebe

war, hatte Ben einige riesige romantische Gesten gebracht, die ich einfach nicht ignorieren konnte. Ich las Matts Nachricht, in der er einwilligte, mit mir Abend zu essen und mir anbot, mich abzuholen. Ich legte mein Handy weg und ging wieder zu Ben.

WIR AẞEN HUMMER UND SALAT, während wir auf dem Bett lagen und uns über alles Mögliche unterhielten. Wir redeten über die Zukunft und wie wir sie uns jeweils vorstellten. Es war schön für mich, mich mit Ben zu unterhalten; ich hatte bis jetzt noch gar nicht bemerkt, wie sehr ich ihn vermisst hatte. Ben hatte auch Erdbeeren und Champagner bestellt, und wir aßen sie, während wir redeten. Wir lachten immer so viel miteinander. Das war die eine Sache, die zwischen uns nie erzwungen schien – wir hatten immer so viel Spaß zusammen.

Ich hatte noch nie Probleme damit gehabt, gute Männer in meinem Leben zu finden. Manche meiner Freundinnen hatten mir wirklich katastrophale Geschichten erzählt, aber mir war noch nie so etwas passiert. Ich traf regelmäßig nette Männer, die mich gut behandelten – ich war in dieser Hinsicht wirklich gesegnet. Mich zu verlieben, war mir ziemlich wichtig, ebenso wie glücklich sein. Wenn ich diese Dinge hatte, dann war der Rest nur noch ein Bonus. Aber das wollten alle, nicht wahr? Glücklich werden und sich in eine unglaubliche Person verlieben?

Während wir so auf dem Bett nebeneinander lagen, kuschelte ich mich an ihn und schlürfte meinen Champagner. Jetzt war wohl der richtige Zeitpunkt gekommen, um ihn wegen unserer Beziehungszukunft auszufragen. Ich musste eine Entscheidung bezüglich meines Lebens treffen und zu wissen, was Ben vorhatte, würde mir dabei helfen.

„Also, Ben, was machen wir eigentlich hier?"
„Wie meinst du das?"

Ich kicherte. „Ich meine damit, ob du denkst, dass hieraus – also, aus uns – etwas werden könnte."

„Oh Mann, ist das jetzt das Krisengespräch? Wirklich?"

Überrascht blickte ich ihn an, ganz verwirrt von seinem Tonfall. „Was ist los, Ben? Hast du ein Problem damit, über unsere Beziehung zu sprechen?"

„Nun, ich bin einfach ein wenig überrascht, dass du jetzt damit anfängst. Wir haben doch Spaß miteinander. Wieso müssen wir das jetzt definieren?"

Mein Magen fühlte sich an, als hätte ich einen Bleiklotz verschluckt. Ich war mir nicht sicher, ob ich weiterreden sollte; es lief jetzt schon so schlecht. „Ich hoffe, du machst Witze."

„Na, so habe ich es nicht gemeint."

„Okay, dann erklär mir das mal. Wie hast du es denn gemeint?"

Er blickte zu mir herab und sein Gesichtsausdruck ließ mich Übles ahnen. Ich war ein wenig schockiert, da ich gedacht hatte, dass all seine großen Gesten wirklich etwas zu bedeuten gehabt hatten. Aber es sah stark danach aus, dass er im Kern immer noch ein Playboy war, und jetzt musste ich dafür bezahlen. Ich war so dumm gewesen, zu glauben, dass er mehr wollte als nur eine schnelle Nummer.

„Ich habe einfach gerade viel um die Ohren, vor allem mit der Gerichtsverhandlung. Ich bin mir noch nicht einmal sicher, ob ich daraus sauber rauskommen werde. Ich finde, das ist nicht der richtige Zeitpunkt, um mit jemandem Ernst zu machen. Ich verbringe so gerne Zeit mit dir, Katie, versteh mich nicht falsch. Aber ich sehe keinen Grund dafür, die Dinge zu überstürzen. Ich hoffe, das macht dich nicht traurig."

Ich war mir ganz und gar nicht sicher, wie ich auf seine Antwort reagieren sollte. Es war ja nicht so, als wollte ich mich jetzt verloben oder so etwas, aber ich bezweifelte stark, dass unsere Leben zu voll waren, um Platz für eine ernste Beziehung zu lassen. Die Tatsache, dass er überhaupt nach mir gesucht hatte ... das hätte etwas bedeuten sollen, und jetzt stellte sich heraus, dass er damit einfach nur geprotzt hatte, weiter nichts. Ich konnte ihn nur sprachlos anstarren. Mir fehlten die Worte, ihm zu erklären, wie es mir gerade ging. Er sah leicht nervös aus, wahrscheinlich weil er gemerkt hatte, dass mir gar nicht gefiel, was er da sagte.

„Süße, ich will dich wirklich nicht traurig machen. Es ist nicht so, als wolle ich nicht mehr, ich will mehr. Aber ich verstehe nicht, warum wir die Dinge nicht erst mal langsam angehen sollten. Ich war noch nie in einer richtigen Beziehung und das ist alles gerade ziemlich überwältigend für mich."

„Mal im Ernst, wie alt bist du eigentlich?"

Sein Kiefer klappte runter. „Wie bitte?"

„Du redest wie ein Erstsemesterstudent, der sich nicht zu seiner Freundin bekennen will. Es ist lächerlich, dass du in deinem Alter noch Verpflichtungen scheust." Die Worte verletzten ihn, aber das war mir egal. Es war lächerlich, dass ich mir überhaupt solches Gelaber anhören musste, und ich hatte das plötzliche Bedürfnis, ihm eine zu klatschen. Ich hatte ihm auf dieser Reise mehr als nur meinen Körper geschenkt – ich hatte ihn in mein Herz gelassen, und wozu? Damit er langsam machen konnte, weil es überwältigend war für ihn?

Ich wusste nicht mal, warum ich schon wieder zugelassen hatte, dass er mir nahe kam. Wieso? Damit ich wieder erneut verletzt werden würde? Ich hätte Ben Teil der Vergangenheit sein lassen sollen, wo er hingehörte.

„Mir wird klar, dass wir nicht auf einer Wellenlänge sind und nicht die gleichen Dinge wollen. Wenn ich gewusst hätte, wie es dir geht, wäre ich nicht mit dir nach Paris gefahren. Ich dachte, dass es etwas bedeuten würde, als du mich aufgesucht hast."

„Es hat mir etwas bedeutet. Was willst du jetzt bitte von mir?

Einen Ring?"

Seine Worte beleidigten mich und ich spürte, wie mein Blut anfing zu kochen. Wie konnte er es nur wagen, so zu tun, als wären meine Erwartungen übersteigert?

„Vorsicht mit deinem dicken Ego, Ben. Ich wollte keinen Ring. Ich dachte nur, dass ich dir etwas bedeute."

Er war sprachlos und ich feierte einen kleinen Sieg.

„Ich fühle mich nicht länger wohl bei dem Gedanken, die Nacht mit dir zu verbringen. Kannst du mir bitte ein anderes Zimmer buchen?"

„Ist das dein Ernst? Katie, bitte."

„Lass es, Ben. Kümmer dich einfach darum."

„Katie, findest du nicht, dass du leicht überreagierst? Jetzt komm schon."

„Das ist ziemlich einfach. Wir wollen unterschiedliche Dinge. Tut mir leid, wenn ich dich nach heute Nacht nicht wiedersehen will. Vielleicht willst du die Dinge langsam angehen, aber ich bin bereit für etwas, das Zukunft hat."

Sein Mund verzog sich zu einem Strich und er stand auf, um die Rezeption anzurufen. Ich fing an, meine Sachen zu packen, damit ich sie nicht am nächsten Morgen würde abholen müssen. Schnell schlüpfte ich in Shorts und ein T-Shirt in dem Wissen, dass jemand kommen und meine Taschen holen würde. Ich war traurig, aber ich wusste nicht, was ich sonst tun sollte. Ich wollte mehr und er war noch nicht dafür bereit.

Er sagte kein Wort zu mir, während ich packte, und ich wusste, dass der Gedanke, ohne mich zu schlafen, ihn innerlich zerriss. Ich wusste, dass der bloße Gedanke ihn wahrscheinlich verrückt machte.

„Wir sehen uns morgen in der Früh in der Lobby, damit wir nach Hause fliegen können", sagte ich, während ich aus der Tür ging.

Er nickte, als der Aufzug gerade im Stockwerk des Penthouse ankam. Ein Angestellter kam herein und nahm meine Sachen mit. Ich schenkte Ben noch einen Blick, bevor ich in mein neues Zimmer umzog. Allerdings machte es die Dinge nicht leichter, das Zimmer zu wechseln. In dieser Nacht schlief ich kein bisschen.

Zurück in New York packte ich gerade meine Koffer aus und fühlte mich mit der ganzen Lage ziemlich unwohl. Es war mir wichtig, alles ausgepackt zu haben, bevor ich meinen Abend anfing, da ich es gar nicht mochte, zu einem Chaos nach Hause zu kommen. Ich hatte mich mit Matt zum Abendessen verabredet und ich war hin und hergerissen deswegen, die Verwirrung sorgte für Chaos in meinem Kopf.

Ursprünglich hatte ich vorgehabt, Matt sanft abzuservieren, während ich an einer Zukunft mit Ben arbeitete, aber diese Möglichkeit hatte sich ja nun in Luft aufgelöst. Ich hatte gedacht, er wäre zu mir zurückgekommen, weil er ohne mich nicht leben konnte, aber das war scheinbar nicht der Fall gewesen. Nichts war so geworden, wie ich es mir vorgestellt hatte. Ich konnte gar nicht glauben, dass er sich so viel Mühe gemacht hatte, nur um ein wenig Spaß zu haben. Aber für einen Milliardär war es wahrscheinlich gar keine so große Sache, ein Mädchen mit nach Paris zu nehmen oder ihr teure Geschenke zu machen. Ich hatte so viel hineininterpretiert und das war meine eigene Schuld. Ich hatte missverstanden, was er von mir wollte, und jetzt fühlte ich mich wie eine Idiotin.

In der letzten Nacht nicht bei Ben zu schlafen war vernichtend gewesen. Die paar Tage, die wir miteinander verbracht hatten, waren unglaublich gewesen, und ich verstand nicht, warum er nicht mehr von mir wollte. Ich war mir nicht sicher, ob ich unrecht hatte oder er. Ich hatte mich in dieser Nacht in den Schlaf geweint und mich gefragt, ob ich einen großen

Fehler machte. Schließlich hatte ich erwartet, dass er zu mir kommen und sich entschuldigen würde, aber er tauchte nie auf. Das war seine Entscheidung, und ich musste sie akzeptieren und mit meinem Leben weitermachen.

Leider war die Qual damit noch nicht zu Ende gewesen. Ich hatte ihn am nächsten Tag sehen müssen, um mit ihm nach Hause zu fliegen. Und es war kein kurzer Flug, der sehr unangenehm für uns beide gewesen war. Wir redeten die ganze Zeit über kein Wort miteinander. Ben hatte offensichtlich viel im Kopf, aber ich hätte gerne höflich mit ihm geredet. Es schien, als wolle er nichts mehr mit mir zu tun, nachdem ich ihn am Abend zuvor sitzen gelassen hatte. Anscheinend war es ihm wirklich nur um Sex gegangen.

Auf jeden Fall war er sauer auf mich, obwohl ich meiner Meinung nach nichts falsch gemacht hatte. Ich wollte einfach etwas mehr für meine Zukunft, und das wollte er mir nicht geben – wie hätte ich da sonst reagieren sollen? Als wir endlich in New York landeten, warteten zwei Limos auf uns statt einer, und wir gingen ohne ein weiteres Wort getrennter Wege. Auf dem Weg nach Hause weinte ich wieder und fühlte mich verlorener denn je.

Seitdem war ich ein absolutes Wrack gewesen und hatte sogar darüber nachgedacht, das Abendessen mit Matt abzusagen. Ich war nicht wirklich in einem Zustand, mich mit jemandem zu treffen oder eine Entscheidung zu fällen. Schließlich entschied ich mich jedoch dagegen, abzusagen, da ich in letzter Zeit ohnehin schon nicht besonders fair zu ihm gewesen war. Ich hatte nicht vor, mit ihm ins Bett zu gehen, aber ich musste mit ihm sprechen und mir klar darüber werden, wie ich mich bei ihm fühlte.

Als es Zeit wurde, hinzugehen, zog ich mich schnell an und ging in die Lobby meines Gebäudes, in der er auf mich wartete, um mich abzuholen.

12

KATIE

Ich verbrachte die nächsten paar Monate in einem Wirbelwind der Liebe und Glückseligkeit. Ich war verliebt und ich konnte mein Glück kaum fassen. Seit ich aus Paris zurückgekehrt war, war ich an Matts Seite gewesen – ich hatte ihn nicht eine Sekunde lang alleine lassen wollen. Nach der schrecklichen Nachricht, dass Ben sich nicht zu mir bekennen wollte, hatte ich keine Erwartungen an das Abendessen mit Matt gehabt, aber es war der Anfang einer wunderschönen Romanze gewesen.

Obwohl es ein wenig gedauert hatte, bis sich mein Herz nach der emotionalen Achterbahnfahrt von Paris erholt hatte, hatte ich mich schnell in Matt verliebt, nachdem ich beschlossen hatte, ihm eine wirkliche Chance zu geben. Es war offensichtlich – er war lieb und großzügig und vor allem verehrte er mich. Ich liebte ihn von ganzem Herzen und ich konnte mir gar nicht vorstellen, mit jemand anderem zusammen zu sein. Ab und zu ließ unser Sexleben etwas zu wünschen übrig, aber unsere emotionale Verbindung machte das alles wieder wett. Er hätte alles für mich getan und genau nach so etwas suchte ich schon mein ganzes Leben lang.

Es war nicht nur die Wirbelwind-Romanze, die mein Leben in den letzten Monaten verändert hatte. Mein prominenter Kundenstamm hatte sich vervierfacht, seit der Popstar die Preisverleihung in meinem Kleid besucht hatte. Der Popstar selbst hatte noch mehr Kleider bestellt, nicht nur Abendkleider, sondern auch legere Klamotten. Ihr Gefallen an meiner Firma hatte mein Geschäft in die Höhe schnellen lassen. Ich erinnerte mich auch, wie ich eines meiner Sommerkleider in einem Magazin an einem It-Girl in ihrem Europaurlaub abgedruckt gesehen habe. Es war das beste Gefühl der Welt gewesen und ich war vor Aufregung fast gestorben, als ich es sah. Ich hatte die Seite der Zeitschrift herausgerissen und sie eingerahmt – so nerdy war ich.

Jetzt, da meine Firma stetig wuchs und gut lief, konnte ich mich besser auf meine Beziehung mit Matt konzentrieren. Wir hatten ziemlich oft in den Hamptons Urlaub gemacht und er hatte mich dort sogar seinen Eltern vorgestellt. Es war überhaupt nicht gruselig gewesen; es hatte sich vielmehr völlig natürlich angefühlt und ich fühlte mich mit ihnen genauso wohl wie mit Matt.

Als ich angefangen hatte, mit Matt Ernst zu machen, hatte ich beschlossen, ihm nichts von Ben zu erzählen. Was ich für eine aufblühende Romanze gehalten hatte, war nur eine lausige Affäre gewesen. Mein gebrochenes Herz hatte ein wenig Zeit gebraucht, um das zu akzeptieren, aber ich wusste nun, dass eine Zukunft mit Ben unmöglich war. Was würde es nun bringen, Matt von irgendeiner Affäre vor seiner Zeit zu erzählen? Es würde ihn nur unnötig traurig machen und das war das Letzte, was ich wollte.

Das Einzige, was mich bei Ben schockiert hatte, war, dass ich nie wieder von ihm hörte, nachdem wir uns am Flughafen getrennt hatten. Ich hatte gedacht, dass er zu Verstand kommen und sich entschuldigen würde, aber er rief mich nie an. Da kapierte ich endlich, dass ich für ihn nichts Besonderes gewesen war; er hatte mich nie so gewollt, wie ich das gewünscht hätte. Sonst wäre er mir nachgekommen, anstatt mich einfach so aus seinem Leben verschwinden zu lassen. Monate waren vergangen, ohne dass ich ein Wort von ihm vernommen hatte, und es hatte mir das Herz gebrochen. Obwohl ich meine neue Beziehung zu Matt hatte, die mir half, darüber hinweg zu kommen, war mir nie wirklich klar gewesen, wie stark meine Gefühle für Ben gewesen waren, bis er wirklich völlig aus meinem Leben verschwunden war. Ich hatte immer gehofft, er würde zurückkommen, aber das tat er nie.

Also war das Letzte, was ich tun wollte, einen Mann zu verletzen, der tatsächlich Gefühle für mich hatte. Wenn er wüsste, dass ich mit einem anderen Mann nach Paris abgehauen war, als wir uns schon getroffen hatten, würde ihn das verletzen. Obwohl wir damals noch nicht festgelegt hatten, dass wir ein Paar waren, wollte ich ihn nicht mit meiner eigenen Dummheit verletzen. Und genau das war das mit Ben gewesen – eine Dummheit.

Ich blickte mich im Spiegel an und mir gefiel, was ich sah. Ich hatte ein blaues Sommerkleid an, das sehr gut zu meinem blonden Haar passte. Genau in diesem Augenblick trat Matt in mein Schlafzimmer und pfiff durch die Zähne. Ich drehte mich um und lächelte, während er mich bewunderte. Ich hatte schon darüber nachgedacht, Matt zu bitten, bei mir einzuziehen, aber nach dem, was zwischen mir und Ben vorgefallen war, scheute ich mich vor dem nächsten Schritt.

„Du siehst unglaublich aus, Liebling. Ich bin wohl der größte Glückspilz der Welt."

„Nein, *ich* bin der Glückspilz, Matt." Ich ging zu ihm hinüber und küsste ihn auf den Mund.

„Dann sind wir wohl beide Glückspilze."

Wir machten uns gerade auf den Weg, um bei einem

Italiener zu Abend zu essen, den Matt ausgesucht hatte. Ich freute mich schon auf meine Linguine mit Hummer und einen Wein. Später dann würde ich bei Matt übernachten.

Während des Abendessens unterhielten wir uns über eine Modenschau, die ich bald abhalten würde. Es würde für meine Verhältnisse eine ziemlich große werden und es hatte sich auch einige Prominenz angekündigt. Meine neue Frühlingskollektion wurde bald veröffentlicht und die Show musste reibungslos ablaufen. So, wie es gerade lief, konnte es gut sein, dass ein oder mehrere Kleider dieses Jahr in Modezeitschriften auftauchten. Ich war neuerdings der Shooting-Star der Modeszene und die Leute redeten schon über mich.

Matt blickte mich verliebt an und ich lächelte zurück. „Ich möchte dich etwas fragen, Katie."

„Natürlich, was denn?"

„Ich habe schon viel über diesen Augenblick nachgedacht. Ich habe immer auf den richtigen Zeitpunkt gewartet, aber jetzt kann ich nicht länger warten."

„Was ist los?"

Er schob mir eine Schachtel über den Tisch hinweg zu und ich erkannte sofort, dass es eine Schachtel von Tiffany war. Ich konnte kaum atmen, während ich darauf herabblickte. Mein Herz fing an zu hämmern und mir verschlug es einen Augenblick lang die Sprache.

„Oh mein Gott."

Er kicherte. „Willst du sie nicht öffnen?"

Ich öffnete langsam die Schachtel und keuchte auf. Es war ein dreikarätiger, einzelner Diamant auf einem Platinring. Ich konnte gar nicht glauben, was ich da ansah. Ich hatte mich nicht getraut, ihn zu fragen, ob er bei mir einziehen wollte, und er hatte vorgehabt, mir einen Antrag zu machen.

„Seit dem Augenblick, in dem ich dich kennengelernt habe, Katie, wusste ich, dass ich dich heiraten will. Vielleicht geht dir das zu schnell, aber ich habe nicht den geringsten Zweifel daran, dass ich für immer mit dir zusammen sein will. Willst du mich heiraten?"

Ich starrte Matt an und konnte gar nicht wirklich verstehen, was er mich da fragte. Passierte das gerade wirklich? Ich wusste nicht, ob es zu früh war oder nicht. Ich wollte nur glücklich sein und zur Zeit machte Matt mich wahnsinnig glücklich. Aber warum tauchte dann Bens Gesicht vor meinem inneren Auge auf, als er mir diese Frage stellte? Warum dachte ich an ihn, anstatt den Augenblick mit Matt zu genießen? Ich wollte nicht einmal daran denken, warum ich an einen anderen Mann dachte, wenn Matt gerade um meine Hand anhielt.

Ich bekam Angst, aber ich schüttelte sie ab und wollte nicht daran denken, was es vielleicht bedeuten könnte. Stattdessen wollte ich den Gedanken daran aus meinem Kopf verbannen. Genau das hatte ich mir immer gewünscht – ich wollte es nicht mit etwas ruinieren, das vielleicht gar nichts bedeutete.

Ich starrte ihn nun bereits so lange an, dass er nervös lächelte. „Du wirst doch nicht Nein sagen, oder?"

Ich schüttelte die Gedanken ab und erwiderte sein Lächeln. „Hoppla, tut mir leid. Du hast mich völlig kalt erwischt. Ich würde liebend gern deine Frau werden, Matt."

„Oh, Gott sei Dank."

„Ich bin so glücklich", kicherte ich.

Er beugte sich vor und küsste mich, während mir die Tränen übers Gesicht liefen und er mir den Ring an den Finger steckte.

NACH DIESEM ROMANTISCHEN und inspirierenden Abendessen konnten wir es kaum erwarten, zu Matt nach Hause zu kommen. Sobald die Tür sich hinter uns schloss, rissen wir einander bereits die Kleider vom Leib. Unsere Münder fanden einander mit einer Gier, die ich schon lange nicht mehr verspürt hatte, und es schickte meine Gefühle auf eine Achterbahnfahrt. Sein Mund fand meine Brüste, saugte an meinen harten Nippeln, und mein Körper drängte sich an seinen, während er das tat. Das Verlangen brannte zwischen meinen Beinen und ich sehnte mich danach, dass er in mich eindrang.

„Baby, bitte, mach es jetzt." Mir war egal, dass ich noch halb angezogen war, ich brauchte ihn sofort.

„Ich liebe es, wenn du so redest."

Ich küsste ihn erneut und das Gefühl seiner Zunge in meinem Mund machte mich sofort feucht. Sein harter Körper war an meinen gedrückt. Er hob mich in seine Arme und meine Beine schlangen sich um seine Taille. Er spießte mich auf seinem Schwanz auf und ich stöhnte laut.

„Oh Matt, das fühlt sich so gut an."

„Das ist alles für dich, Baby."

„Gib's mir, Matt, oh bitte. Das ist so gut."

Er musste unglaubliche Kraft in den Armen haben, um mich so hochzuhalten und gleichzeitig richtig zu ficken. Er machte es wirklich gut, denn er brachte mich völlig um den Verstand und erschöpft wickelte ich mich um ihn, während er immer noch in mir war.

„Ich liebe dich, Katie", flüsterte er.

„Ich liebe dich auch, Matt", flüsterte ich zurück.

Er trug mich zum Bett und löste mich von ihm, legte mich vor ihn auf das Bett. Ich wollte ihn unbedingt wieder in mir – ich konnte es kaum erwarten. Wir waren jetzt verlobt und er sollte mir zeigen, wie gut unser Zusammenleben sein würde. Seine Zunge fand wieder in meinen Mund hinein und ich stöhnte vor Verlangen.

Seine Küsse wurden immer leidenschaftlicher und ich versuchte, ihm gleichzukommen. Ich wusste nicht, ob es an dem Antrag lag, aber ich fühlte mich noch angeheizter als sonst bei unserem Liebesspiel. Seine Hände waren auf meinem Körper und zogen mich nun vollständig aus. Er warf mein Kleid auf den Boden und fand meine Nippel mit seinem Mund.

Er wechselte zwischen meinen Brüsten ab, bevor er sich langsam einen Weg über meinen Bauch bahnte. Er wollte mich lecken und der Gedanke daran machte mich schon verrückt. Ich wusste, dass er das nicht am liebsten tat, und ich konnte es kaum erwarten. Meine Härchen stellten sich auf, als er meine Innenschenkel küsste. Als er sich meiner Muschi näherte, fing er an, in meine Schenkel zu beißen, und ich liebte das Gefühl. Ich schrie auf, es hätte ein Stöhnen werden sollen, aber es war eher ein wildes Knurren. Er beugte sich vor und nahm meine Klit in den Mund, knabberte sanft daran und saugte dann daran. Meine Augen schlossen sich wie von selbst und einen Moment lang genoss ich einfach nur das Gefühl.

Matt war ein wundervoller Liebhaber und er befriedigte immer all meine Bedürfnisse. Ich musste mir bei ihm keine Sorgen machen, einen Orgasmus zu haben – er sorgte immer dafür, dass unser Liebesspiel mich befriedigte. Wellen der Lust überwältigten meinen ganzen Körper und ich war erleichtert, dass ich meinen Kopf ausschalten und meinen Körper die Zügel ergreifen lassen konnte. Ich brannte mit einer Leidenschaft, die ich schon lange nicht mehr verspürt hatte. Wenn Matt so war, hätte ich den ganzen Tag mit ihm im Bett verbringen können. Der Sex war immer aufregend und zärtlich – genau das, was ich brauchte.

Er leckte über die Lippen meiner Muschi und neckte mich sanft. Er tauchte mit seiner Zunge in mich ein, was mir ein lautes Stöhnen entlockte. „Gott, Matt, das fühlt sich so geil an."

Er saugte wieder an meiner Klit, während er zwei Finger in meine Muschi steckte und mich hart damit fickte. Er fickte mich so gut, dass ich kaum noch denken konnte. Mein Atem ging schneller und ich keuchte, während ich das Gefühl seiner Finger in mir drin genoss.

„Fick mich", flüsterte ich.

Sofort drehte er mich auf die Seite und legte je eines meiner Beine neben sich, bevor er sich näher an mich schmiegte. In dieser Stellung drang er in mich ein und sein Schwanz drang ganz tief vor. Ich stöhnte laut, als sein Schwanz mich innerlich ausdehnte. Er fickte hart und schnell in mich hinein und ich genoss das Gefühl. Ich konnte mich nicht mehr zurückhalten – das Stöhnen sprudelte nur so aus mir raus. Mein Gott, der Mann konnte mich verrückt machen, wenn er das wollte, und ich liebte jede Sekunde davon, wenn er mir alles von sich gab.

Er verschwendete keine Zeit, als er wieder aus mir herauszog, und ich legte mich schnell auf den Rücken. Ich brachte mich über ihm in Stellung, als er sich hinlegte. Ich wollte ihn mehr denn je und ich würde mir nehmen, was ich wollte. Meine Hände legten sich auf seine Brust und ich ließ mich langsam auf seinen Schwanz gleiten. Er stöhnte vor Lust und ich ritt ihn hart, während ich mich auf seinen Schenkeln auf und ab bewegte. Ich lächelte ihn sexy an und er blickte zu mir auf, als wäre ich Herrscherin der Welt. Es war berauschend, vergöttert zu werden, und ich liebte das Gefühl. Jedes Mal, wenn ich auf seinen Schwanz niedersank, drückte er seine Hüften zu mir hoch und kam meinen Bewegungen entgegen. Er war ganz tief in mir drin, stimulierte meinen G-Punkt, und ich konnte spüren, wie sich ein Orgasmus in mir aufbaute. Ich schrie auf, als der Orgasmus mich überwältigte und ich Matts Schwanz völlig durchnässte.

Er setzte sich langsam auf und ich verstand, dass er eine neue Stellung ausprobieren wollte. Ich hatte auch Lust darauf. Ich lehnte mich zurück und stützte mich mit meinen Armen auf dem Bett ab. Während diesem ganzen Stellungswechsel erhob ich mich nicht von seinem Schwanz. Er stützte sich auch mit seinen Händen ab, während ich je ein Bein rechts und links von ihm ablegte.

Die Stellung schaffte Intimität zwischen zwei Liebhabern,

dadurch dass sie einander nah genug waren, um sich zu küssen. Es war eine meiner Lieblingsstellungen; ich liebte es, ihm so nah zu sein. Außerdem hatten wir beide einen tollen Blick auf den anderen und ich konnte Matts muskulösen Körper bewundern – ein wahrer Augenschmaus. Der Mann war unglaublich heiß und ich konnte nicht genug davon bekommen, seinen Körper anzublicken. Ich gab mein Bestes, Augenkontakt mit ihm zu halten, auch, als er tief in mich hineinstieß. Es fühlte sich so gut an und ich stöhnte jedes Mal laut, wenn er in mich hineinrammte.

Ich ritt seinen Schwanz, in voller Kontrolle der Geschwindigkeit und Intensität unseres Ficks. Es fühlte sich so geil an, ich liebte es, die Kontrolle innezuhaben. Ich war im Schlafzimmer gar nicht daran gewöhnt, da dies nicht eine seiner Lieblingsstellungen war. Mit einer Hand spielte er mit meiner Klit, während ich ihn fickte. Ich konnte nicht leugnen, dass es sich unglaublich anfühlte, und zu wissen, dass dies der Mann war, den ich heiraten würde, machte das Ganze noch intensiver.

Ich schloss meine Augen, als ein erneuter Orgasmus mich überkam. Ich legte meinen Kopf in den Nacken, mein Haar fiel über meine Rücken, während ich spürte, wie er sich in mir ergoss.

Wir atmeten beide schwer. „Das war toll", flüsterte ich.

„Ja, Liebling. Das war es."

Ich kuschelte mich an ihn und legte meinen Kopf auf seine Brust. Ich musste unweigerlich daran denken, dass es etwas in mir erweckt hatte, als Ben mir meinen ersten Orgasmus gegeben hatte. Wenigstens dafür würde ich ihm immer dankbar sein.

Wir lagen später in dieser Nacht immer noch im Bett, als Matt mir ein Schokoladeneis brachte, damit wir uns gemeinsam die nächtlichen Nachrichten ansehen konnten. Es war eine Art Ritual geworden, bevor wir abends ins Bett gingen. Zu meiner Überraschung sah ich an diesem Abend Ben in den Nachrichten und mir blieb der Atem weg. Ich konzentrierte mich darauf, was sie sagten, und verstand, dass in den Nachrichten Bens bevorstehendes Gerichtsverfahren diskutiert wurde. Tatsächlich sagten sie, dass es kein Gerichtsverfahren geben würde, da Ben freigesprochen worden war und der Fall ad acta gelegt wurde.

Ich konnte gar nicht glauben, was ich da hörte. Ich war überglücklich darüber und wusste, dass das eine riesige Erleichterung für Ben sein würde. Ich freute mich wirklich sehr für ihn. Ich hatte Lust, vor Freude Luftsprünge zu machen, aber ich hielt mich zurück, weil Matt gar nicht wusste, dass ich Ben überhaupt kannte. Wenigstens konnte Ben jetzt wieder zurück zu seiner Firma und dort weitermachen, ohne diese Klage über seinem Kopf schweben zu haben.

Zu meiner Überraschung tat Matt seine Meinung kund. „Dieser Typ ist echt ein starkes Stück. Unglaublich, mit was für Mist er durchkommt. Ich frage mich, was es ihn gekostet hat, dass die Klage fallen gelassen wurde."

Ich konnte gar nicht glauben, was ich da hörte. Mir war nicht klar gewesen, dass Matt überhaupt von Ben und der Klage gegen ihn wusste. Es gefiel mir alles gar nicht. „Wovon redest du?"

„Dieser Milliardär – er verschmutzt einfach die Weltmeere und dann gelingt es ihm noch irgendwie, straffrei davonzukommen. Unglaublich. Natürlich hat er gewusst, was vorgeht – es war schließlich seine eigene Firma. Ich hätte gedacht, sie würden ihn einbuchten, aber scheinbar kann man sich mit Geld von allem freikaufen."

Ich räusperte mich. „Matt, das weißt du doch gar nicht. Du kennst ihn überhaupt nicht – wie kannst du ihn so scharf verurteilen, wenn du nicht weißt, was wirklich passiert ist?"

Er verengte seinen Blick und sah mich verwirrt an. „Warum interessiert es dich, was ich denke, Liebling? Das ist nicht das erste Mal, dass ich mich über jemanden in den Nachrichten ärgere. Was ist bei diesem Typen anders?"

Auf einmal fühlte ich mich wieder schuldig. Ich hätte nichts sagen sollen, er hatte nämlich recht. Es war nicht das erste Mal, dass er sich über jemanden in den Nachrichten ärgerte, und jetzt sah ich einfach nur defensiv aus. Ich hätte nicht einmal einen Streit anfangen sollen – ich hatte keine Verbindung mehr zu Ben und er hatte mich fallen lassen wie eine heiße Kartoffel, also warum verteidigte ich ihn auch noch? Ich hatte ursprünglich vorgehabt, Matt wegen Ben ziehen zu lassen, und das war ja glorreich gescheitert. Wahrscheinlich hätte ich alles verloren, wenn ich diese Entscheidung getroffen hätte.

„Katie? Ist alles in Ordnung?"

„Tut mir leid. Ich kenne Ben. Deshalb habe ich etwas gesagt."

„Du machst Witze. Woher?"

„Erinnerst du dich noch, dass ich dir erzählt habe, dass ich vor einer Weile auf dieser AIDS-Mission war?"

Er nickte.

„Nun, Ben war auch da. Er hat als Freiwilliger am Aufbau einer Schule gearbeitet. So habe ich ihn kennengelernt."

„Verstehe. Davon habe ich sogar gehört. Er hat es nur getan, um seinen Ruf zu bewahren, nachdem der Skandal öffentlich geworden ist. Es ist komisch, dass ich nie eins und eins zusammengezählt habe."

„Nun, die Geschichte geht eigentlich noch weiter. Ich habe es dir nie erzählt, weil ich damals nicht gedacht hätte, dass es wichtig wäre, aber während wir dort waren, hatten wir eine Art Affäre. Sie ging auch danach noch eine Weile weiter. Ich habe die Dinge mit ihm beendet, bevor es zwischen uns beiden ernst wurde."

Er blickte mich schockiert an. „Wovon redest du? Ich kann

gar nicht glauben, dass du dich auf so jemanden einlassen würdest."

„Matt, sei doch nicht so. Es tut mir leid, dass ich es dir nicht gesagt habe, ich dachte nur, es sei nicht so wichtig. Du und ich hatten uns gerade erst kennengelernt und ich hatte noch etwas mit ihm. Ich wollte dir nur nicht wehtun, indem ich dir von der ganzen Sache erzählte. Es hat mir echt nichts bedeutet."

„Und doch erzählst du es mir jetzt. Wieso?"

„Naja, vor allem deswegen, wie du mich gerade anschaust. Ich habe mich schuldig gefühlt, weil ich in die Defensive gegangen bin, und ich hätte es dir wohl von Anfang an erzählen sollen. Aber bevor wir heiraten, möchte ich gerne ehrlich zu dir sein, damit keine Geheimnisse zwischen uns stehen."

Es war offensichtlich, dass er sauer auf mich war, und er hatte wahrscheinlich recht damit. Ich wollte nur nicht, dass unsere Beziehung darunter litt. Ich hatte nur ehrlich zu ihm sein wollen, aber vielleicht war das ein Fehler gewesen.

„Katie, ich kann mir dich mit so einem Mann gar nicht vorstellen. Ich wünschte fast, du hättest es mir nie gesagt." Er sah so verwirrt aus, dass es mir das Herz brach. Er war einfach so ein guter Mensch – vielleicht verdiente ich ihn gar nicht.

„Es tut mir leid. Ich wollte dir nicht wehtun." Ich beugte mich vor und küsste ihn auf den Mund. Ich blickte ihm in die Augen und sagte: „Ich würde dir nie wehtun. Also vergib mir, bitte – sei nur nicht sauer auf mich."

Er seufzte. „Katie, ich liebe dich und ich werde dich heiraten. Natürlich vergebe ich dir. Ich habe nur so etwas nicht erwartet."

„Ich weiß, es tut mir leid. Du musst wissen, dass ich nur dich will." Ich vergrub mein Gesicht an seinem Hals und konnte sein Parfum riechen. Dann hob ich wieder den Kopf und küsste ihn erneut. Matt schaltete den Fernseher aus und wir legten uns gemeinsam hin. Ich wusste, dass es nicht so einfach war –

schließlich hatte ich ihm wehgetan, aber wenigstens war ich ehrlich gewesen. Wir brauchten solche Geheimnisse nicht zwischen uns. Ich machte mir Sorgen, dass er nachts wachliegen und an Ben und mich denken würde, und das wollte ich nicht. Aber ich konnte nichts dagegen tun. Es wäre meine Aufgabe, ihn das vergessen zu lassen – ich würde ihn einfach so sehr lieben, wie ich nur konnte. Ich seufzte tief und schmiegte mich noch enger an Matt, während ich langsam einschlief.

13

KATIE

*ier Monate später*

Ich war auf einer AIDS-Gala und der Raum war proppenvoll mit Menschen. Es waren nur noch wenige Wochen bis zu meiner Hochzeit und ich dachte an nichts anderes mehr. Ich versuchte, mich auf die Veranstaltung zu konzentrieren, aber ich dachte nur an das Kleid, das ich für meine Hochzeit entworfen hatte. Es war schon fast fertig und ich war sehr aufgeregt, mich darin zu sehen.

„Meine Güte, dein Arsch sieht fantastisch aus in dem Kleid, Katie."

Schockiert drehte ich mich um, um zu sehen, wer hinter dem Kommentar steckte, und mein Kiefer klappte runter auf den Boden. Da stand Ben, direkt hinter mir, und als ich ihn sah, blieb mir der Atem weg. Es machte mich wütend, dass er immer noch so gut aussah wie das letzte Mal, dass ich ihn gesehen hatte. Warum hatte er mich immer noch so in der Hand? Allein sein Anblick reichte, um mein Herz schneller schlagen zu lassen.

„Redet man so mit einer Lady?"

„Ich wollte nur deine Aufmerksamkeit erregen, das ist alles."

Ben war schon immer ein heißer Kerl gewesen, von dem ich gar nicht genug bekommen konnte, und das schien sich einfach nicht ändern zu wollen, egal wie lange wir einander nicht sahen. Er hatte ein leichtfüßiges Lächeln, bei dem ich mich sicher fühlte, auch wenn das für seine Gegenwart überhaupt kein angemessenes Gefühl war. Auf einmal wünschte ich, ich hätte darauf bestanden, dass Matt mich zu der Veranstaltung begleite, obwohl er arbeiten musste. Ich hatte nicht erwartet, Ben dort zu sehen, sonst hätte ich wirklich darauf bestanden.

„Was machst du hier, Ben?"

„Außer dir sagen, dass dein Arsch toll aussieht? Ich denke, das ist doch offensichtlich, oder nicht?"

Ich verdrehte die Augen. „Ich hoffe, du bist nicht wegen mir hier. Ich bin jetzt verlobt und werde bald heiraten. Die Hochzeit ist in ein paar Wochen."

Sein Blick verengte sich. „Ja, so etwas in der Art ist mir schon zu Ohren gekommen. Du findest nicht, dass du das Ganze ein wenig überstürzt? Ihr kennt euch doch kaum mehr als ein paar Monate – außer, du warst schon mit ihm zusammen, als wir noch zusammen waren."

„Das war ich nicht. Nicht, dass ich dir irgendwelche Rechenschaft schuldig wäre."

„Du musst nicht so feindselig zu mir sein, Katie. Ich bin nicht hier, um dir wehzutun." Ben kam mir näher und auf einmal fing mein Herz an, schneller zu schlagen, als es mir lieb war. Er drang in meinen persönlichen Raum ein und es machte mich nervös.

„Ich will nicht feindselig sein, aber wir haben uns nicht gerade im Guten getrennt."

„Meine Schuld, ich weiß schon. Ich war ein wenig verärgert über deinen Abgang."

Ich nickte und wusste nicht genau, was ich sonst sagen sollte.

„Willst du irgendwohin gehen und reden? Ich verspreche dir, dass du es nicht bereuen wirst."

Er flüsterte in mein Ohr und mir lief ein Schauer über den Rücken. Wie konnte es sein, dass er nach all dieser Zeit immer noch so eine starke Wirkung auf mich hatte? Ich wurde einfach nicht schlau daraus. Ich schob ihn von mir weg und konnte endlich wieder zu Atem kommen.

„Nein, danke. Ich bleibe lieber auf der Party."

Er kicherte und ich konnte nicht anders, als das Funkeln in seinen Augen zu genießen, wenn er sie auf mich richtete. Ben kam auf mich zu und ich ging verwirrt einen Schritt zurück. Er lächelte immer noch, als wäre er ein Raubtier auf der Jagd.

„Du bist kein bisschen neugierig, was ich dir wohl sagen möchte?"

„Nein. Ich kann mir nicht vorstellen, was du jetzt noch zu mir zu sagen hast. Was getan ist, ist getan."

„Geh mit mir auf einen Drink. Komm schon, wir sind in einem Raum voller fremder Menschen."

„Ich halte das für keine gute Idee."

Ben kam mir wieder näher und ich fragte mich, ob das für mich in Ordnung sein würde. Er respektierte meinen persönlichen Raum wirklich gar nicht und das machte mir ordentlich zu schaffen. Ein Schauer lief mir über den Rücken, als seine Hand über meine Wange strich. Meine Haut kribbelte, als er seine Hand wieder wegnahm. Meine Kehle war trocken und ich brachte kein Wort heraus.

„Ich glaube, du wirst jedes Mal schöner, wenn ich dich sehe, Katie."

Ich tat mich schwer, einen klaren Gedanken zu fassen. Ich

war mir nicht sicher, was über mich kommen war, aber ich wusste, dass es keine gute Idee war, in Bens Nähe zu sein. Ich konnte nicht zulassen, dass er mich wieder um den Finger wickelte. Ich hatte immer gemocht, wie er mit mir redete, aber diese Tage lagen hinter mir und jetzt musste ich mit meinem Leben weitermachen. Schließlich würde ich heiraten, verdammt – ich sollte nicht einmal mit Ben reden. Was würde Matt wohl davon halten?

Ben war doch sicherlich ständig von jeder Menge heißer Frauen umringt. Frauen, die alles dafür geben würden, an seiner Seite gesehen zu werden – wenn auch nur für eine Nacht. Also warum kam er dann immer wieder zu mir zurück? Es machte mich verrückt, dass dieser Mann mir nachstellte, ohne dass ich wusste, was er von mir wollte. Wir waren überhaupt nicht auf einer Wellenlänge und dennoch kam er immer wieder zurück in mein Leben. Damit musste Schluss sein.

Ich spürte, wie seine Hand sich auf meinen Rücken legte und keuchte auf, als mich die Hitze davon durchströmte.

„Wir könnten so heiß zusammen sein, Katie, wenn du es nur geschehen lassen würdest." Er flüsterte wieder in mein Ohr und seine Hand legte sich auf meinen Arsch und drückte ihn sanft. Ich keuchte auf.

Ich schob ihn von mir weg und spürte, wie mein Blut in mir hochkochte. Als ich das tat, stieß ich an seinen Arm und er verschüttete das Getränk, das er in der Hand hielt. Mein Kiefer klappte nach unten, als sich der Drink über mein Kleid ergoss.

„Oh, Scheiße", murmelte Ben.

Ich blickte entsetzt auf mein Kleid herunter und hätte am liebsten losgeheult.

„Du Idiot! Wie konntest du nur?"

Schnell holte Ben ein paar Servietten von einem Tisch in der Nähe. Als er wiederkam, fing er an, an meinen Brüsten herumzutupfen, und ich riss ihm die Serviette aus der Hand und funkelte ihn böse an. Ich war fuchsteufelswild auf ihn. Meine Nacht war schon langsam im Eimer.

„Was zur Hölle machst du da, Ben? Sieh mein Kleid an – und jetzt versuchst du auch noch, an mir rumzufummeln?"

Er kicherte und ich hätte ihn am liebsten erwürgt. „Beruhige dich. Ich wollte dich nicht begrapschen. Es tut mir aufrichtig leid wegen des Drinks, ich wollte dir nur helfen."

„Oh, na was für ein Glück, dass du zur Stelle warst. Jetzt muss ich nach Hause, bevor die Party überhaupt losgegangen ist. Sieh doch nur, was du angestellt hast. Du machst mich ganz wahnsinnig!"

„Aber das könnte auch im guten Sinne sein, nicht wahr?"

„Ach! Lass mich einfach in Ruhe, Ben."

Er packte meinen Arm und lenkte meine Aufmerksamkeit von dem Kleid ab. „Katie, es tut mir leid. Ich wollte den Drink nicht über dich schütten. Ich würde nie deinen Abend versauen wollen."

„Nun, fandest du es auch angemessen, mir an den Arsch zu fassen? Ich bin nicht mehr Single."

„Ich dachte, es würde dir vielleicht gefallen. Früher hat es das. Ich kann mir einfach nicht vorstellen, dass du diesen Typen heiraten wirst."

Ich konnte nicht anders, als den Kopf zu schütteln. Er versuchte wirklich, mich wahnsinnig zu machen, soviel stand fest. Ich hatte noch nie jemanden selbstbewussteren als Ben gesehen, und aus irgendeinem dummen Grund fand ich es immer noch so anziehend. Irgendwie bestand eine magnetische Anziehung zwischen uns, die ich nicht leugnen konnte, auch wenn ich das wollte. Es half auch nicht, dass er ausgesprochen gut aussah. Aber sobald er den Mund aufmachte, bekam ich Lust, ihm eine reinzuhauen. Ich hatte keine Ahnung, wie es sich anfühlen musste, so selbstbewusst durch die Welt zu gehen, aber Ben hatte es auf jeden Fall drauf. Er störte ihn nicht im Geringsten, dass ich so sauer auf ihn war.

„Willst du mich nicht zu meinem Freispruch beglückwünschen?"

Als er das sagte, wurde ich ein wenig schwach. „Ich habe das sogar im Fernsehen gesehen. Glückwunsch. Ich habe mich sehr gefreut, zu sehen, dass alles in Ordnung sein wird."

„Danke."

Ben schob mir eine Haarsträhne hinter die Ohren und ich blickte ihn überrascht an. Von ihm berührt zu werden war, als würde ich einen elektrischen Schlag erhalten. Bei Matt fühlte ich mich nie so. Bei ihm fühlte ich mich immer nur sicher – und so wollte man sich schließlich auch mit seinem Ehemann fühlen, oder nicht?

Ich blickte in seine Augen und das Atmen fiel mir schwer. Mein Herz fing an, schnell in meiner Brust zu schlagen, und auf einmal dachte ich gar nicht mehr an mein Kleid. Er sollte von mir weggehen, mir Freiraum geben. Ich war überwältigt von Ben, vor allem jetzt, da er mir so nahe war.

„Hör mal, du musst aufhören, mich anzufassen. Was stimmt bloß nicht mit dir? Du kannst mich nicht einfach immer anfassen, wenn es dir gerade passt."

Er lächelte mich an und sein Blick hielt mich davon ab, weiterzusprechen. „Mir hat schon immer gefallen, wie kess du bist. Das vermisse ich."

„Oh, bitte, Ben. Erspar mir das Gelaber."

„Ich vermisse es wirklich."

Ich warf meine Hände in die Luft und fühlte mich unglaublich frustriert.

Er lachte. „Hör mal, ich kann dir mit dem Kleid helfen. Du musst überhaupt nicht gehen. Komm schon, ich habe eine Idee. Wir werden dieses Kleid richten, und wenn ich jeden letzten Tropfen heraussaugen muss."

Ich konnte gar nicht glauben, was ich da hörte. Ich konnte nicht anders, als loszulachen. Ben packte meine Hand und führte mich durch die Menschenmenge. Ich wurde knallrot bei dem Gedanken, dass die Leute mich so ungeordnet sahen – mit einem Cocktailfleck auf dem Kleid. Ich wusste, dass ich mich so schnell wie möglich aus Bens Fängen befreien musste. Er bedeutete nichts Gutes und ich sollte nirgends mit ihm hingehen. Wie war es mir nur gelungen, mich innerhalb von Minuten wieder mit ihm einzulassen? Er schien immer so eine Macht über mich zu haben, dass ich ihm einfach überallhin folgte, wo er hinging.

Wir traten in den Gang und Ben hielt immer noch meine Hand, als ob er mich vor etwas rettete. Schon bald fanden wir das Frauenklo und gingen hinein.

„Ich glaube wirklich nicht, dass ich dich hier drin brauche, Ben. Was, wenn jemand hereinkommt?"

Ich entzog ihm meine Hand und vermisste sofort seine warme Berührung. Es machte mich traurig, dass ich immer noch Verlangen nach ihm verspürte. Ich seufzte tief und beobachtete ihn, als er den Wasserhahn andrehte und die Temperatur prüfte. Dann schnappte er sich ein paar Papierhandtücher und machte sie gerade so nass, dass sie das Kleid nicht noch mehr verunstalten würden – wenn das überhaupt möglich war. Der Fleck war nicht so schlimm – wenigstens hatte er keine Cola getrunken.

Ich sah ihm zu, während er sanft an meinem Kleid herumtupfte, und lächelte fast, während er das tat. Nein – ich würde mich nicht schon wieder von ihm um den Finger wickeln lassen. Der Fleck verschwand tatsächlich, aber nun war mein Kleid nass und das war auch nicht viel besser. Ich spürte, wie mir Tränen in die Augen stiegen.

„Der Fleck ist weg, danke."

„Ich habe dir doch gesagt, dass das funktionieren wird."

„Aber mein Kleid ist nass, Ben. So kann ich nicht nach draußen."

Er blickte sich im Klo um und lächelte. Ich blickte dorthin, wo er auch hinblickte, und musste unwillkürlich lächeln. „Das wird funktionieren", sagte er.

„Du bist ein Genie."

„Ich weiß", sagte er mit einem Augenzwinkern. Er zog mich zum Händetrockner und drückte auf den Knopf. Heiße Luft föhnte das Kleid und ich sah zu, wie der Stoff trocknete. Er war wirklich ein schlaues Köpfchen, das musste ich ihm lassen. Ich war überglücklich, dass wir das Problem gelöst hatten. Ich war gerade auf der Party angekommen und wollte nicht so früh schon wieder nach Hause. Ich hatte gehofft, ein wenig Spaß zu haben und etwas für den guten Zweck zu tun. Ich wollte mich auf jeden Fall vergnügen, ob Ben nun da war, um mir auf die Nerven zu gehen, oder nicht.

„Es funktioniert, Gott sei Dank. Du hast Glück, ich wollte dich nämlich fast umbringen."

„Ja, das wäre nicht so gut gewesen. Aber gern geschehen. Ich bin froh, dass ich helfen konnte. Ich hoffe, dass das Kleid nicht ruiniert ist."

Ich wollte ihm gerade antworten, als ich seine Wärme hinter mir spürte. Er war mir so nah, dass ich seinen Atem an meinem Hals spüren konnte. Sein Mund war nah an meinem Ohr, als er mir zuflüsterte: „Du hast einfach etwas an dir, Katie. Ich drehe durch, wenn ich in deiner Nähe bin. Bei dir zu sein, fühlt sich richtig an – ich weiß, dass du es auch spürst."

Meine Augen schlossen sich und die Hitze seines Körpers so nahe an dem meinem entfachte ein Feuer in mir. Mir war schwindelig und als seine Hände sich auf meinen Arsch legten, dachte ich, dass ich in Ohnmacht fallen würde.

„So knackig."

Ich keuchte auf. Ich wollte mich mit ihm nicht so fühlen,

aber mein Körper machte, was er wollte. Ich wollte, dass er mich auf jede erdenkliche Weise vernaschte. Gerade eben war ich noch entsetzt darüber gewesen, was er mit meinem Kleid angestellt hatte, und jetzt war es in Ordnung für mich, dass er mich anfasste.

Ich erschauderte von seiner Berührung und erlaubte mir, all das zu fühlen, was durch meinen Körper ging. Mir wurde so heiß, dass es kaum auszuhalten war. Zwischen meinen Beinen pulsierte es, wie ich es schon lange nicht mehr gespürt hatte. Zwischen mir und Matt waren die Dinge einfach anders – nicht schlecht, aber eben nicht so völlig überwältigend. Aber das war gut – ich wollte mich auch nicht ständig fühlen, als würde ich in anderen Sphären schweben. Matt war jemand, der mich immer beschützen würde. Und Matt wollte mich auch tatsächlich – und zwar immer, und nicht nur, wenn es ihm gerade passte.

Ich versuchte, die Gefühle abzuschütteln, die meinen Körper durchströmten, und auf meinen Verstand zu hören. Ich musste das hier beenden, bevor es außer Kontrolle geriet. Ich wollte keine Gefühle für Ben hegen. Er war derjenige, der ohne ein weiteres Wort von mir gegangen war. Es war seine Entscheidung gewesen. Er konnte nicht einfach wieder in mein Leben treten und mich derart verwirren. Ich war immer so sehr von ihm angezogen gewesen, aber was hatte mir das gebracht? Er tat mir nur immer weiter weh. Plötzlich drehte ich mich um und schob seine Hände von meinem Arsch. Er drückte mich an die Wand.

„Ben, hör auf, wir können das nicht machen."

Er hörte mich genau, lächelte aber trotzdem, als er sich vorbeugte, um mich zu küssen. Sein Kuss war genau wie immer – warm und einladend. Ich küsste ihn zurück und spürte die gleiche Leidenschaft und Intensität zwischen uns. Ich hatte mich noch nie so verletzlich gefühlt – er öffnete mich einfach. Wir küssten uns weiter und er raubte mir den Atem mit seinen

Küssen. Ich drückte gegen seine Brust und wusste, dass ich das beenden musste.

„Liebling, was ist los? Du fühlst dich so unglaublich an."

„Es ist zu viel, Ben. Ich kann das nicht, das weißt du."

„Das stimmt nicht. Du willst das – das weiß ich doch. Du bist mit dem Falschen zusammen. Wieso siehst du das nicht ein?"

Er lächelte mich an, als er sich wieder zu mir herunterbeugte. Ich hatte in diesem Augenblick keine Kontrolle mehr über ihn und langsam wurde es mir auch egal. Ich wollte vereinnahmt werden und er verwirrte mich. Wieso war er so davon überzeugt, dass ich zu ihm gehörte, wenn ich mit jemandem anderen zusammen war? Wäre es so schlimm, wenn ich mich einfach mit ihm gehen lassen, mich ihm ausliefern würde? Ich konnte kaum noch klar denken und als er mich küsste, fragte ich mich, ob ich die falsche Entscheidung getroffen hatte. Wenn Matt der Richtige für mich war, wie konnte ich dann eine derartige Intensität bei einem anderen Mann verspüren? Ich konnte mich nicht an das letzte Mal erinnern, dass ich mich so gefühlt hatte, aber ich kannte das Gefühl nur von meiner Zeit mit Ben. Ich sehnte mich nach der Leidenschaft, die ich mit Ben fühlte, aber er war unberechenbar und ich konnte mich nicht auf ihn verlassen.

Ben küsste mich weiter, schmeckte wieder und wieder meine Lippen. Ich konnte seinen männlichen Duft riechen und es machte mich verrückt. Er umgriff mein Kinn und küsste mich sanft auf den Mund. Wir fingen sanft an, aber dann wurde es immer intensiver. Sein Mund drückte sich auf den Meinen und ich stöhnte sanft. Seine Hände vergruben sich in meinem Haar und zogen sanft daran. Wir waren einander so nahe, dass es sich anfühlte, als wären wir ein und dieselbe Person. Bens Zunge drang in meinen Mund ein und spielte mit meiner. Er nahm meine Zunge in seinen Mund und saugte langsam daran. Ich stöhnte, gierte nach ihm. Seine Küsse vereinnahmten mich, während er an meinen Lippen knabberte und leckte. Ich verlor die Kontrolle – ich konnte es spüren. Ich fühlte mich unter seiner Berührung wie gelähmt und ich war mir nicht sicher, wie viel ich noch aushalten würde. Er hatte die Kontrolle über meinen Körper und ich hätte mich wahrscheinlich nicht einmal von ihm lösen können, wenn ich das gewollt hätte. Ich wusste nur, dass ich ihn mehr denn je brauchte. Er war so ein guter Küsser, das hatte ich fast vergessen.

Ben nahm meine Brüste in die Hand und knetete sie sanft. Meine Nippel wurden hart von seiner Berührung.

„Du machst mich ganz verrückt, Katie. Dein Körper ist unglaublich. Ich will dich nackt."

Ich keuchte erschrocken. Glaubte er wirklich, dass wir in diesem Damenklo jetzt Sex haben würden? Ich blickte zur Tür, überrascht, dass man uns noch nicht erwischt hatte. Ich war mir nicht sicher, was ich tun würde, wenn jemand genau jetzt hereinkam. Es wäre mir so peinlich.

Die Gedanken, die mir durch den Kopf schossen, waren aber auch peinlich. Ich wollte ihn, und die Bilder in meinem Kopf schalteten jeden rationalen Gedanken aus. Ich konnte gar nicht glauben, dass es Ben gelungen war, mich gegen die Wand der Damentoilette zu drücken. Ich wusste, dass ich mich von ihm fernhalten sollte, mich von ihm lösen und aus der Toilette flüchten sollte. Das wäre das Beste, aber ich konnte mich einfach nicht dazu bringen. Meine körperliche Seite hatte völlig die Kontrolle übernommen und ich wollte genau hier mit ihm sein. Ich genoss seine Hände auf meinem Körper und ich musste zugeben, dass ich ihn unglaublich vermisst hatte. Seine Zunge erkundete meinen Mund und ich fühlte mich verloren.

Er fing an, mein Kleid anzuheben, und ich erstarrte. Er würde wirklich versuchen, an Ort und Stelle mit mir Sex zu haben. Würde ich es zulassen?

Seine Hände legten sich erneut auf meinen Arsch und ich

stöhnte von seinen Küssen. Ich hörte Stimmen vor der Tür und das brachte mich sofort wieder zurück auf den Boden der Tatsachen.

„Warte, stopp. Da draußen ist jemand."

Er hielt inne und es hörte sich so an, als versuchte jemand, in die Toilette zu kommen. Ich blicke an mir herab und war so wütend auf mich, dass ich mich in diese Lage gebracht hatte. Ich schob ihn von mir und floh aus der Toilette, während ich fast mit einer Frau zusammenstieß, die gerade eintrat. Ben rief mir hinterher, aber ich rannte weiter, bis ich vor dem Hotel stand und ein Taxi zu mir winkte.

14

KATIE

Ich wachte auf und lag da in meinem Bett und mir wurde klar, dass ich morgen heiraten würde. Meine Güte, der Tag war so schnell gekommen, hatte mich eingeholt, als ich es am wenigsten erwartet hatte. Vor Kurzem war ich noch Single gewesen und jetzt heiratete ich schon morgen. Ich konnte gar nicht glauben, wie schnell die Zeit vergangen war, obwohl unsere Verlobung nicht besonders lange angedauert hatte. Tatsächlich waren es nur ein paar Monate gewesen – genau wie wir es uns gewünscht hatten. Ich hatte mich gefragt, ob eine längere Verlobung vielleicht besser gewesen wäre, damit ich mir ein klareres Bild von meiner Zukunft machen konnte.

Was zwischen mir und Ben auf der AIDS-Gala geschehen war, hatte mich mehr verwirrt denn je. Ich hatte die ganze Nacht wach gelegen. Ich konnte einfach nicht begreifen, was zwischen uns geschehen war, oder warum ich so eine starke Verbindung zu Ben verspürte. Mit Matt hatte ich nicht das gleiche Gefühl und das war es, was mir den Schlaf raubte. Ich machte mir Sorgen, dass etwas mit unserer Beziehung nicht stimmte. Ich wusste, dass ich Matt liebte, aber liebte ich jemand anderen mehr? Wir hatten einfach nicht die gleiche intensive körperliche und geistige Verbindung, die zwischen mir und Ben bestand. War das eine schlechte Sache? Oder war es einfach nur etwas, auf das viele Menschen in ihrem Leben verzichteten? Ich war mir nicht sicher. Es hatte mir tagelang zu schaffen gemacht, bis ich wieder in den Alltagstrott verfallen war und beschlossen hatte, nicht länger daran zu denken.

Ich kroch aus dem Bett und fing an, mich fertig zu machen. Ich zog mich schnell an und wusste, dass ich schnell los musste. Ich musste an diesem Tag noch viel vorbereiten für die morgige Hochzeit. Ich hatte jede Menge Schmetterlinge im Bauch und es war mir ziemlich unangenehm.

Ich hatte seit der AIDS-Gala nichts mehr von Ben gehört. Das war allerdings typisch. Es verwunderte mich immer mehr, wie es ihm gelang, so einfach in mein Leben zu treten und wieder daraus zu verschwinden. Ich hatte keine Ahnung, was er von mir wollte. Wenn es keine Liebe war, was brachte ihn dann immer wieder zu mir zurück? In Paris hatte er nur eine lose Affäre gewollt, und das konnte er mit jeder haben, also warum kam er immer wieder zu mir zurück? Das war nicht fair. Ich fühlte mich verloren bei ihm und die Tatsache, dass er immer wieder verschwand, ohne sich bei mir zu melden, verwirrte mich völlig. Eigentlich war ich diejenige, die ihn das letzte Mal auf der Damentoilette sitzen gelassen hatte, aber es wäre nicht schwierig für ihn gewesen, mich aufzusuchen und mir sein Verhalten zu erklären. Aber genau wie nach Paris hörte ich nie wieder von ihm.

Also was bedeutete das alles? War er diesmal wirklich meinetwegen zurückgekommen, oder wollte er immer noch nur eine lockere Affäre? Der Gedanke nagte an mir. Ich hätte zu gerne mit ihm abgeschlossen, bevor ich Matt heiratete, aber manchmal bekam man im Leben eben nicht das, was man wollte. Ich würde morgen den Mann heiraten, den ich liebte, ob ich mit Ben abschloss oder nicht. Ich wünschte nur, ich hätte eine Ahnung, was in seinem Kopf vorging und warum er mich ausgesucht hatte. Er hatte mir gesagt, ich sei mit dem falschen Typen zusammen, und das ließ mich ahnen, dass er mit mir zusammen sein wollte. Aber wollte er das wirklich, oder war ich nur irgendeine Trophäe? Ben konnte sehr herrisch sein und zu wissen, dass ich einen anderen Mann heiraten wollte, konnte Grund genug sein, seinen Jagdinstinkt wieder zu entfachen.

Ich hatte keine Beweise dafür, dass Ben mehr als nur Lust für mich verspürte, und deshalb wollte ich meine Hochzeit auch durchziehen, trotz des Vorfalles bei der AIDS-Gala. Ich würde Ben früher oder später klarmachen müssen, dass er nicht mehr bei mir vorbeikommen durfte. Er sorgte nur für Probleme und ich wollte nicht, dass irgendetwas meine Zukunft mit Matt trübte. Ob es mir gefiel oder nicht, ich würde Ben für immer aus meinem Leben verbannen müssen.

Nach einem langen Tag, an dem ich gehetzt von einem Termin zum nächsten lief, war ich wieder in meiner Wohnung und versuchte, mich von der ganzen Aufregung zu erholen. Alle Last-Minute-Erledigungen waren gemacht und jetzt wollte ich einfach nur entspannen. Ich war völlig erschöpft. Ich hätte wahrscheinlich den Brautjungfern die Last-Minute-Sachen überlassen sollen, aber ich war eine Perfektionistin, und deshalb kümmerte ich mich um alles lieber selbst. Jetzt wollte ich einfach nur eine ruhige Nacht zu Hause bei einer Flasche Wein verbringen. Morgen würde ich den Mann heiraten, den ich liebte, und unsere gemeinsame Zukunft würde anfangen.

Ich musste meinen Brautjungfern absagen, die an diesem Abend noch mit mir ausgehen wollten. Ich stand sowieso nicht auf Junggesellinenabschiede. Ich wollte nicht die ganze Nacht auf den Beinen sein und ich wollte auch nicht an meinem Hochzeitstag mit einem Kater aufwachen – das war es mir einfach nicht wert. Sie hatten mich eingeladen, mit ihnen Abend zu essen, aber ich hatte keine Lust darauf. Ich wollte einfach nur

Zeit mit mir selbst verbringen und über meine Zukunft nachdenken. Ein paar Gläschen Wein würden mich vor meinem großen Tag genau richtig entspannen.

Ich würde sowieso kaum noch Zeit in der Wohnung haben – in ein paar Wochen würde ich offiziell bei Matt einziehen. Ich würde meine Wohnung vermissen, in der ich schon seit vielen Jahren wohnte, aber wenn die Flitterwochen erst einmal vorbei waren, würde ich bei meinem Ehemann wohnen. Ich wollte einfach nur ein bisschen Zeit alleine in meiner Wohnung verbringen, bevor ich mich von all den Erinnerungen verabschieden musste, die ich hier angesammelt hatte.

Ich öffnete die Flasche und schenkte mir ein wenig Wein ein. Ich trank einen Schluck davon und fragte mich, ob ich die Hochzeit überstürzt hatte. Matt hatte es sofort tun wollen und hatte sogar vorgeschlagen, dass wir türmten und in Vegas heirateten. Die Idee hatte mich nicht überzeugt – schließlich war es meine erste Hochzeit und ich wollte meine Freunde und meine Familie dabeihaben. Ich wusste, dass mein Vater über so eine Blitzhochzeit ziemlich enttäuscht gewesen wäre. Ich konnte Matt nur vorschlagen, dass wir eine Hochzeit planten, die sich möglichst gleich umsetzen ließ. Wir waren nur ein paar Monate verlobt, bevor ich anfing, die Hochzeit zu planen, die nur einen Monat später stattfinden sollte. Nun, da ich darüber nachdachte, fragte ich mich, warum es Matt so wichtig gewesen war, die Sache dingfest zu machen. Hatte er schon damals befürchtet, mich zu verlieren? Ich konnte es mir nicht vorstellen. Er hatte damals noch nicht einmal von Ben gewusst.

Schließlich hatte ich also einer schnellen Hochzeit zustimmen müssen und hatte einen Hochzeitsplaner engagiert, der mir dabei helfen sollte. Wir hatten die Einladungen sofort rausgeschickt und sie waren ebenso schnell zurückgekommen. Meine Eltern hatten Matt sofort akzeptiert, da sie die gleichen Dinge in ihm sahen, die ich gesehen hatte, als ich ihn kennengelernt hatte. Sie glaubten an seinen Charakter und fanden, ich hätte mir einen tollen Partner ausgesucht. Damals war es mir nicht überstürzt vorgekommen, aber jetzt war ich mir nicht mehr sicher, ob es das beste Prozedere gewesen war. Es war nicht so, als würde ich Matt nicht lieben – das tat ich von ganzem Herzen – aber mein kürzliches Zusammentreffen mit Ben hatte viele Dinge in Frage gestellt. Warum reagierte ich immer noch so auf ihn? Das machte mir am meisten Sorgen. Es gefiel mir nicht, dass ein anderer Mann mich derart schwach machen konnte. Das sollte nur meinem Ehemann gelingen, oder nicht?

Ich saß auf meiner Couch und trank Wein und dachte an die schöne Zukunft, die auf mich und Matt wartete. Ich musste mich einfach nur darauf konzentrieren und dann würde alles schon aufgehen. Die Hochzeit würde makellos sein und ich musste mich morgen um fast nichts sorgen, da sich der Hochzeitsplaner um alles kümmerte. Nach der Hochzeit würden wir unsere Flitterwochen in Spanien verbringen. Ich war noch nie in Spanien gewesen und ich freute mich wie wild auf unser bevorstehendes Abenteuer. Es war so aufregend, dass ich es kaum erwarten konnte. Es wäre ein toller Anfang für unsere rosige Zukunft. Ich traf die richtige Entscheidung, da war ich mir ganz sicher.

Ich blickte überrascht auf, als es an der Tür klopfte. Ich hatte keine Ahnung, wer mich am Abend vor meiner Hochzeit besuchen würde, ohne sich vorher anzukündigen. Ich hatte Matt klargemacht, dass er mich vor der Hochzeit nicht besuchen durfte, also wusste ich, dass es nicht er war. Verwirrt stand ich von der Couch auf und ging zur Tür. Ich öffnete sie und wünschte mir sofort, ich hätte den Besucher einfach ignoriert. Mein Kiefer klappte auf den Boden runter und ich konnte mein Pech gar nicht fassen.

„Du machst wohl Witze. Was zum Teufel tust du hier?"

Ben stand vor der Tür und sah zur Abwechslung mal echt verlegen aus. Nicht, dass das etwas ausgemacht hätte, allein sein Anblick machte mich fuchsteufelswild. Ich überlegte, ihm die Tür vor der Nase zuzuknallen, entschied mich aber dagegen. Was dachte er sich bloß dabei hierherzukommen? Was, wenn Matt hier gewesen wäre? Ich fragte mich, ob er wusste, dass ich morgen heiraten würde, denn sein Timing war wirklich unerhört.

„Können wir reden?"

„Oh mein Gott! Wieso auch nicht, nicht wahr, Ben? Du willst mich wohl zum Besten halten. Unerhört!" Ich stampfte wieder in meine Wohnung und ließ ihn an der Tür stehen. Ich ließ mich auf die Couch fallen und trank die Hälfte des Weinglases leer, das ich mir vorhin eingeschenkt hatte.

Er trat ein und ich merkte, dass ich am ganzen Körper zitterte. Ich konnte mich nicht daran erinnern, je so wütend gewesen zu sein. Die Tatsache, dass er einfach so auf meiner Türschwelle aufgetaucht war, machte mich verrückt. Aber was mich am wütendsten machte, war, dass mir sofort klar wurde, als ich ihn da vor der Tür stehen sah, dass ich in ihn verliebt war. Er stand immer noch da, ohne ein Wort zu sagen, und es machte mich ganz nervös.

„Ich würde dir raten, loszureden, bevor ich dich noch hinauswerfe."

Er seufzte tief und sah trauriger aus denn je. Ich hatte ihn noch nie so gesehen. Normalerweise war er ausgesprochen selbstbewusst.

„Ich liebe dich, Katie. Ich habe dich schon immer geliebt. Ich war einfach nur so dumm."

Einen Augenblick lang dachte ich, ich müsste kotzen. Ich konnte gar nicht glauben, was sich da in meiner Wohnung am Abend vor meiner Hochzeit abspielte. Es war lächerlich.

„Wag es ja nicht, mir das jetzt zu sagen. Wie kannst du nur?"

„Es tut mir leid, Baby. Wirklich. Ich bin ein totales Wrack und es ist alles meine Schuld. Aber es stimmt – ich glaube, ich habe dich seit dem Augenblick geliebt, in dem ich dich kennengelernt habe."

„Oh mein Gott. Ist dir klar, dass ich morgen heirate? Wie kannst du nur so egoistisch sein? Warum tust du mir das an?"

„Ich will dir nicht wehtun. Ich will nur nicht das Beste verlieren, was mir je passiert ist. Ich kämpfe schon so lange gegen meine Gefühle an, damit ich mit meinem Leben und meiner Firma klarkomme. Ich bin ein Idiot und das weiß ich auch. Ich bin fast durchgedreht, als ich deine Hochzeitsannonce gesehen habe. Du kannst diesen Typen nicht heiraten, Katie."

Tränen schossen mir in die Augen. „Hör auf damit."

„Ich weiß, dass das total asozial von mir ist, aber mach diesen Fehler nicht. Das musst du nicht. Sei mit mir zusammen. Ich werde mich um dich kümmern. Ich habe versucht, dich loszulassen, aber ich kann nicht mehr. Ich brauche dich, Katie."

Mein Herz schlug wie verrückt und ich war so wütend, dass ich dachte, ich würde das Zimmer in Stücke reißen. Wie konnte er mir das nur antun? Ich hatte so oft versucht, mit ihm zusammen zu sein, und er hatte mich wieder und wieder hängen lassen. Wie konnte er so etwas jetzt von mir verlangen?

Ich brüllte ihn an, mein Gesicht feuerrot. „Wieso bist du nicht vor Monaten zurückgekommen? Wieso bist du mir nicht nachgekommen nach der AIDS-Gala? Echt jetzt, Ben, was stimmt bloß nicht mit dir?"

Er zuckte mit den Schultern und wusste selbst nicht, was er sagen sollte. „Heirate ihn nicht", flüsterte er.

„Wieso nicht? Er liebt mich und ich liebe ihn. Er wollte sich um mich kümmern, als du zu sehr damit beschäftigt warst, eine lose Affäre mit mir zu wollen. Du wolltest nicht das Gesamtpaket – du wolltest bloß deinen Spaß. Jetzt, da ich bald heiraten werde, willst du mich zurück? Wieso? Damit du mich wieder verlassen kannst, wenn du dich langweilst?"

„Ich könnte mich nie mit dir langweilen. Wir haben eine echte Verbindung, Katie. Das weißt du."

„Und doch war sie nicht stark genug, dass du bei mir geblieben bist."

„Du kannst ihn nicht heiraten. Das wäre nicht fair ihm gegenüber. Du kannst nicht leugnen, dass du mich auch liebst, vielleicht sogar mehr als ihn. Wie könntest du einen anderen Mann heiraten, wenn du so starke Gefühle für mich hast?"

„Du hast doch keine Ahnung, was fair ist, Ben." Ich schüttelte den Kopf und war völlig abgestoßen von ihm. Wir standen einander gegenüber und starrten einander einfach nur an. Ben stand ruhig da, während mein Herz in meiner Brust hämmerte. Ich versuchte, die Kontrolle über meine Gefühle zurückzuerlangen, aber es war nicht leicht. Er hatte recht, ich liebte ihn, aber er war kein guter Partner. Ich würde mir immer Sorgen machen, dass er mich verlassen würde, und so jemanden brauchte ich nicht in meinem Leben.

Tränen liefen mir übers Gesicht. „Wie konntest du mir das antun, Ben?"

Er schüttelte langsam den Kopf. „Ich habe auch keine Erklärung dafür, zumindest keine gute. Es tut mir leid, was ich dir angetan habe. Ich kann nichts anderes sagen. Aber es wird nie wieder vorkommen, das verspreche ich dir. Ich hätte dich nie davonziehen lassen sollen in Paris – das war der größte Fehler meines Lebens. Ich dachte, ich hätte Zeit, mir die Dinge durch den Kopf gehen zu lassen, weißt du? Ich hätte nie gedacht, dass du ein paar Monate später schon verlobt sein würdest. Ist es dir nie in den Sinn gekommen, dass du das vielleicht überstürzt hast? Vielleicht ist das auch meine Schuld."

Ich wurde schon wieder wütend. Ich war sauer, dass er meine Entscheidung hinterfragte, auch wenn ich das selbst schon getan hatte. Ich wollte einfach nicht, dass er die Befriedigung verspürte, es aus meinem Mund zu hören.

„Ich finde überhaupt nicht, dass wir die Dinge überstürzen. Matt ist ein toller Mann. Er weiß, wie man eine Frau richtig behandelt."

„Nein, er hat es überstürzt, um dich festzunageln. Es gibt keinen anderen Grund dafür, dass er dich heiraten wollte, nachdem er dich erst ein paar Monate gekannt hat. Er will nicht, dass du dich umentscheidest, aber genau das wirst du tun. Ich garantiere es dir. Ihr beiden habt nicht das, was wir beide haben."

„Woher willst du das wissen?"

„Ich weiß es eben. Ich weiß es daher, wie du mich küsst."

„Hör auf damit. Er nagelt mich nicht fest."

„Ihr seid erst seit ein paar Monaten verlobt. Wie gut kennst du ihn überhaupt?"

„Das tut nichts zur Sache. Wir haben uns in einander verliebt und das wird sich auch nicht ändern."

Er blickte mich scharf an und ich wusste, dass ich ihm wehgetan hatte. Ich wusste, dass er mehr sagen wollte, sich aber Sorgen machte, zu weit zu gehen und mich zu verscheuchen. Ich wusste, dass es ihn wahrscheinlich krank machte, dass ich in jemand anderen verliebt war. Ich war mir nicht sicher, wie es mir gehen würde, wenn ich herausfinden würde, dass Ben jemand anderen heiratete, aber ich bezweifelte, dass ich Luftsprünge machen würde.

„Sag mir, dass du mich nicht liebst", sagte er.

„Du solltest gehen. Das ist zu viel für mich. Es tut nichts zur Sache, ob ich Gefühle für dich habe. Ich habe einem anderen Mann gesagt, dass ich ihn heiraten werde, und ich werde dieses Versprechen nicht brechen. Nicht für jemanden, der mich schon so oft verlassen hat."

„Entscheide dich für mich – heirate mich, Katie. Ich liebe dich und du musst deine Entscheidung ändern."

Ich schluckte, während ich ihn anstarrte. Meine Gedanken spielten gerade verrückt und mein Herz versuchte, sich aus meiner Brust loszureißen und nach ihm zu greifen. Ich wollte ihn, das wusste ich, aber ich wusste auch, dass ich ihm nicht vertrauen konnte, und das war ziemlich schwerwiegend. Ein großer Teil von mir wollte mit ihm davonlaufen, aber ich konnte mir nicht erlauben, so einen dummen Fehler zu begehen. Ich wollte nicht schon wieder alles aufgeben, nur damit er wieder seine Meinung änderte. Ich würde es nicht überleben, noch einmal verlassen zu werden – ich musste mein Herz beschützen.

„Ben, ich habe mich schon für dich entschieden, mehrmals sogar. Ich wollte Matt nach Paris sagen, dass es zwischen uns vorbei ist, aber sieh nur, wie du dich damals verhalten hast. Und dann habe ich nicht einmal nach der AIDS-Gala wieder von dir gehört. Du hast gesagt, dass du noch nicht für mich bereit wärst, und ich weiß nicht, ob du es je sein wirst. Matt will mich jetzt."

„Also wirst du einen anderen Mann heiraten, obwohl du in mich verliebt bist?", brüllte er und ich zuckte zusammen.

„Ich liebe ihn."

„Und wie willst du ihn von ganzem Herzen lieben, wenn ein Teil davon mir gehört?"

Erneut schossen mir Tränen in die Augen. „Das wird schon irgendwann vorbeigehen."

„Das bezweifle ich stark. Ich spüre selbst jetzt die Chemie zwischen uns – du kannst es nicht leugnen, Katie."

„Das ist mir egal. Es ist zu spät. Du hast zu lange gewartet."

„Bitte, Katie, tu das nicht."

„Wir hätten ein tolles Paar werden können, Ben, und ich habe wirklich versucht, mit dir zusammen zu sein. Aber ich werde Matt nicht verletzen, wenn ich mir nicht sicher sein kann, dass du bleibst."

„Du gehörst zu mir."

Mein Geist wurde wieder ganz benebelt und mein Herz schmerzte unendlich. Ich war hin und hergerissen, aber ich wusste, dass ich meinem Herz keine Entscheidungen mehr überlassen konnte. Ich hatte das bereits versucht und es hatte nicht funktioniert. Ich wollte ihn aus meiner Wohnung raus – ich konnte dieses Gespräch nicht weiter fortführen. Wenn Matt beschloss, mich doch noch zu überraschen, würde Chaos ausbrechen, wenn er Ben hier entdeckte. Ich konnte es nicht riskieren. Vielleicht hoffte Ben sogar insgeheim darauf.

„Du musst jetzt gehen, Ben. Ich kann das nicht mehr."

„Katie, bitte." Jetzt flehte er mich an und es brach mir das Herz.

Ich atmete tief durch und befahl mir, stark zu bleiben. „Ich heirate morgen Matt. Ich habe meine Entscheidung getroffen und du musst sie respektieren. Es wird Zeit, dass du gehst."

Ben wandte sich ohne ein weiteres Wort von mir ab und ging aus der Tür. Er schlug sie nicht zu sondern schloss sie sanft. Ich ging zur Tür und sperrte sie hinter ihm ab. Dann drückte ich meine Stirn an das kühle Holz und betete, dass ich die richtige Entscheidung getroffen hatte.

„Auf Wiedersehen, Ben", flüsterte ich.

15

KATIE

Ben und ich kehrten von einem Spaziergang im Park mit einem Lächeln im Gesicht zurück. Der Tag war sonnig und traumhaft gewesen und ich konnte mich nicht an das letzte Mal erinnern, das ich so glücklich gewesen war. Irgendwie erfüllte seine Anwesenheit mich mehr als alles andere.

Sobald er die Wohnung betrat, schlang er seine Arme um mich und küsste mich leidenschaftlich. Ich konnte den ganzen Tag nur daran denken, wie gerne ich in seinen Armen liegen wollte, und es wurde jeden Tag wieder wahr. Wir würden bald heiraten und ich konnte es kaum erwarten, Mrs. Ben Donovan zu werden. Es würde der beste Tag meines Lebens werden und von mir aus konnte es gar nicht schnell genug gehen. Seine Frau zu sein war etwas, wovon ich bereits so lange träumte, und bald würde mein Traum Wirklichkeit werden.

Wir küssten uns, sobald wir aus dem Auto ausgestiegen waren, den ganzen Weg die Treppen hinauf und bis in meine Wohnung. Ich hatte mich am Schloss der Tür zu schaffen gemacht, als er anfing, meinen Hals zu küssen. Jedes Mal, wenn er mich küsste, wollte ich ihm einfach nur die Kleider vom Leib reißen. Er machte mich fast *verrückt mit seinem Mund und selbst etwas Simples wie das Aufsperren einer Tür wurde plötzlich unmöglich.*

Aber als die Tür endlich offen war, taumelten wir in die Wohnung und ich drehte mich zu ihm um, nahm sein Gesicht in meine Hände und küsste ihn stürmisch auf die Lippen. Ich biss ihn in die Unterlippe und er knurrte meinen Namen.

„Katie, ich werde dich so gut ficken, dass dir Hören und Sehen vergeht."

Ich stöhnte und hielt dann inne, um ihm in die Augen zu starren. „Ich liebe es, wenn du meinen Namen sagst."

„Ja, Baby. Er ist wunderschön und ich mag auch, wie er sich anhört, wenn er mir über die Lippen kommt."

Er hob mich in seine Arme und trug mich ins Schlafzimmer. Er legte mich auf das Bett und bestieg mich. Sein Mund verband sich wieder mit meinem und ein Schauer der Hitze durchwallte mich.

Plötzlich ließ ich von ihm ab und blickte ihm in die Augen, die Stirn gerunzelt. „Warum magst du mich?"

„Katie, machst du Witze? Willst du echt jetzt damit anfangen? Du weißt ganz genau, dass es Millionen Gründe gibt, aus denen ich verrückt nach dir bin."

„Wenn du willst, dass ich mein Höschen für dich ausziehe, dann kannst du Gift drauf nehmen, dass wir das jetzt tun werden."

Er lächelte zu mir herab und ich vergaß das Ganze fast wieder. „Du bist einfach so viel mehr als nur Titten und eine Muschi."

„Oh, wow, vielen Dank."

Er lachte. „Nein, wirklich. Du hast Köpfchen und du setzt es auch ein. Du hast offensichtlich Leidenschaft für deine Karriere und du bist auch ziemlich gut darin, wenn ich das bemerken darf. Du arbeitest hart und hingebungsvoll. Du bist anders als viele andere Mädchen heutzutage, die nur wollen, dass ein Mann mit ihnen Shoppen geht. Du bist wirklich ziemlich der Hammer."

„Tolle Antwort."

„Du weißt, dass ich dich liebe."

„Ja, und ich liebe dich auch."

Sein Mund legte sich wieder auf meinen und unsere Zungen verschlangen sich ineinander. Ich saugte langsam an seiner und wurde immer geiler. Er fing an, sich auszuziehen, und ich tat es ihm gleich, während ich zusah, wie bei ihm langsam die Hüllen fielen. Meine Güte, er war so schön, und endlich konnte ich ihn in seiner ganzen Pracht bewundern.

Ich lag so vor ihm, splitternackt, und war bereits feucht zwischen den Beinen von dem Gedanken, bald seinen Schwanz in mir zu versenkt zu wissen.

Er legte sich wieder auf mich und küsste mich hungrig auf den Mund. Er fing an, sanft meine Wangen, meinen Kiefer und meinen Hals zu küssen. Das Gefühl seiner Lippen auf meiner Haut war atemberaubend. Je sanfter er mich küsste, desto mehr Gänsehaut zeichnete sich auf meiner Haut ab. Während er sich einen Weg zu meinen Brüsten bahnte, legte er seine Hand zwischen meine Beine und streichelte mit seinen Fingern über meine Klit. Lust durchströmte mich und ich stöhnte.

„Oh Baby, du bist ja schon feucht. Himmel, das ist ja unglaublich."

Ich lächelte zu ihm auf. „Ben, ich will dich so sehr. Mein Körper will dich – er weiß schon, was auf ihn zukommt."

„Geduld, Baby. Ich will mir schön Zeit mit dir nehmen." Sein Mund fand meine Nippel und fing an, daran zu saugen. Er lutschte, knabberte und spielte mit meinen Nippeln und ich wölbte meinen Rücken in Ekstase.

„Bitte, Ben, fick mich. Steck mir jetzt sofort deinen Schwanz rein."

„Oh, ich liebe es, wenn du mich so anbettelst. Aber ich bin noch nicht soweit."

Er küsste mich weiter über meinen Bauch und um meinen Nabel herum. Eine Gänsehaut breitete sich auf meiner ganzen Haut aus. Er küsste mich bis zu meiner Muschi hinab. Er spreizte meine Beine weit und bewunderte meine Muschi, die für ihn schon weit offen stand. Er sah aus, als würde er mich mit Haut und Haar verschlingen wollen.

„Du siehst so gut aus. Und ich weiß, dass du noch besser schmeckst." Er beugte sich vor und leckte einmal von unten nach oben über mich drüber. Ich stöhnte laut. Er saugte an meiner Klit und knabberte sanft daran. Er steckte zwei Finger in meine Muschi und fing an, mich damit zu ficken. Ich schrie auf und spürte, wie sich ein Orgasmus in mir aufbaute. Er war unglaublich und ich konnte gar nicht genug von ihm bekommen. Ich glaubte, dass ich nie genug von Ben bekommen konnte, und ich würde bald kommen nur von seinen Fingern und seinem Mund.

„Baby, bitte steck mir deinen Schwanz rein. Ich brauche ihn."

„Nicht, bevor du in meinem Mund gekommen bist."

Das brachte das Fass zum Überlaufen und ein Orgasmus durchströmte mich, sodass ich ihm genau das gab, was er von mir verlangt hatte. Noch nie hatte jemand so schmutzige Dinge zu mir gesagt, aber ich fand es hocherotisch. Es steigerte die brandheiße Chemie, die zwischen uns brodelte, ins Tausendfache. Ben machte mich einfach verrückt – ich wollte von ihm auf jede erdenkliche Art befriedigt werden. Er fühlte sich in mir drin unglaublich an.

„Fick mich jetzt, Ben, fick mich." Er steckte mir den Schwanz ganz tief rein und dehnte meine Muschi aus. „Oh Gott, du fühlst dich so geil an. Dein Schwanz ... er ist so groß und hart, Baby. Ich liebe es."

Er stöhnte auf bei meinen Worten und ich wusste, dass sie auch ihn verrückt machten. Er stieß noch tiefer in mich rein und fickte mich langsam, bevor er in einen schnelleren Rhythmus wechselte. Er war riesig und ich begehrte ihn noch mehr, jetzt, da er in mir war. Er berührte jede einzelne Nervenendung in meinem Innersten und ich stöhnte laut, als er anfing, sich schneller zu bewegen. Ich schlang meine Beine um ihn und hob meine Hüften an, um den Stößen seines harten Schwanzes entgegenzukommen.

„Deine Muschi ist so feucht, Katie. Du fühlst dich unglaublich an."

„Oh Gott, Ben, ich komme gleich nochmal."

Er fickte mich schneller und vergrub seinen Schwanz tief in mir, während ein durchdringender Orgasmus jede meiner Fasern erschütterte. Ich schrie seinen Namen, während Wellen der Lust mich überströmten.

Ich keuchte, als er sich aus mir herauszog. Ich hasste es, wenn er nicht mehr in mir war.

„Ich glaube, ich bin jetzt dran, dich zu ficken, Ben."

„Ohh Süße, das hört sich richtig geil an."

Er legte sich auf das Bett und diesmal bestieg ich ihn. Bevor ich mich auf seinen Schwanz niederließ, beugte ich mich vor und nahm ihn in den Mund. Ich konnte meine Fotze auf seinem Schwanz schmecken und es machte mich nur noch geiler. Ich lutschte ihn hart und geil, während ich mit meiner Zunge seinen Schaft umkreiste.

„Katie, es ist so geil, wie du meinen Schwanz lutschst. Du bist so gut darin, Baby." Er stöhnte unter meinen Berührungen und es machte mich verrückt.

Er zog mich hoch und von seinem Schwanz runter. Ich brachte mich in Stellung, um ihn zu reiten, und setzte mich dann auf ihn. Er drang ganz tief in mich ein und ich keuchte auf. Ich fing an, ihn zu reiten, zunächst langsam, ich nahm mir Zeit. Ich glitt ganz langsam nach oben, bis er fast aus mir herausglitt, und ließ mich dann schnell wieder herabsinken. Er stöhnte auf bei jeder meiner Bewegungen, und dann fing ich an, mich schneller zu bewegen. Ich ritt seinen Schwanz wie wild, bis ich mir sicher war, dass er gleich kommen würde, und dann verlangsamte ich wieder. Ich wollte noch nicht, dass er kam – ich wollte noch mehr Spaß haben. Ich fickte ihn weiterhin langsam und blickte ihm tief in die Augen. Wenige Männer blickten ihren Liebhaberinnen in die Augen, wie ich fand – Sex war so intim, dass es für manche Männer überwältigend sein konnte. So war es zumindest meiner Erfahrung nach.

Aber Ben war anders und das liebte ich an ihm. Wir waren anders zusammen, ein besseres Pärchen als die meisten. Er blickte mir direkt in die Augen und die Hitze, die ich darin sah, machte mich fast verrückt. Aber ich sah nicht nur Hitze darin und genauso wenig ging es bei uns nur noch um Sex. Schon vor langer Zeit hatte sich zwischen uns etwas verändert und es würde nie wieder sein wie zuvor. Ob wir dieser Veränderung gewachsen waren, würden wir früher oder später feststellen. Aber fürs Erste würden wir einfach das genießen, was wir hatten, und sehen, wo es uns hinführte. Obwohl ich das eigentlich schon wusste – ich würde diesen Mann heiraten, und zwar eher früher als später.

Ich wechselte zwischen langsamen Bewegungen und harten Reiten ab. Ich konnte an seinem Gesicht ablesen, dass ich ihn verrückt machte damit, aber ich genoss es so sehr, ihm Lust zu bereiten, dass ich es so lange in die Länge ziehen würde wie nur möglich.

„Ich bin dran, Süße."

Ich lächelte zu ihm herab und nickte. Ich stieg von seinem Schwanz ab und bereute es sofort. Ich brauchte ihn durchgehend in mir. Ich war süchtig nach seinem Schwanz wie nach einer Droge. Ich wollte ihn sofort wieder in mir, nicht erst in ein paar Sekunden.

Er brachte mich in Stellung, sodass ich halb auf der Seite lag, auf meinem Oberarm und meiner Hüfte. Er stand vom Bett auf und stellte sich hinter mich, eine Variation der Hündchenstellung. Ich liebte es von hinten; er drang nicht nur tief in mich ein, ich fand es auch geil, wie Ben die totale Kontrolle über unseren Fick hatte. Ich fühlte mich ihm dann ausgeliefert und das machte mich höllisch an.

Er schob seinen Schwanz in mich rein und ich keuchte auf vor Lust.

„Oh ja, Baby, das fühlt sich so geil an." Ich stöhnte bei jedem Stoß, den er mir verabreichte. Er war so tief in mir drin und es fühlte sich fantastisch an. Er fing langsam an – quälend langsam – aber dann drang er härter und schneller in mich ein. Er hämmerte in meine Muschi hinein und ich schrie auf vor Lust. Es fühlte sich so gut an und ich wünschte, er würde mich die ganze Nacht so ficken.

„Oh Gott, Ben, ich komme gleich wieder."

„Ja, Baby, komm auf meinem Schwanz, Liebling. Ich will dich spüren. Lass dich gehen."

Ich explodierte auf seinem Schwanz, während er weiter in meine

Muschi hineinhämmerte. Sobald die erste Welle des Orgasmus abgeklungen war, folgte schon die nächste. Multiple Orgasmen? Heute war wirklich mein Glückstag.

Er fickte mich richtig gut und ich hätte mir keinen besseren Sexpartner wünschen können. Es war, als verfüge er über eine mentale Landkarte meines Körpers und wüsste genau, was er tun musste, um mich um den Versstand zu bringen.

"Ben, komm mit mir."

"Du willst, dass ich komme, Baby?"

"Oh mein Gott, ja, ich will, dass du deinen ganzen Saft in mich reinspritzt, Baby. Gib's mir, bitte."

Er stöhnte, während er mich hart fickte und seinen Schwanz immer tiefer in mich reinhämmerte. Er schrie auf, als sein eigener Orgasmus sich in mir entlud. Er spritzte in mich hinein und seine Bewegungen verlangsamten sich, während er von seinem Höhepunkt herunterkam.

"Oh Gott, war das gut", flüsterte ich.

"Da muss ich dir auf jeden Fall beipflichten."

Er zog sich aus mir raus und ich sank in die Laken. Er tat es mir nach und legte sich neben mich auf das Bett. Ich kuschelte mich an seine Brust und küsste sie. Er hatte den herben Geruch eines Mannes, der geschwitzt hatte, der hart gearbeitet hatte, um sein Weib ordentlich durchzuficken.

"Mmmm, das hat mir gefallen", murmelte ich.

16

KATIE

Ich erwachte plötzlich aus meinem Traum und fühlte mich innerlich leer. Ich drehte mich um und stellte fest, dass ich in den Armen meines Ehemannes Matt lag. Schon seit Wochen träumte ich immer wieder diesen Traum von Ben und es musste jetzt langsam Schluss damit sein. Es machte mich noch verrückt. Wenn ich von Ben träumte, fühlte ich mich einsamer denn je. Ich hasste es sogar. Es war das Letzte, was ich wollte, und ich verstand nicht, warum ich immer wieder von demselben Traum heimgesucht wurde. Es war mir richtig peinlich.

Matt und ich waren nun seit beinahe sechs Monaten verheiratet. Ich hatte erwartet, dass unser Eheglück viel länger halten würde – warum tat es das nicht? Aber es lief in letzter Zeit nicht gut zwischen uns und ich war mir nicht sicher, was ich dagegen tun sollte. Ich kam nicht dahinter, warum es so schief lief zwischen uns, aber es war alles ziemlich schnell passiert. Zu schnell. Die Träume hatten sich bei mir eingeschlichen und ich musste glauben, dass es daran lag, dass mein Glücksgefühl langsam nachließ. Ich fragte mich schon, ob ich vor all diesen Monaten die richtige Entscheidung getroffen hatte. Vielleicht hätte ich Ben wählen und an unseren Funken glauben sollen. Ich hatte einfach nicht erwartet, dass unsere Ehe so schnell in die Brüche gehen würde, oder dass sie überhaupt in die Brüche gehen würde. Ich hatte wirklich gedacht, dass wir gut zusammenpassten, und wir liebten einander, also warum geschah das jetzt mit uns?

Matt und ich waren eine Zeit lang glücklich gewesen – überglücklich – und deswegen verwirrte mich das alles so. Nach der Hochzeit waren wir in die Flitterwochen gefahren und hatten uns königlich vergnügt. Es war ein Abenteuer nach dem anderen gewesen und ich hatte unsere Zeit zu zweit rundum genossen. Als wir zurückkamen, war ich bei ihm eingezogen und damit war es offiziell. Schnell fanden wir eine Routine und ich hätte nicht glücklicher damit sein können.

Ich hatte meine Wohnung mit einem weinenden und einem lachenden Auge verlassen; sie enthielt so viele Erinnerungen für mich. Außerdem war sie das Erste, was ich alleine besessen hatte, das ich mir selbst organisiert hatte. Sie zu verkaufen war nicht nur ein Wendepunkt im Hinblick auf meine neue Zukunft, sondern auch das Ende einer Ära, und das machte mich traurig. Ich war so daran gewöhnt, alleine zu sein, glücklich und unabhängig, und jetzt waren die Dinge einfach anders.

Obwohl ich meine eigene Wohnung verkaufen und bei Matt einziehen musste, hatte ich mich riesig auf die Zukunft gefreut. Wer wusste schon, was uns erwartete? Mein Geschäft lief gut und wir waren frisch getraut. Obwohl ich in seine Wohnung gezogen hatte, hatten wir auf lange Sicht nicht vor, dort zu bleiben. Ich hatte schon immer von einem Eigenheim geträumt, einem Haus, in dem ich eine Familie gründen konnte. Als wir zurückkamen, machten wir uns direkt auf die Suche nach unserem Traumhaus. Matt heuerte einen Makler an und die Jagd ging los.

Es dauerte nicht lange, bis wir ein tolles Haus auf dem Land gefunden hatten. Es war ein großes Gebäude im Kolonialstil, die Art Haus, von dem ich immer geträumt hatte. Es verfügte sogar über ein Gästehaus im Garten, sodass Freunde bei uns logieren und wir immer noch unsere Ruhe haben konnten. Das Grundstück war mehrere Hektar groß und der Garten war ideal, um Gäste zu empfangen. Das Beste an dem Haus war das Studio, in dem ich an meinen Designs arbeiten konnte. Manchmal würde ich nicht in die Stadt fahren müssen; ich könnte einfach von zu Hause aus arbeiten. Ich konnte ungestört kreativ sein und meine Designs in meinen eigenen vier Wänden zum Leben erwecken.

Ich lag im Bett und dachte daran, wie wir in unser Haus eingezogen waren und wie glücklich wir miteinander gewesen waren. Der Gedanke, dass das alles vielleicht ein riesiger Fehler gewesen war, betrübte mich. Nachdem wir in das Haus gezogen waren, waren wir etwa einen Monat lang glücklich verliebt gewesen, bevor sich die Dinge zwischen uns verändert hatten. Ich schüttelte meinen Kopf bei dem Gedanken daran. Nur einen Monat. Vielleicht war es ein Fehler gewesen, so schnell zu heiraten, ohne einen Gedanken daran zu verschwenden, wie gut wir uns eigentlich kannten. Ja, wir hatten uns schnell verliebt, aber würde diese Liebe ein ganzes Leben lang halten? Da war ich mir nicht mehr so sicher.

Ich war mir nicht sicher, wann genau sich alles geändert hatte. Eines Tages war einfach alles anders. Es war ein wenig bizarr. Es war nicht so, als hätten wir uns richtig gestritten. Nichts Weltbewegendes war passiert; es war einfach auf einmal anders zwischen uns.

Als ich Matt geheiratet hatte, hatte ich meine Liebe zu ihm nicht in Frage gestellt. Er hatte mich glücklich gemacht und ich hatte ihn heiraten wollen. Er war der perfekte Mann, wenn es so etwas gab. Er war aufmerksam und lieb und er tat alles für mich. Ich konnte nicht leugnen, dass er mich wie eine Göttin behandelte, und das war wirklich schön. Ich hatte nie Angst in seiner

Gegenwart; tatsächlich fühlte ich mich immer sicher. Nicht nur das, wir hatten auch ein erfüllendes Sexleben, also hatten wir eigentlich die besten Voraussetzungen für eine erfolgreiche Ehe.

Wir waren ein gutes Paar und obwohl ich nicht die verrückte Liebe verspürte, die ich mit Ben verspürt hatte, baute unsere Partnerschaft auf einer soliden Basis auf. Es genügte mir völlig – ich hätte mein ganzes Leben damit leben können. Ja, das Leben war eine Zeitlang wirklich außergewöhnlich gewesen. Aber leider hielt dieses Glücksgefühl nicht an. Mir wurde schlecht bei dem Gedanken, wie wir an diesen traurigen Punkt gekommen waren.

Die Dinge zwischen Matt und mir hatten sich in den letzten Monaten so sehr verändert, dass ich immer wieder an Ben dachte und daran, was hätte sein können. Ich wusste, dass das falsch war und dass ich mich auf Matt konzentrieren sollte, aber er machte es mir wirklich schwer. Matt hatte sich verändert. Ich konnte die Veränderung nicht genau benennen, aber irgendetwas stimmte nicht mehr mit ihm. Manchmal erkannte ich den Mann, den ich geheiratet hatte, gar nicht wieder, und das machte mir unglaublich Angst. Es war zu früh für solche Probleme in unserer Ehe. Hielt die Verliebtheitsphase normalerweise nicht ein ganzes Jahr? Matt hatte diese Nachricht offensichtlich nicht gelesen, denn die Dinge zwischen uns veränderten sich fast sofort.

Ich fragte mich deshalb, ob Ben nicht vielleicht recht gehabt hatte, zu behaupten, Matt habe mich nur festnageln wollen, damit er mich nicht verlieren konnte. War das möglich? Ich wollte nicht einmal daran denken, und dennoch hatte Matt sich drastisch verändert seit wir geheiratet hatten. War alles nur ein Akt gewesen? Wiederum war ich mir nicht sicher, da ich nicht genau sagen konnte, wann die Veränderungen passiert waren, und das machte die ganze Lage noch besorgniserregender. Wie hatte ich mich so sehr in jemandem irren können, den ich so sehr liebte? Mein Urteilsvermögen in Bezug auf neue Leute war für gewöhnlich messerscharf. Ich hatte mich bisher selten geirrt. Ich hatte mich sogar noch nie mit jemandem getroffen, bei dem ich mir nicht von Anfang an ganz sicher war. Und dennoch hatte ich es geschafft, einen Mann zu heiraten, bei dem mir langsam klar wurde, dass ich ihn gar nicht kannte.

Und dann war da noch Ben, der Mann, den ich immer geliebt hatte. Ich hatte ihm den Rücken zugewandt, weil er mir damals so unzuverlässig erschienen war. Er hatte sich einfach nicht zu uns bekennen können und das hatte mich verrückt gemacht. Wenn er nur schon lange vorher zu mir gekommen wäre, um mir seine Liebe zu gestehen. Dann wäre alles anders gewesen. Oder vielleicht war es meine Schuld, weil ich seine Liebe nicht angenommen hatte, als er sie mir endlich schenken wollte. Ich war so innerlich zerrissen von den Grübeleien, wann ich den Fehler begangen hatte und ob ich den richtigen Mann ausgewählt hatte.

Aber Tatsache war dennoch, dass zwischen mir und Matt alles schief gelaufen war und ich war mir sicher, dass das nicht wieder gut gemacht werden konnte. Wir hatten etwa einen Monat lang die perfekte Ehe geführt. Wir waren auf ausladenden Partys und zu tollen Events gegangen und hatten allen gezeigt, dass wir das perfekte Paar waren. Zumindest hatte ich das gedacht. Matt musste sich oft bei irgendwelchen Fußballspielen blicken lassen und die Energie und Aufregung dieser Spiele hatte mich mitgerissen. Es war spannend gewesen, sein Leben zu sehen und zu lernen, wie sein Job funktionierte. Zusammen waren wir ein tolles Team gewesen. Aber dann, eines Tages, änderten sich die Dinge einfach so und ohne Vorwarnung.

Matt fing an, mir Fragen über Ben zu stellen. Zunächst hatte es mich kalt erwischt und dann machte ich mir wirklich Sorgen deswegen. Die Fragen machten ihn wütend und die Antworten stellten ihn selten zufrieden. Er wollte alles über unsere Beziehung wissen, obwohl ich ihm versicherte, dass mir all das nichts mehr bedeutete. Matt wollte wissen, warum ich unsere Beziehung beendet hatte und wie lange wir zusammen gewesen waren. Er wollte sogar wissen, wie oft wir Sex miteinander gehabt hatten. Ich hatte mir diese Fragen nicht bieten lassen, aber das hatte ihn nur glauben lassen, dass ich etwas vor ihm zu verbergen hatte. Ich konnte diese Besessenheit mit einem meiner Verflossenen nicht verstehen; er schien sie ganz plötzlich entwickelt zu haben.

Wenn die Fragen zu persönlich wurden, weigerte ich mich, sie zu beantworten, und das machte ihn wirklich wütend. Ich bestand darauf, dass meine Vergangenheit mit Ben ihm nichts bedeuten sollte und dass er völlig ohne Grund deswegen Stress machte. Matt war sicher, dass ich immer noch meinem Exfreund nachtrauerte, obwohl ich Ben weder gehört noch gesehen hatte, seit er am Abend vor der Hochzeit in meine Wohnung gekommen war. Es war verrückt und unter seinen Anschuldigungen bröckelte langsam unsere Beziehung.

Ich hatte Matt angefleht, das Thema gehen zu lassen, damit wir glücklich werden konnten, ohne an die Vergangenheit zu denken, aber er konnte es einfach nicht loslassen. Manchmal redete er längere Zeit nicht davon und ich dachte, er hätte es endlich vergessen, aber dann kam das Thema doch wieder auf den Tisch und ehe ich mich versah, stellte er mir wieder diese unsäglichen Fragen. Ich war des Ganzen langsam müde. Seine Unsicherheit wegen Ben zerstörte unsere Ehe.

Die Anschuldigungen von Matt wurden so feindselig, dass ich anfing, Einladungen zu Events nicht anzunehmen und Galas völlig zu meiden. Ich machte mir Sorgen, auf einem dieser Events Ben in die Arme zu laufen, während ich in Begleitung von Matt war, und dass es dann eine Szene geben würde. Ich konnte mir nichts Peinlicheres vorstellen und ich wollte es um jeden Preis vermeiden. Ich hatte Ben in den letzten Monaten ein paar Mal in den Nachrichten gesehen und seine philanthropen Kreuzzüge waren stadtweit bekannt. Die Wahrscheinlichkeit war hoch, ihm auf einem der Events in die Arme zu laufen. Wenn ich Ben in den Nachrichten sah, fragte ich mich, ob Matt ihn auch dort gesehen hatte. Vielleicht hatte Bens hohe Visibilität in den Medien Matts Neugier geweckt. Es war allerdings offensichtlich, dass mein Ehemann mir kein bisschen vertraute, und es fiel mir sehr schwer, damit zu leben.

Schließlich war ich völlig ehrlich zu Matt gewesen, was meine Beziehung mit Ben anging, denn ich hatte gehofft, dass er das Thema dann endlich vergessen könnte. Ich wollte einfach nur, dass wir glücklich waren, und hoffte, dass er wieder der Alte werden würde, wenn er endlich alles wusste. Aber leider machte das alles die Lage nur noch schlimmer, so, wie ich es geahnt hatte. Seitdem versuchte ich nur, ihn glücklich zu machen und ihn vergessen zu lassen, dass es je einen anderen Mann gegeben hatte. Es war ja nicht so, als hätte ich ihn betrogen, also hielt ich seine Wut über die Situation für völlig fehl am Platz.

Ich wartete darauf, dass Matt von Arbeit zurückkommen würde. Ich hatte aufregende Neuigkeiten für ihn und ich hoffte, dass das alles zwischen uns verändern würde. Das war alles, was ich wollte, meine Ehe wieder kitten und die Liebe meines Lebens zurückbekommen. Wenn sich die Dinge nicht bald änderten, war es zwischen uns vorbei. Ich konnte so nicht leben. Ich hatte nichts falsch gemacht und trotzdem hatte ich das Gefühl, ich würde für etwas bestraft.

Ich war in der Küche und bereitete Lachs mit Salat für das Abendessen zu, als Matt von Arbeit nach Hause kam. Er betrat die Küche und lächelte warm, als er mich sah. Das gab mir das Gefühl, dass vielleicht doch alles gut werden würde. Ich hatte immer sein Lächeln geliebt, vor allem, wenn er es mir geschenkt hatte. Es sah ganz danach aus, als würden wir doch einen schönen Abend miteinander verbringen.

„Katie, du siehst umwerfend aus. Wie war dein Tag, meine Liebe?"

Ich lächelte, als er um die Kücheninsel herumging, um mir einen Kuss auf den Mund zu geben. „Mein Tag war wunderbar, vielen Dank. Im Studio läuft alles super. Meine neuen Designs können schon fast ausgestellt werden und ich konnte rechtzeitig nach Hause kommen, um meinem geliebten Ehemann eine köstliche Mahlzeit zu kochen."

Er lachte. „Es riecht fantastisch."

Er überreichte mir eine Schachtel und ich blickte sie verwirrt an. „Was ist das?"

„Das ist meine Entschuldigung an dich. Ich will dich nicht verlieren, Katie, und ich habe mich in letzter Zeit wie ein Idiot verhalten."

„Matt, du weißt, dass ich dich liebe. Ich will einfach, dass die Dinge wie früher sind. Ich vermisse das."

„Ich weiß. Ich war einfach nur verärgert über deine Beziehung mit Ben. Ich dachte, dass du ihn vielleicht mehr willst als mich, dass du vielleicht bereust, mich geheiratet zu haben. Ich mache mir Sorgen, dass du mich verlassen und zu ihm zurückgehen wirst. Aber dann ist mir klar geworden, dass ich das mit meinem eigenen Verhalten nur herausfordere. Ich bin in letzter Zeit nicht besonders nett zu dir gewesen."

Die Tränen liefen mir übers Gesicht. Genau das hatte ich von ihm hören wollen.

„Oh Katie, es tut mir so leid. Bitte weine nicht. Das ist alles meine Schuld. Ich bin derjenige, der dich weggeschoben hat, und ich hoffe einfach, dass ich jetzt alles wieder gut machen kann."

Ich blickte wieder auf die Schachtel herab, öffnete sie und fand darin ein Diamantarmband. Er schlang seine Arme um mich und hielt mich fest umschlungen. Wir lösten uns voneinander, um einander einen Kuss zu geben, und ich hoffte, dass das ein Neuanfang für uns sein würde.

„Ich habe auch gute Neuigkeiten."

„Ach, wirklich? Was denn?" Er lächelte mich neugierig an.

Ich atmete tief durch und sagte: „Ich bin schwanger."

Er blickte mich schockiert an. Ich musste fast lachen bei dem Anblick. Das hatte er auf keinen Fall kommen sehen. Er fiel in mein Lachen ein. „Wow, damit hast du mich echt überrascht."

Ich fragte schnell, „Aber es ist in Ordnung, oder? Du freust dich?"

„Natürlich, Liebes. Ich habe es einfach nicht erwartet, das ist alles. Das sind ganz tolle Neuigkeiten."

„Ich liebe dich, Matt. Alles wird gut."

„Ich liebe dich auch, Katie."

Er zog mich wieder in seine Arme und ich fühlte mich endlich wieder sicher in seiner Umarmung.

17

KATIE

Meine Schwangerschaft verging wie im Flug und war manchmal ganz schön schwierig für mich. Ich tat alles, was man tun sollte. Ich ernährte mich gesund und machte Sport, aber Schwangerschaften waren definitiv nichts für Weicheier. Ich trug eine Kugel in der Größe eines Basketballs unter meinem Kleid mit mir herum und war dankbar dafür, dass ich während meiner Schwangerschaft nicht besonders viel zugenommen hatte. Allerdings hatte ich meine ganze Schwangerschaft über mit schrecklicher Übelkeit zu kämpfen und freute mich schon auf den Tag, an dem die Schwangerschaft vorbei sein würde. Ich wollte mich wieder normal fühlen und nicht wie jetzt, wo mir jeden Tag schlecht war. Ich dachte nur daran, ein kleines Baby in meinen Armen zu halten. Dieser Gedanke zauberte mir jedes Mal ein Lächeln ins Gesicht. Ich träumte davon, das Baby in den Schlaf zu wiegen und es zu füttern. Ich freute mich riesig darauf, Mutter zu werden. Einer meiner größten Träume wurde damit Wirklichkeit. Ich liebte Matt von ganzem Herzen und wir würden uns königlich dabei vergnügen, unser Kind großzuziehen.

Unsere Familien vereinten sich beide und hielten die

schönsten Babyparty ab, die ich mir hatte erträumen konnte. Es war mehr, als ich erwartet hatte, aber wenn man auf der Upper East Side in New York lebte, dann feierte man eben groß. Daran musste ich mich noch gewöhnen. Wir hielten die Party im Plaza ab und sie war genauso elegant, wie unsere Hochzeit es gewesen war. Ich fand es übertrieben für eine Babyparty, aber so machte man das hier eben und ich war froh darüber, Menschen in meinem Leben zu haben, die mich so sehr liebten. Ich war schockiert darüber, festzustellen, dass einige hundert Leute mit mir feiern wollten – manche von ihnen kannte ich nicht einmal. Aber sie waren alle da und freuten sich darauf, mit mir zu feiern. Die Geschenke waren luxuriös und die meisten brauchte ich wirklich. Ich hatte mir bis jetzt noch kaum selbst etwas gekauft, weil ich so sehr damit beschäftigt war, meine Firma am Laufen zu halten.

Das Kinderzimmer war schon fertig, aber wir hatten noch nichts gekauft, um es einzurichten. Aber nach der Babyparty hatten wir alles, was wir für unseren kleinen Wonneproppen brauchten. Die Anzahl der Gäste hatte mich etwas überwältigt, aber ich kam schnell darüber hinweg. Ich hatte mir eher ein Fest im engen Kreise vorgestellt, aber Matt und meine beste Freundin hatten dafür gesorgt, dass es alles andere als intim wurde. Also hatte ich es akzeptiert und am Schluss wurde es ein ziemlich schöner Abend, obwohl ich danach völlig erschöpft war. Es war ein rauschendes Fest gewesen, aber es machte mich müde, in Gesellschaft all dieser Menschen zu sein. Ich war mir ziemlich sicher, dass die Klamotten noch bis in die Collegejahre meines Kindes reichen würden. Nach der Party hatte ich mir die ganzen Klamotten angesehen und sie so süß gefunden. Ich hing sie liebevoll in den Schrank und legte ein paar in die Schubladen. Ich war sehr dankbar für die ganzen Geschenke und verspürte große Aufregung bei dem Gedanken an das, was jetzt noch auf mich zukam.

Ich konnte es kaum erwarten, unser Baby zu sehen und all die Dinge zu verwenden, die man uns geschenkt hatte. Zeit mit den Leuten auf der Party zu verbringen, führte mir vor Augen, wie sehr ich mich darauf freute, Mutter zu werden und zu sehen, was diese neue Zukunft wohl bringen würde. Ich wusste, dass Matt ein toller Vater sein würde und freute mich darauf, das gemeinsam mit ihm erleben zu können. Er hatte sich sehr verändert und ich wusste, dass er mich wirklich liebte. Ich war mir sicher, dass wir alles überstehen konnten, wenn wir einfach nur zusammenhielten. Das war am allerwichtigsten.

Seit unserer Unterhaltung lief es zwischen mir und Matt richtig gut. Ich hätte es mir nicht besser wünschen können. Er benahm sich glänzend und ich spürte, wie das Band zwischen uns stärker wurde, und das war alles, was ich je gewollt hatte. Matt redete nicht mehr von Ben und auch dafür war ich dankbar. Ich wollte nicht dafür bestraft werden, mit wem ich früher einmal zusammen gewesen war. Ich wollte ihn auch nicht für seine Vergangenheit verurteilen und fand nicht, dass ich dafür verurteilt werden konnte, was zwischen mir und Ben vorgefallen war. Das war einfach nicht richtig.

Jetzt war aber alles toll zwischen Matt und mir und er gab mir das Gefühl, dass unsere Eheprobleme in der Vergangenheit lagen. Ich war so dankbar, dass wir unsere Probleme gelöst hatten, da ich unser Kind nicht auf die Welt bringen wollte, wenn es zwischen uns schlecht lief. Ich wollte, dass das Kind so viel wie möglich geliebt wurde, und nicht in einen Haushalt geboren wurde, in dem die Eltern sich permanent stritten. Aber ich hatte ein gutes Gefühl, und das war alles, was wichtig war. Ab jetzt würde alles gut sein. Ich glaubte wirklich, dass wir jetzt glücklich würden und es ein Leichtes für uns sein würde, eine Familie zu sein. Es würde alles gut werden, das sagte ich mir oft vor.

Die Monate, die seit diesem Gespräch vergangen waren,

waren ein wirklicher Wirbelwind gewesen. Wir waren beide immer noch vielbeschäftigt. Wir mussten so viel für das Baby planen und außerdem musste ich noch meine Firma leiten, und das war auch kein Kinderspiel. Wir hatten so wenig Zeit, uns vorzubereiten, und doch würde unser Baby schon bald auf die Welt kommen. Mir war gar nicht klar gewesen, wie beschäftigt ich mit der Kollektion sein würde, die ich herausbrachte, und die Schwangerschaft hinderte mich daran, viel fertigzubringen. Ich musste viel an mein Team delegieren, aber dafür war es wahrscheinlich ohnehin höchste Zeit. Es schien einfach, als würde die Firma stetig wachsen, und 24 mickrige Stunden am Tag genügten mir nicht, um alles fertigzustellen. Es gefiel mir, von diesem Wirbelsturm mitgerissen zu werden, und ich wusste, dass ich das vermissen würde, wenn das Baby da war. Ich packte gerne bei allem mit an, aber ich wusste, dass ich mich etwas zurücknehmen und mehr Zeit in meinem Studio würde verbringen müssen. Eine Zeit lang würden die Dinge völlig aus dem Lot laufen. Allerdings spornte mich dieses Ambiente auch wirklich an und ich machte mir keine großen Sorgen deswegen.

Ich war überglücklich, dass meine Kollektion von einigen Stars angenommen wurde – es half mir immens dabei, meinen Namen in der Modewelt zu etablieren. Wenn ein Star einmal etwas von mir getragen hatte, wollten es auf einmal alle. So einfach war das. Und meine Klamotten auf Fotos in Zeitschriften zu sehen, war, als würde mein Traum direkt vor meinen Augen wahr. Ich hätte mir nie träumen lassen, dass die Dinge einmal so gut laufen würden, und ich war ausgesprochen dankbar dafür – ich hätte es nicht anders haben wollen. Die Zukunft meiner Modelinie schien rosig und ich wusste, dass ich weiterhin erfolgreich und infolgedessen vermutlich wohlhabend sein würde. Nicht, dass das Geld mir etwas bedeutet hätte, aber der Erfolg tat es wohl. Ich hatte immer jemand sein wollen und es sah aus, als würde es genau so geschehen, wie ich mir das immer vorgestellt hatte. Je mehr meine Marke abhob, desto mehr entwickelte ich mich zu einer ernstzunehmenden Designerin. Ich war unglaublich stolz darauf, endlich in die Riege der Elitedesigner aufzusteigen.

Ich hatte noch einen weiten Weg vor mir, aber ich glaubte, dass ich es in kurzer Zeit bis nach ganz oben schaffen konnte. Am aufregendsten war für mich die Entscheidung, eine Kinderkollektion zu entwerfen. Das hatte ich beschlossen, sobald ich herausgefunden hatte, dass ich schwanger war. Ich wollte Kleidung für mein Kind entwerfen und sie dann mit der Welt teilen können. Ich hatte bereits damit angefangen, die Dinge zusammenzustellen, als ich noch schwanger war, und die Kleider und Anzüge zu sehen, die ich entworfen hatte, machte mich richtig stolz. Ich konnte mir kein größeres Glück vorstellen. Alles war genau so, wie ich es mir vorgestellt hatte. Sobald die Leute hörten, dass ich Kleidung für Kinder entwarf, gingen massenweise Bestellungen bei mir ein. Wir mussten ein ganz neues Team zusammenstellen, das sich ausschließlich um die Kinderkollektion kümmerte, da wir sonst mit den Bestellungen nicht nachgekommen wären. Das waren natürlich tolle Neuigkeiten für mich. Ich war ausgesprochen beliebt und meine Kollektion würde nur in ein paar wenigen Geschäften angeboten werden. Ich dachte bereits darüber nach, meinen eigenen Laden zu eröffnen, um die Kinderkollektion dort auszustellen und dann vielleicht die Kette auf die ganze Welt zu erweitern. Auch das war einer meiner Träume, aber ich würde ihn hinten anstellen müssen. Die Vorbereitungen für das Baby hielten mich ordentlich auf Trab.

Mittlerweile gehörte es der Vergangenheit an, sich mit all den Bestellungen zu verzetteln. Wir waren alle voll dabei und konnten jede Hürde überwinden, die auf uns zukam. Die Designs verkauften sich rasend schnell, sobald wir sie auf den Markt gebracht hatten, und dieser Verkaufsschub hielt an. Ich konnte es kaum erwarten, herauszufinden, was für ein Geschlecht mein Baby haben würde, damit ich wissen würde, ob mein Kind Kleider oder Blazer tragen würde. Stars wollten Vorrang auf meiner Verkaufsliste und ich hatte Stammkunden, die sich auf eine Warteliste setzen ließen, um meine Kleidung zu bekommen, bevor sie in den Läden angeboten wurde.

Ich hatte noch eine weitere Kollektion im Ärmel, aber sie würde erst herausgebracht werden, wenn mein kleiner Wonneproppen auf der Welt war. Das Datum näherte sich immer mehr und ich musste mich auf meine Schwangerschaft konzentrieren – zu viel Stress war nicht gut für das Baby. Nicht, dass ich mich groß gestresst hätte. Meine Ehe war wieder im Lot und es war ein Baby unterwegs. Wir waren einfach sehr beschäftigt.

Ich wollte, dass bei der neuen Kollektion alles stimmte, aber ich musste mich jetzt noch viel mehr auf Matt und das Baby konzentrieren. Er freute sich genauso sehr wie ich, unser Kleines endlich kennenzulernen. Ich konnte es kaum erwarten, sein Gesicht zu sehen, wenn das Kind endlich geboren wurde. Ich wusste tief im Inneren, dass er einen wunderbaren Vater abgeben würde.

Schon in ein paar Tagen war der Geburtstermin und ich konnte es kaum erwarten. Ich wollte endlich dieses neue Kapitel in meinem Leben aufschlagen. Ich würde endlich herausfinden, was es für ein Baby war, und manchmal hatte ich den Eindruck, dass Matt noch neugieriger war, was für ein Geschlecht das Baby hatte. Schwanger zu sein, war wirklich kein Zuckerschlecken – ich hatte keine Lust mehr auf die Rückenschmerzen, das Zunehmen und die Übelkeit. Es war an der Zeit, dieses Ding aus mir herauszuholen und es rundum zu lieben. Ich sehnte mich schon monatelang nach einem Glas Wein und schon bald würde ich mir ein oder zwei gönnen können, was ich auch bitter nötig hatte. Das Beste war, dass Matt und ich in letzter Zeit jede Menge Sex hatten, um die Wehen auszulösen. Ich wollte unbedingt, dass es losging, und Sex war nur ein Schritt in die richtige Richtung. Leider funktionierte es nicht, egal wie viele Stellungen wir ausprobierten. Immer, wenn ich vorschlug, es ein wenig härter zu treiben, sagte Matt, dass er mir oder dem Baby nicht wehtun wollte, also blieb ich weiterhin schwanger.

Als ich nächsten Morgen aufwachte, rollte ich mich an den Rand des Bettes und fühlte mich wie ein gestrandeter Wal. Ich betete, dass heute die Wehen einsetzen würden. Ich schwang meine Beine über den Bettrand und ging auf die Toilette, bevor meine Blase noch platzte. Ich pinkelte so oft am Tag, egal was ich tat. Ich ging aufs Klo und fing an, mir die Zähne zu putzen. Matt war bereits auf Arbeit gegangen und ich wollte nichts anderes tun, als wieder ins Bett zu kriechen. Ich war erschöpft und musste mich ausruhen. Ich dachte darüber nach, mich an den Pool zu setzen, wenn es nicht zu heiß war. Ein kühles Bad würde mir wahrscheinlich guttun.

Ich fing an, mir die Zähne zu putzen, als ich auf einmal ein Bersten spürte und sich Wasser zu meinen Füßen ergoss. Ich legte eine Hand zwischen meine Beine und atmete schockiert ein. Meine Fruchtblase war geplatzt und ich verfiel auf einmal in Panik. Ich hatte gedacht, dass es dramatischer sein würde, eine Art Flut, aber es war eher ein dünnes Rinnsal an meinem Bein herab. Ich wusste nicht, was ich tun sollte, auf einmal hatte ich einen totalen Blackout. Ich ließ die Zahnbürste fallen und ging wieder ins Schlafzimmer, um mein Handy zu holen. Sofort rief ich Matt an und sagte ihm, dass die Wehen eingesetzt hatten. Er sagte mir, dass er einen Fahrer vorbeischicken würde und mich so bald wie möglich im Krankenhaus treffen würde. Ich schnappte mir meine Krankenhaustasche und ging zur Tür, um auf den Chauffeur zu warten.

18

KATIE

Ich war völlig erschöpft. Ich konnte mich an keine andere Zeit erinnern, in der ich so fertig gewesen war. Die Wehen waren eine krasse Erfahrung gewesen, auf die niemand einen vorbereiten konnte. Ich hatte die Bücher gelesen und sogar die Videos angesehen. Freunde und Familie hatten mir gesagt, was auf mich zukommen würde, aber trotz ihrer Ratschläge und meinen Untersuchungen glich es meinen Vorstellungen in keinster Weise. Es war schlimmer, viel schlimmer. Die Wehen waren die stärksten Schmerzen, die ich je erfahren hatte. Meine Wehen dauerten gar nicht so lange an, aber diese fünf Stunden waren lang genug gewesen – sie hatten sich angefühlt wie eine Ewigkeit. Die Wehen hatten mich gnadenlos zermartert. Ich konnte mir nichts Schlimmeres vorstellen, und es hatte mehrere Stunden angedauert. Ich hatte keine Schmerzmittel gewollt und hatte den Preis dafür bezahlt. Ich hatte gedacht, dass es das Beste für mich und mein Baby sei, aber das bedeutete leider auch, dass ich alles spürte. Es waren wirklich die fünf längsten Stunden meines Lebens gewesen. Gott sei Dank hatte das Ganze einen großen Vorteil. Ich fragte mich allerdings, wie manche Leute fünf Kinder bekommen konnten – ich konnte mir nicht im Traum vorstellen, so etwas so oft durchzumachen. Es war beinahe barbarisch.

Gott sei Dank hatte ich ein Privatzimmer bekommen, dank meines liebevollen Ehemannes. Es war luxuriös und fühlte sich an wie ein zweites Zuhause. Ich war heilfroh, in so einer Zeit meine Ruhe zu haben. Die Suite, in der ich logierte, war genauso groß wie mein Schlafzimmer in dem Haus im Kolonialstil, das jetzt unser Eigen war. Sie verfügte über alles, was ich brauchte. Es gab auch einen Flachbildfernseher, den ich aber noch einweihen musste. Die Suite war gestaltet wie ein richtiges Schlafzimmer, damit die Gäste sich darin wohlfühlen konnten. Ich hatte eine Übernachtungstasche zusammengepackt mit dem Notwendigsten von zu Hause, also hatte ich wirklich alles, was ich brauchte.

Matt war gerade rechtzeitig im Krankenhaus angelangt und hatte die ganze Zeit über meine Hand gehalten. Als das Baby endlich herausgekommen war, war es ein wunderschönes kleines Mädchen gewesen. Ich war überglücklich gewesen und hatte mir das süße Ding in Kleidern aus meiner Kollektion vorgestellt. Ich würde das Mädchen verwöhnen und es wie eine echte Prinzessin behandeln. Zum ersten Mal in ihren kleinen Augen zu blicken, hatte mein Leben vervollständigt. Ich konnte mir nicht vorstellen, je im Leben wieder etwas zu brauchen, jetzt, da ich meine kostbare kleine Tochter hatte. Als ich widerwillig Matt das Kind übergeben hatte, hatte er sie voller Bewunderung angeblickt und ich war bei dem Anblick dahingeschmolzen. Er hatte sich auf den ersten Blick in unsere Tochter verliebt und wir hatten uns darauf geeinigt, sie Bella zu nennen. Die kleine Bella war der innigste Ausdruck unserer tiefen Liebe für einander.

Wir hatten jede Menge Schwestern, die regelmäßig nach Bella sahen. Das machte mir die Rekonvaleszenz um Einiges leichter. Ich hatte nicht vor, sie zu stillen, da mein Terminplan dafür keine Zeit ließ, und wir würden zu Hause außerdem ohnehin ein Kindermädchen haben, das uns unter die Arme greifen würde. Ich würde so schnell wie möglich ins Büro zurückkehren müssen und deswegen würde ich beim Füttern flexibel sein müssen.

Ich lag im Bett, las und wartete darauf, dass Matt kam. Ich war am Verhungern und er hatte mir versprochen, Essen vorbeizubringen. Ich war immer noch ziemlich wund von der Geburt, also bewegte ich mich nicht so viel, wie ich es gerne getan hätte. Ich dachte darüber nach, den Fernseher anzuschalten, aber stattdessen entschied ich mich dafür, eine Weile zu lesen. Bella war im Kinderzimmer und wurde gerade von den Ärzten untersucht, und sie fehlte mir jetzt schon. Sie würde ein Bad bekommen, wenn sie wieder ins Zimmer kam, und ich wollte es ihr verabreichen.

Ich packte gerne bei Bella mit an und ich wusste, dass es mir schwer fallen würde, ein Kindermädchen zu haben. Ich hatte schon Mühe damit, Aufgaben in meiner Firma zu delegieren; wie viel schwerer würde es sein, mein eigenes Kind an ein Kindermädchen abzugeben? Es würde nicht leicht sein, aber Matt hatte auf das Kindermädchen bestanden, da er mit einem aufgewachsen war und es für notwendig befand, vor allem, wenn ich wieder mit der Arbeit anfangen wollte. Es gab Zeiten, da hatte ich den Eindruck, Matt wäre es lieber, wenn ich zu Hause blieb und gar nicht arbeitete. Ich wusste, dass er stolz auf all meine Errungenschaften war, aber er fand, dass es unnötig war, wenn ich arbeitete, da er bereits wohlhabend war. Ich interessierte mich aber natürlich nicht für Geld. Ich wollte einfach nur etwas haben, was ich für mich selbst erschaffen hatte.

Ich hatte hart dafür gearbeitet, um meine Firma nach vorne zu bringen, und ich liebte Mode. Ich wusste, dass ich langsam durchdrehen würde, wenn ich Hausfrau wäre. Ich wollte mehr sein als nur Ehefrau und Mutter. Eine Modemarke zu kreieren definierte mich und es war der Fußabdruck, den ich auf der Welt hinterließ. Wie könnte ich je weniger wollen als das? Ich konnte immer noch eine Ehefrau und Mutter sein und meine Firma führen – die drei Dinge erfüllten mich unglaublich. Genau das wollte ich und obwohl ich mit einem Kindermädchen nicht einverstanden war, würde ich es akzeptieren, wenn das bedeutete, dass Matt mir meine eigene Karriere zugestehen würde. Vielleicht war er ein wenig altmodisch. Ich hatte noch nie diesen Eindruck von ihm gehabt, aber es war offensichtlich, dass er die Dinge auf eine ganz bestimmte Art und Weise haben wollte. Da es mir so oder so egal war, ließ ich das alles einfach von mir abperlen. Es war nicht so wichtig, als dass ich mir darum Sorgen hätte machen wollen.

Ich hatte bereits zwei Kapitel gelesen, als Matt durch die Tür kam und Bella im Arm hielt. Ich lächelte und wusste, dass er wahrscheinlich in das Kinderzimmer gegangen war, sobald er das Krankenhaus betreten hatte. Es war so schön, unser kleines Baby auf seinem Arm zu sehen; sie sahen so süß zusammen aus. Er stellte sich an das Bett und beugte sich vor, damit ich Bella sehen konnte. Sie schlief und ihr liebliches Gesicht war ganz rosig und einfach zum Verlieben. Ich blickte zu ihm auf. „War der Arzt schon mit ihr fertig? Ist alles in Ordnung?"

„Ja, sie ist kerngesund. Ich konnte sie mir schnappen, bevor sie sie wieder ins Bett legen konnten. Also haben wir ein bisschen Zeit mit ihr." Er blickte zu Bella herab. „Meine Güte, sie ist genauso schön wie du, Katie."

„Darf ich sie halten?" Ich streckte meine Arme aus und Matt legte sie sanft hinein. Ich vergrub meine Nase am Hals unserer Kleinen und küsste sie auf den Kopf. Sie verströmte diesen lieblichen Babyduft und ich atmete ihn genüsslich ein. Er war berauschend und ich liebte meine Kleine mehr, als ich mir je hätte träumen lassen.

„Da hast du recht, sie ist wunderschön, aber ich bin nicht allein dafür verantwortlich."

„Nun, vielleicht geht ein bisschen davon auch auf mein Konto, aber sie sieht genauso aus wie du, meine Liebe."

Matt beugte sich vor und küsste mich auf die Stirn, während ich weiter mit unserer Tochter kuschelte. Alles war perfekt – ich war wunschlos glücklich.

„Bella ist einfach der perfekte Name. Ich bin froh, dass du ihn ausgewählt hast. Er passt so gut zu ihr."

Ich lächelte. „Danke. Ich finde ihn auch toll. Sie sieht einfach aus wie eine Bella."

Die Tür zu meiner Suite öffnete sich und eine Schwester kam mit einem Paket herein. Matt und ich drehten uns beide um, um ihr entgegenzublicken. Es war einer dieser „Es ist ein Mädchen"-Körbe, in den jede Menge Leckereien gepackt waren. Er war wunderschön und mit einer Schleife dekoriert. Ich lächelte, als die Schwester ihn auf dem Tisch abstellte.

„Sieht so aus, als hätte Bella noch ein Paket bekommen. Ich stelle das einfach mal hierhin."

„Oh, Bella wird wirklich verwöhnt, so viel steht fest."

Die Schwester lächelte. „Sie ist wirklich ein Glückspilz." Sie kehrte um und ging aus dem Zimmer, um uns wieder alleine zu lassen. Ich sah den Korb aus der Ferne an und wollte mich mit dem Baby auf dem Arm nicht bewegen. Ich sah zu, wie Matt hinüberging, um den Korb anzusehen. Ich fragte mich, was wohl darin sein würde. Er sah gut gefüllt aus.

„Von wem ist es?"

„Ich bin mir nicht sicher." Er suchte nach einer Karte, um festzustellen, wer das großzügige Geschenk geschickt hatte. Offensichtlich hatte jemand viel Geld dafür ausgegeben und ich fragte mich, wer sich diese Mühe gemacht haben konnte. Es musste jemand sein, der nicht bei der Party gewesen war, und da fiel mir wirklich niemand ein.

„Ist keine Karte dabei?"

„Nein. Ach, warte. Hier ist ein Zettel. Es steht aber kein Name drauf. Wer würde so ein Geschenk schicken und nicht verraten, von wem es ist? Das ist doch ein wenig komisch, oder nicht?" Er runzelte die Stirn und ich dachte nach, wer den Korb wohl geschickt haben konnte.

„Ja, das ist wirklich ein wenig komisch. Ich habe heute gar nichts erwartet. Ich habe Blumen bekommen, aber das war's dann auch. Ich habe keine Ahnung, wer den Korb geschickt haben könnte.

Matt sah bereits den Korb durch und ich fand es seltsam, dass er ihn nicht zu mir gebracht hatte, damit wir ihn durchsahen. Er wühlte einfach darin herum, als wäre er auf der Suche nach etwas. Sein Benehmen war genauso bizarr wie der mysteriöse Geschenkkorb.

„Die Sachen in dem Korb sind ausgesprochen teuer. Wirklich teuer. Ich verstehe nicht, wie jemand so ein teures Geschenk ohne Karte verschicken kann. Wie sollen wir uns jetzt bei dieser Person bedanken?"

„Darf ich den Korb sehen, Matt? Ich möchte auch wissen, was drin ist."

Er ignorierte mich und sah weiterhin den Korb durch. Ich wurde langsam genervt von ihm. Er interessierte sich nicht einmal für die schönen Dinge in dem Korb; er durchsuchte ihn einfach nur, als suche er nach einem Hinweis. Ich wusste gar nicht, was in ihn gefahren war, und es irritierte mich. Ich wollte auch in den Korb sehen, um zu sehen, was für Bella darin lag. Von Weitem sahen die Geschenke ziemlich schick aus und ich wusste, dass da ein Outfit oder zwei drin lagen.

Auf einmal drehte er sich zu mir um und sein Blick verengte sich. Verwirrt starrte ich einfach nur zurück und versuchte zu verstehen, warum er auf einmal wütend aussah. Ich hatte noch nie gesehen, dass sich jemand so über einen Babygeschenkkorb aufregte. Vielleicht wurde ihm der Stress in der Arbeit zu viel. Ich war mir nicht sicher, was es war, aber ich hatte keine Lust auf seltsame Verhaltensweisen. Ich wollte einfach nur in den Korb sehen.

„Der Korb ist von ihm, nicht wahr?"

Ich runzelte die Stirn. „Von wem sprichst du?"

„Stell dich nicht dumm, Katie. Du weißt genau, von wem ich rede."

„Wie bitte? Ich habe wirklich keine Ahnung, warum du jetzt auf einmal so ausflippst. Warum bist du so sauer?"

Er starrte mich einfach nur an und ich wurde wütend. Ich blickte auf Bella herab und beschloss, die Wut gehen zu lassen. Er war auf einen Streit aus und ich hatte keine Ahnung, warum. Aber ich würde nicht in seine Falle tappen und mich vor Bella mit ihm streiten. Die Kleine schlief gerade und ich würde ihren Schlaf auf keinen Fall stören.

„Darf ich bitte in den Korb schauen? Er sieht wunderschön aus und ich will wissen, was darin ist."

„Willst du wirklich daliegen und so tun, als hättest du keine Ahnung, wer den Korb geschickt hat?"

Meine Kinnlade klappte runter. Ich konnte gar nicht glauben, was ich da hörte. Er sah aus, als wäre er sauer auf mich, und ich hatte keine Ahnung, wieso. Woher sollte ich wissen, wer mir den Korb geschickt hatte? Ich hatte ihn genau wie er heute zum ersten Mal gesehen. Er verhielt sich irrational und das gefiel mir nicht. Es erinnerte mich an die Zeit, in der wir uns so oft gestritten hatten. Ich hatte gedacht, dass das alles hinter uns lag, aber vielleicht war es nur eine Fassade gewesen.

„Was ist bloß los mit dir?" Tränen stiegen mir in die Augen und ich wusste gar nicht, was hier vor sich ging.

„Das ist von Ben, oder nicht? Ich hätte es sofort wissen müssen."

Ich lachte, denn ich wusste nicht, was ich sonst tun sollte.

„Du machst doch wohl Witze? Woher soll ich bitte wissen, wer es geschickt hat, Matt? Ich bin genauso verwirrt wie du. Was Ben betrifft, ich habe mit dem Kerl nicht mehr geredet seit vor der Hochzeit. Wenn er den Korb geschickt hat, dann hatte ich zumindest keine Ahnung davon."

Er schnaubte. „Wenn ich es nicht besser wüsste, würde ich mich jetzt fragen, ob Bella wirklich mein Kind ist."

Ich keuchte auf. Ich saß sprachlos da und war durch und durch schockiert. Ich starrte Matt an, während mir die Tränen über die Wangen liefen. Ich fühlte mich gedemütigt und hintergangen. Wie konnte mein eigener Ehemann etwas so Gemeines zu mir sagen? Ich war entsetzt über seine Worte. Ich fand kaum die Worte, ihm meine Meinung zu sagen. „Du hast kein Recht, so mit mir zu reden. Im Ernst, Matt, was ist bloß los mit dir?"

Er schüttelte langsam den Kopf und warf seine Hände in die Luft. Er stampfte aus dem Zimmer, ohne sich noch einmal nach mir umzudrehen.

„Matt", rief ich ihm nach.

Es kam keine Antwort und er kehrte nicht in das Zimmer zurück. Ich saß schockiert da und konnte gar nicht verarbeiten, was in den letzten Minuten geschehen war. Seine Worte waren schrecklich verletzend gewesen, und das alles nur wegen eines mysteriösen Korbes. Ich hatte keine Ahnung, ob der Korb von Ben war, aber selbst wenn, dann rechtfertigte das nicht Matts Reaktion darauf. Der Schock machte sich in mir breit, während ich mich bemühte, seine Worte zu verdauen. Ich konnte gar nicht glauben, dass er es wagte, anzudeuten, dass Bella nicht sein Kind war. Anzudeuten, dass sie Bens Tochter war, war mir einfach zu viel. Dafür hätte ich ihm am liebsten die Augen ausgekratzt, aber stattdessen war er einfach abgedampft und hatte das Problem nicht mit mir ausdiskutiert. Wer war dieser Mann, den ich geheiratet hatte?

Es schien, als fingen wir wieder von vorne an. Sobald Ben

zur Sprache gebracht wurde, schien Matt völlig den Verstand zu verlieren. Ich hatte Ben über ein Jahr nicht mehr gesehen und trotzdem stritten wir uns noch wegen ihm. Matt war ein völlig anderer Mensch, wenn es um Ben ging, und diesen Menschen mochte ich überhaupt nicht. Ich war mir nicht sicher, was ich dagegen tun würde, aber Matts Worte konnte ich diesmal nicht vergeben.

Ich blickte zu Bella herab und fühlte mich auf einmal sehr einsam und traurig. Die Arme hatte keine Ahnung von den Problemen der Erwachsenen. In was für einer unschuldigen Welt sie doch lebte, zumindest noch. Ich wiegte die kleine Bella und fragte mich, wie ich mich in diesem Chaos wiedergefunden hatte. Ich hatte gedacht, dass in meiner Ehe alles in Ordnung wäre, aber anscheinend stimmte etwas ganz und gar nicht damit. Was war bloß mit unserem wunderbaren Leben geschehen? Ich wusste, dass ich nicht wieder so mit Matt streiten wollte. Ich schlüpfte vorsichtig aus dem Bett, brachte Bella zur Wiege und legte sie sanft hinein. Sie konnte in Ruhe schlafen, während ich mir den Korb genauer ansah. Ich war immer noch ziemlich neugierig, was wohl darin war.

Ich fing an, den Inhalt durchzusehen, und bewunderte die vielen schönen Dinge. Es lag der sprichwörtliche goldene Löffel darin und ein paar schöne Designerkleider. Ich lächelte, während ich den Korb durchsah, und freute mich über die vielen kleinen Details. Es lag auch ein Paar winziger Diamantohrringe für Babys darin. Ich hatte ohnehin vorgehabt, der Kleinen in ein paar Monaten Ohrlöcher stechen zu lassen, aber dieses Geschenk war einfach wundervoll. Wer würde sich so viel Mühe machen? Konnte es wirklich Ben gewesen sein? Würde er nach so langer Zeit wirklich so etwas tun? Wer auch immer den Korb geschickt hatte, hatte auf jeden Fall Geld übrig. Ich lächelte bis über beide Ohren, als ich auf einmal eine Stimme hinter mir hörte.

„Ich bin froh, dass dir der Korb gefällt."

Ich erstarrte und fuhr dann herum, um Ben hinter mir stehen zu sehen. Genau wie das erste Mal, als ich ihn gesehen hatte, hämmerte mein Herz wie wild in meiner Brust. Er war es gewesen. Er hatte den Korb geschickt, hatte an mich gedacht – nach so langer Zeit dachte er immer noch an mich. Ich erinnerte mich an das letzte Mal, dass ich ihn in meiner Wohnung gesehen hatte, und mir wurde schlagartig klar, dass ich ihn heute immer noch liebte. Dieser Gedanke betrübte mich, denn ich hatte so sehr versucht, ein anderes Leben zu leben, und dieses Leben geriet gerade aus den Fugen. Ich verstand nicht, dass Matt sich mir gegenüber so verhielt, wenn ich mir solche Mühe gab, mit ihm glücklich zu sein. Aber vielleicht spürte er einfach, dass mein Herz nie wirklich ihm gehört hatte. Dass ein Teil davon immer jemand anderem gehört hatte.

„Was machst du hier, Ben? Das ist keine gute Idee. Wenn Matt dich hier sieht, dann reicht er sofort die Scheidung ein." Tränen stiegen mir in die Augen und liefen mir über die Wangen.

Er blickte mich schockiert an und war in Sekundenschnelle bei mir. Er schlang seine Arme um mich und hielt mich ganz fest.

„Was ist los, Katie? Ich bin nicht hierhergekommen, um dir Probleme zu bereiten. Es tut mir leid, das wollte ich nicht, und ich hatte keine Ahnung, dass du dich so fühlen würdest. Heute ist ein schöner Tag. Du hast eine neugeborene Tochter – du solltest nicht weinen."

„Es ist Matt. Er hat den Korb gesehen, den du geschickt hast, und ist durchgedreht. Er verachtet dich und er weiß von unserer Vergangenheit. Er ist abgehauen, aber er könnte jeden Moment zurück sein. Wenn er dich hier sieht, wäre das eine Katastrophe. Du hast ja keine Ahnung."

Ben blickte wütend drein. „Wovon redest du? Warum sollte

dein Ehemann sich so verhalten? Du hast doch gesagt, er sei ein guter Mann – so hört sich das für mich aber gar nicht an."

Auf einmal fing ich an, zu heulen. Meine Gefühle über Matt strömten einfach aus mir heraus. Ich fühlte mich hilflos und verwirrt davon, wie Matt mich behandelte, wenn es um Ben ging.

„Lieber Himmel. Ich hatte ja keine Ahnung, Katie. Ich hätte den Korb mit einem Namen schicken sollen, aber ich fand, es wäre besser, wenn ich das nicht täte. Ich hatte ehrlich vor, mit Matt zu reden, wenn er da wäre, und ihn herzlich zu beglückwünschen. Ich habe nichts gegen den Mann, zumindest hatte ich das nicht bis gerade eben. Ich verstehe nicht, warum er so ausflippt. Er hat gewonnen, ich habe verloren. Ich habe bis jetzt nicht versucht, dich zu kontaktieren, und das war ein Fehler. Das tut mir leid. Ich habe den Korb nicht geschickt, um dir Probleme zu machen. Ich wollte dich einfach nur zu deinem Baby beglückwünschen."

Ich blickte zu ihm auf und spürte, wie mein Herz wieder zu hämmern anfing. Selbst nach so langer Zeit hatte er noch die gleiche Macht über mich. Ich wusste nicht, was ich mit diesen Gefühlen anfangen sollte. „Er wird mich hassen, wenn er weiß, dass du hier bist."

„Er wird es nie erfahren. Ich war mir nicht sicher, wie Matt reagieren würde, wenn ich hereinkam, also habe ich das Gebäude beobachten lassen. Ich werde benachrichtigt, dass er unterwegs ist, bevor er überhaupt das Krankenhaus betritt. Du musst dir keine Sorgen machen. Bitte hör auf zu weinen."

„Was tust du hier, Ben? Du hättest auch anrufen können oder eine Email schreiben. Du musstest doch nicht ins Krankenhaus kommen."

„Ich wollte einfach dich und deine Tochter sehen. Ist das so schlimm?"

„Woher wusstest du, dass es ein Mädchen war?"

„Ich habe meine Antennen immer ausgefahren, Katie. Ich weiß gern über Dinge Bescheid. Ich wollte einfach nur wissen, dass du glücklich und gut versorgt bist. Das ist mir wichtig."

„Nun, es war nicht leicht. Wir haben Probleme gehabt." Warum wollte ich immer meine Seele vor Ben entblößen? Er musste nicht mehr über meine Eheprobleme wissen, als ich ihm eh schon verraten hatte, aber mein Mund wollte einfach meinem Gehirn nicht folgen.

„Frisch Getraute sollten überhaupt keine Probleme haben. Zumindest keine großen. Er sollte dich nicht so alleine im Krankenhaus lassen."

„Das verstehst du nicht. Er ist wie besessen von unserer Vergangenheit und denkt, dass ich immer noch Gefühle für dich habe. Er kann es einfach nicht vergessen."

„Er verdient dich nicht."

„Aber du verdienst mich?"

Er zuckte mit den Schultern und auf einmal bekam ich ein schlechtes Gewissen. „Tut mir leid. Wir müssen darüber nicht reden. Matt ist ein toller Kerl. Unsere Beziehung hat manchmal Probleme, weil er eifersüchtig auf dich ist. Ich weiß nicht, warum er so besessen von dir ist."

Ben ging zur Wiege und blickte hinein. Er grinste, als er auf Bella herabblickte. „Sie ist wunderschön, Katie. Das überrascht mich natürlich nicht."

Ich war schockiert, als er sich vorbeugte und Bella auf den Arm nahm. Ich hätte gedacht, dass er es vielleicht komisch fände, das Kind eines anderen Mannes im Arm zu halten, aber er schien sich mit Bella auf dem Arm durchaus wohlzufühlen.

„Wie heißt sie?"

„Bella."

Er kicherte. „Was für ein winzig kleines Ding. Das ist doch unglaublich."

Sie sahen so süß zusammen aus, dass mir erneut die Tränen

in die Augen stiegen. Ich schluckte den Kloß in meinem Hals herunter und sagte etwas, von dem ich wusste, dass ich es eigentlich nicht sagen sollte. „Ich habe den Falschen gewählt, nicht wahr? Ich habe die falsche Entscheidung getroffen. Ich habe ihn geliebt, aber ich hätte ihn nicht heiraten sollen."

Ben blickte mich überrascht an. Er presste die Lippen zusammen und blickte wieder zu Bella herab. Er legte sie sanft in die Wiege und ging dann langsam zu mir herüber.

„Das ist nicht deine Schuld, Katie. Wenn überhaupt, dann ist es meine Schuld. Ich habe zu lange damit gewartet, dir zu sagen, wie ich empfinde, und das war falsch. Wieso sollte ich da sauer sein, dass du dich für jemand anderen entschieden hast? Ich habe Mist gebaut, nicht du."

Er schlang wieder seine Arme um mich und hielt mich fest. Ich schluchzte an seiner Brust und fühlte mich absolut hoffnungslos.

„Ich wollte dich heute nicht traurig machen. Das tut mir leid. Ich wollte dich einfach nur sehen."

Bens Handy klingelte und er las kurz die Nachricht und packte es dann schnell wieder weg. Er löste sich von mir. „Freu dich über dein Baby, Katie. Sie ist der beste Grund der Welt, glücklich zu sein." Er beugte sich vor und küsste mich auf den Mund und ich fühlte mich wieder vollständig, als wäre er nie weg gewesen. Dann wandte er sich von mir ab und ging so schnell aus dem Zimmer, dass ich gar nicht glauben konnte, dass er je darin gewesen war. Ich blickte zu dem Korb hinüber und seufzte tief. Ich legte mich wieder ins Bett, wischte mir die Tränen aus dem Gesicht und versuchte, wieder meine Fassung zu erlangen.

Ein paar Minuten später trat Matt durch die Tür der Suite und überraschte mich. Er hatte einen Blumenstrauß in der Hand und blickte ziemlich verlegen drein. Beinahe musste ich bei seinem Anblick lachen. Deshalb war Ben also so schnell verschwunden. Die SMS hatte ihn benachrichtigt, dass Matt wieder im Krankenhaus angekommen war. Ich war froh darüber, dass er rechtzeitig abgedampft war, da ich mir gar nicht vorstellen wollte, was Matt getan hätte, wenn er Ben in meiner Suite vorgefunden hätte. Er hätte wahrscheinlich gedacht, dass wir uns schon die ganze Zeit hinter seinem Rücken trafen.

„Katie, es tut mir leid, wie ich reagiert habe."

Ich hob meine Hände, damit er mich nicht anfasste. „Oh, bitte, wag es ja nicht. Du kannst nicht so mit mir reden und dann einfach mit Blumen hier aufkreuzen und denken, dass jetzt alles wieder gut wird."

Er stand da und starrte mich schockiert an. Ich hatte noch nie zuvor so mit ihm geredet. Es war mir egal. Ich würde mich nicht so von jemandem anpflaumen lassen, der mich eigentlich lieben und ehren sollte.

„Wenn du deine Eifersucht nicht unter Kontrolle bekommst, dann verlasse ich dich."

Ich schloss die Augen und damit war das Gespräch beendet. Ich wollte mich ausruhen, bevor Bella wieder wach wurde.

19

KATIE

Sechs Monate vergingen und ich bereitete mich mal wieder auf eine AIDS-Gala vor. Es war der erste große Event seit Bellas Geburt und ich freute mich wirklich darauf. Ich liebte es, mich herauszuputzen und auszugehen. Ich war monatelang nur im Babymodus gewesen und es wurde langsam Zeit, dass ich rausging und mein Leben wieder aufnahm. Wohltätigkeitsveranstaltungen waren mir wichtig, und ich wollte wieder Teil dieses Lebens werden. Ich hatte die Babypfunde abgespeckt und hatte mir ein wunderschönes Spitzenkleid gekauft, von dem ich kaum erwarten konnte, es zu tragen. Ich wusste, dass ich rattenscharf darin aussehen würde und freute mich darauf, mich auf die Gala vorzubereiten. Ich konnte an gar nichts anderes mehr denken.

Matt hatte mir das Kleid gekauft und es war eine nette Geste gewesen. Wir waren schon lange nicht mehr gemeinsam aus gewesen. Bella hatte unsere ganze Aufmerksamkeit gefordert, was gut war, aber jetzt war es für mich an der Zeit, mich wieder in die weite Welt hinauszuwagen. Matt hatte auch viel gearbeitet, also war es schwierig, einen Termin für ein Date zu finden. Er kam oft spät nach Hause und ging dann direkt ins Bett. Er war ein vielbeschäftigter Mann und das war auch manchmal schwierig für uns, aber ich gab mir Mühe, Verständnis zu haben, da ich wusste, dass er uns einen guten Lebensstandard ermöglichte.

Nach dem, was vor sechs Monaten im Krankenhaus passiert war, schien es sich zwischen uns wieder eingerenkt zu haben. Alles war genau so, wie ich es mir wünschte. Aber ich war mir nie sicher, ob sich seine schlechte Seite nicht doch wieder zeigen würde. Ich hatte gedacht, dass das alles hinter uns lag; bis wir eines Abends etwas trinken gegangen waren. Mit ein paar Drinks intus hatte Matt wieder mit Ben angefangen. Ich war es langsam leid. Ich bekam gute Lust, aufzugeben und mich von der ganzen Sache reinzuwaschen. Ich wollte meine kleine Familie um Bellas willen zusammenhalten und weil ich Matt immer noch liebte, aber ich wollte nicht mein ganzes Leben lang den gleichen Streit führen.

Nach diesem letzten Streit sahen Matt und ich uns immer weniger. Tatsächlich hatte ich ihn in den letzten Monaten immer nur an ein paar Tagen pro Woche gesehen. An den restlichen Tagen kam er so spät nach Hause, dass ich bereits schlief. Wenn er zu Hause war, zog er sich oft in sein Büro zurück. Es war sogar schon so weit gekommen, dass ich Bella ab und zu in sein Büro brachte, damit das Kind seinen Vater zu Gesicht bekam. Was auch immer da zwischen uns lief, Matt schien zu vergessen, dass es da noch eine dritte Person gab, die ihn wirklich brauchte. Bella war wichtiger als seine Arbeit, es war ja nicht so, als wären wir knapp bei Kasse.

Ich blickte auf, als Matt ins Schlafzimmer kam und mich musterte, wie ich da in meinem schicken Abendkleid stand. Er sah unglaublich gut aus in seinem Anzug und war auch bereit für den Event. Ich vergaß oft, wie gut er tatsächlich aussah, da ich ihn in letzter Zeit kaum zu Gesicht bekam. Ich hatte mich vor gar nicht langer Zeit in ihn verliebt und ich machte mir

Sorgen, dass all das jetzt zu Bruch ging. Ich wollte es nicht, aber ich hatte nicht mehr das Gefühl, die Kontrolle darüber zu haben.

Er kam auf mich zu und küsste mich auf die Wange. „Du siehst absolut umwerfend aus, Katie. Was für ein Kleid. Ich wusste doch, dass es dir fantastisch stehen würde."

Ich lächelte. „Danke."

Er umarmte mich fest. „Ich freue mich wirklich darauf, dich heute Abend an meiner Seite zu haben, Liebling. Vor allem, da du so wunderschön aussiehst. Wir waren wirklich schon lange nicht mehr aus."

Ich lächelte traurig und wusste es noch besser als er.

„Ich hoffe, du verstehst, dass ich uns nur das bestmögliche Leben ermöglichen will."

Ich schüttelte den Kopf. „Wir haben bereits ein gutes Leben. Du tust etwas anderes. Deine Familie braucht dich, deine Tochter braucht dich, und das ist viel wichtiger. Du bist der Chef – du solltest an jemand anderen delegieren können, um Zeit mit uns zu verbringen."

Er nickte. „Du hast recht. Es tut mir leid."

Die AIDS-Gala wurde in einem der exklusivsten Hotels der Stadt abgehalten. Allein schon der Speisesaal war atemberaubend. Ich hatte schon mehr als einmal dort zu Abend gegessen und das Essen war wirklich ausgezeichnet. Ich lächelte, sobald ich das Hotel betrat, und war glücklich darüber, mal wieder unter Leuten zu sein. Ich war sehr dankbar für das Leben, das ich führte, in dem ich an solchen Wohltätigkeitsveranstaltungen teilnehmen konnte. Es war ein toller Lebensstil. Tickets zu der Gala kosteten jeweils tausend Dollar, aber das Geld ging nur an wohltätige Zwecke, also störten mich die Kosten nicht. Ich wusste, dass ich nie wieder die Zeit hätte, nach Afrika zurückzukehren und Zeit dort zu investieren, um richtig mit anzupacken, also waren solche Events der beste Ersatz.

Als wir ankamen, entdeckte ich sofort die Popsängerin, die meine erste berühmte Kundin gewesen war, und musste bei ihrem Anblick lächeln. Sie war hochschwanger und winkte mir zu, als sie mich sah. Sobald das Baby draußen war, würde sie meine gesamte Babykollektion kaufen, wenn nicht schon davor. Sie Sängerin bahnte sich einen Weg zu mir und umarmte mich fest.

„Katie, du siehst umwerfend aus. Du musst mir erzählen, wie du die Babypfunde losgeworden bist."

„Oh, das war gar nicht so einfach, das kann ich dir sagen", lächelte ich und war stolz auf meine Errungenschaft.

„Ich habe schon Tolles über deine Kinderkollektion gehört. Ich muss die Designs kaufen, wenn dieses kleine Ding aus mir draußen ist. Ich warte noch ab, bis wir wissen, was für ein Geschlecht es hat, und dann gebe ich eine Bestellung auf."

„Natürlich. Sag einfach Bescheid. Ich bin überrascht, dass ihr es euch noch nicht sagen habt lassen."

Sie kicherte. „Ich weiß. Ich wollte es sofort wissen, aber mein Schatz will unbedingt warten. Ich kann es selbst gar nicht glauben – ich glaube, er will mich einfach nur quälen. Aber so oder so wird es komplett in deinen Sachen eingekleidet werden."

„Das ist toll. Du bist eine meiner treuesten Kundinnen. Das weiß ich wirklich zu schätzen."

„Ach, bitte, du bist wirklich unglaublich talentiert. Deine Kleidung ist vielmehr Kunst. Ich wäre dumm, wenn ich mir das entgehen ließe."

Ich bedankte mich wieder bei ihr und verabschiedete mich dann aus dem Gespräch. Ich wollte sichergehen, dass meine Assistentin der Sängerin zu ihrer Babyparty einen Geschenkkorb schicken würde. Meinen besten Kunden ließ ich gerne derartige Extras zukommen.

Als Matt und ich zu unserem Tisch gingen, kam Ben auf uns zu. Ich hatte mich schon gefragt, ob er wohl bei dem Event sein würde, da er öfters auf solchen Veranstaltungen auftauchte. Allerdings überraschte es mich, dass er die Nerven hatte, sich uns zu nähern, aber vielleicht fühlte er sich sicherer, da so viele Leute um uns herum waren. Ich weigerte mich, eine Szene auf dem Event zu machen, also setzte ich einfach ein Lächeln auf und schwor mir, höflich zu sein. Ich hoffte nur, dass Matt das Gleiche tun würde.

„Hallo Matt, hallo Katie, wie geht es euch? Ich freue mich, euch hier zu sehen. Das erinnert einen wirklich an Afrika, nicht wahr?"

Ich lächelte freundlich. „Ja, da denke ich oft daran. Ich würde gerne eines Tages wieder dorthin reisen, aber in naher Zukunft wohl nicht. Vielleicht eines Tages, wenn Bella alt genug ist, um mich zu begleiten, das wäre eine tolle Erfahrung für sie."

Ben nickte. „Das stimmt wirklich. Du hättest die kleine Bella mitbringen sollen. Ich hätte sie so gerne kennengelernt."

Ich nickte. „Aber nicht in diesem Alter. Das hätte ihr keinen Spaß gemacht. Babys und Benefizgalas passen nun einmal nicht zusammen."

Ben kicherte. „Da hast du wohl recht."

Ich blickte immer wieder zu Matt, während ich mit Ben redete. Er sagte kein Wort und lächelte nicht einmal. Er starrte Ben einfach nur an und ich hoffte inständig, dass er nichts Schlimmes sagen würde. Im Laufe des Gesprächs wurde ich immer genervter. Warum konnte er nicht einfach lächeln oder freundlich sein? Wäre das wirklich so schlimm? Er konnte doch wenigstens höflich sein, um mir zu zeigen, dass er das Problem mit Ben hinter sich gelassen hatte. Unsere Zukunft hing davon ab und dennoch verhielt er sich wie eine Mauer und alles andere als normal.

Ben wandte sich an Matt. „Dein Team spielt richtig gut in letzter Zeit. Herzlichen Glückwunsch, du bist wohl ein super Trainer."

Ich blickte zu Matt, um zu sehen, wie er darauf reagieren würde, und war schockiert, als er Ben einfach nur wütend anfunkelte. Lieber Himmel, er würde eine Szene machen, und das war wirklich das Letzte, was ich wollte. Ich wollte einfach nur einen Abend lang Spaß haben ohne Gewitterwolken. Wenn die Nacht schlecht lief, wusste ich, dass ich auf dem Heimweg nonstop zu Ben zugetextet werden würde und auf die hundertste Ausführung dieses Gespräches hatte ich wirklich keine Lust.

„Ich habe schon lange genug geschwiegen, Ben, und ich finde, es ist an der Zeit, dass ich ein für allemal Klartext mit dir rede. Ich will, dass du meiner Familie verdammt noch mal fernbleibst. Du hast absolut keinen Grund, mit Katie zu reden, und ich will, dass du sofort damit aufhörst." Matt zischte ihn wütend an und Spucketropfen flogen dabei aus seinem Mund.

Ich keuchte auf, schockiert von seinen Worten, mein Gesicht feuerrot vor Scham. Ben starrte Matt einfach nur ein, seinen Mund zu einem dünnen Strich verzogen. Ich atmete tief ein und wandte mich an Matt.

„Was machst du da? Du verhältst dich völlig daneben. Ben ist den ganzen Abend schon nur höflich zu uns."

Matt wandte sich an mich und sah überhaupt nicht so aus, als würde er sich gleich geschlagen geben. Der Blick in seinen Augen gefiel mir gar nicht. Er war auf jeden Fall wütend und allein sein Anblick war mir unglaublich peinlich. Ich fühlte mich gedemütigt, dass der Mann, den ich geheiratet hatte, sich so vor Ben verhielt. Was dachte der bloß gerade über mich und meine Entscheidungen?

„Was ich viel interessanter finde, Katie, ist, dass du Ben bei jeder Gelegenheit verteidigst. Warum tust du das wohl?"

Ich blickte ihn entsetzt an. Was war bloß los mit ihm? Ich blickte Ben an und sah, dass er es sich verkniff, Matt die Meinung zu sagen. Er atmete tief durch und nickte uns beiden zu. „Entschuldigt mich bitte, ich brauche einen Drink."

Ich sah Ben nach, während er auf die Bar zuging, und wandte mich dann an Matt. „Wie kannst du dich nur so verhalten? Nach all den Gesprächen, die wir wegen Ben geführt haben, findest du es in Ordnung, dich ihm gegenüber so zu verhalten? Wie soll ich jemals damit fertigwerden? Es ist einfach zu viel."

Er verdrehte die Augen. „Fang jetzt bloß nicht damit an, Katie. Dazu bin ich nicht in Stimmung. Der Typ hat ganz schön Nerven, einfach so auf uns zuzukommen, findest du nicht?"

Ich schüttelte den Kopf. „Er wollte bloß höflich sein und ich sollte bei sozialen Gelegenheiten mit dem Typen reden können, ohne dass du die Nerven verlierst. Ben und ich waren vor fast zwei Jahren zusammen. Zwei Jahre! Es war nicht einmal eine lange Beziehung – sie war im Handumdrehen wieder vorbei. Du verhältst dich wie ein Idiot wegen jemandem, mit dem ich vor hundert Jahren zusammen war. Wann wirst du endlich erwachsen?"

Ich wartete nicht auf eine Antwort, ich wandte mich einfach von ihm ab und ging davon. Ich brauchte etwas Zeit, um einen klaren Kopf zu bekommen. Ich war abgestoßen von seinem Verhalten und ich brauchte sofort Abstand von ihm. Die Dinge zwischen uns wurden nicht besser, so viel stand fest. Er würde nie seine Eifersucht wegen Ben überwinden und diese Gedanken nagten an unserem Fundament. Wir würden immer wieder den gleichen Streit führen und ich hielt es langsam nicht mehr aus.

Ich ging zur Bar, denn ich wollte auch einen Drink und

sehnte mich danach, ein paar Shots zu kippen. Das würde ich natürlich nicht tun, aber der Wunsch war trotzdem da. Als ich an der Bar angelangt war, stand Ben immer noch da, und obwohl ich kein Recht dazu hatte, war ich genervt von ihm.

„Ich werde dich wohl einfach nicht los, was, Ben?"

„So eine Gemeinheit sieht dir gar nicht ähnlich, Katie. Tut mir leid, dass ich euch angesprochen habe. Ich mache bei dir scheinbar immer wieder Fehler."

Ich bestellte ein Glas Wein und nippte daran, bevor ich mich ihm wieder zuwandte. „Ja, uns zu begrüßen, war wahrscheinlich nicht die beste Idee von allen. Aber es ist nicht deine Schuld. Du wolltest nur nett sein und ich habe Matts Benehmen nicht unter Kontrolle."

„Ich schätze, ich bin einfach ein netter Typ", sagte er lachend.

„Na, übertreiben wir mal nicht. So nett bist du auch wieder nicht."

Er lachte leicht, aber es hörte sich traurig an. „Ja, da hast du wahrscheinlich recht."

„Matt ist ziemlich sauer auf mich. Mein Gott, ich weiß echt nicht, wie wir diesen Abend retten sollen. Aber ich sollte ihn wahrscheinlich suchen und versuchen, mit ihm zu reden."

„Ich sage dir das nur ungern, aber Matt ist gegangen."

„Wie bitte?", sagte ich und trank einen Schluck Wein. Ich verspürte Panik und auf einmal kroch mir eine Angst in die Glieder, während ich versuchte, zu verstehen, was Ben mir da gerade mitgeteilt hatte.

„Ja, ich fürchte, dein Ehemann hat die Veranstaltung verlassen. Ich habe euren Streit beobachtet, nachdem ich weggegangen bin, und sobald du dich von ihm abgekehrt hast, hat er die Party verlassen. Mein Fahrer hat mir gesagt, er sei sofort zu seinem Auto gegangen und nicht mehr zurückgekommen."

„Du lügst mich an. Warum sagst du so etwas?"

„Ich lüge nicht. Er hat dich wieder verlassen. Er verlässt dich immer wieder."

Ich starrte ihn schockiert an. Er konnte nicht recht haben. Ich wollte nicht glauben, dass mein Ehemann mich auf einer Veranstaltung allein und ohne Rückfahrgelegenheit lassen würde. So etwas würde er mir einfach nicht antun. Ich holte mein Handy hervor und wählte seine Nummer. Das Handy klingelte eine Weile und dann ging schließlich die Mailbox ran. Mein Herz rutschte mir in die Hose und ich wusste nicht, was ich sagen sollte. Matt ignorierte meine Anrufe nie, niemals. Er schaltete nie sein Handy aus, vor allem, wenn wir gemeinsam irgendwo waren. Er ignorierte mich absichtlich und ich konnte es gar nicht glauben. Was war bloß in ihn gefahren? Er ließ immer sein Handy an, für den Fall, dass wir uns aus den Augen verloren. Ich rief noch einmal an und erreichte wieder nur die Mailbox.

Ich blickte zu Ben auf, der mich beobachtete, und wurde feuerrot vor Scham. Mein Ehemann hatte mich wirklich auf der Veranstaltung alleine zurückgelassen. Ich würde einen Chauffeur anrufen müssen. Etwas Beschisseneres hätte Matt mir nicht antun können. Er hatte sich nicht einmal verabschiedet; er war einfach gegangen. Ich war schockiert, als ich mich an die Bar setzte. Offensichtlich würde ich in nächster Zeit nirgends hingehen. Ich konnte mein Pech gar nicht fassen. In letzter Zeit flippte Matt wirklich wegen Kleinigkeiten aus.

Ich trank mein Weinglas leer und bestellte schnell ein neues. Ich beschloss, das zweite langsam anzugehen, damit man mich nicht aus der Veranstaltung schmeißen würde. Ich wandte mich zu Ben und versuchte ein Lächeln. Er wusste, dass mein Ehemann sich wie ein Idiot verhielt und ich fühlte mich dumm, weil er Matt immer nur sah, wenn er ausflippte.

„Du siehst umwerfend aus heute Abend, wenn dich das tröstet."

Ich kicherte. Ich wusste, dass er mich aufmuntern wollte, und wusste das zu schätzen. Allerdings fiel es mir schwer, zu lächeln. Ich wollte einfach nur Matt zwischen die Finger bekommen und ihn erwürgen. Er enttäuschte mich immer wieder und ich verstand einfach nicht, warum er nicht loslassen und der Ehemann sein konnte, den ich brauchte. Stattdessen verhielt er sich weiter wie ein Penner. Es war ziemlich peinlich.

„Nun, ich schätze, es schadet nicht, toll auszusehen, wenn einem gerade das Herz bricht. Wenigstens ist das etwas." Ich trank meinen Wein leer und signalisierte dem Barkeeper, dass er mir noch einen bringen solle.

„Das ist jede Menge Wein in so kurzer Zeit, Katie. Ich weiß, dass du traurig bist, aber lass dich nicht hinreißen."

„Du brauchst mir nicht zu sagen, was ich tun soll. Ich habe schon einen Ehemann, der das macht."

„Das stimmt, aber ich versichere dir, dass es deine Lage nicht verbessern wird, wenn du dich jetzt abschießt. Du musst ein für allemal damit fertigwerden. Du musst dich der Lage stellen und das geht nicht, wenn du betrunken oder verkatert bist. Du bist besser als das, Katie."

Ich blickte zu ihm hinüber und war dankbar, dass er sich um mich Sorgen machte. Aber tat er das nicht immer? Er war immer da für mich, im Hintergrund, und sah nach mir. „Kannst du mich bitte irgendwo anders hinbringen? Ich kann jetzt gerade nicht hier sein und ich kann auch noch nicht nach Hause. Ich will Matt nicht sehen."

Er blickte mich an und hielt meinem Blick stand, bevor er sagte: „Bist du sicher, dass du das willst?"

„Ja, ganz sicher, ich kann jetzt nicht mehr hier sein. Ich muss hier raus."

Er packte meine Hand und ich folgte ihm aus dem Speisesaal. Ich hatte nicht einmal einen Bissen des köstlichen Menüs gegessen, das an diesem Abend serviert werden würde. Alles war außer Kontrolle geraten und mein Kopf schwirrte mir immer noch davon. Ich fühlte mich jedes Mal dumm, wenn ich an Matt dachte, und ich wollte unter keinen Umständen hier bleiben. Ich wollte irgendwo hin, wo ich ein paar Sekunden lang über etwas anderes nachdenken konnte.

Ich war mir ziemlich sicher, dass meine Ehe am Ende war. Ich konnte nicht mit einem Mann verheiratet bleiben, der es sich anscheinend in den Kopf gesetzt hatte, mich unglücklich zu machen. Mich auf einem Event alleine zu lassen, zu dem wir gemeinsam gegangen waren, war so schlimm, dass ich nicht einmal daran denken wollte. Liebte er mich überhaupt? Was sollte ich den anderen Gästen wegen seines schnellen Abgangs sagen? Es war dumm und ich hatte es satt, mich so zu fühlen.

„Kannst du hier kurz warten?" Ich stand vor der Tür des Speisesaales und wartete, während Ben verschwand.

20

KATIE

Schon nach kurzer Zeit kehrte Ben an meine Seite zurück. „Bist du soweit?" Ich nickte. „In Ordnung, gehen wir."

Ich war mir nicht sicher, warum ich Ben folgte. Es fühlte sich einfach richtig an. Ich hatte so viele Fehler in meinem Leben begangen und ich wollte einfach mal das Richtige tun. Bei Ben zu sein, fühlte sich echt an, und genau das brauchte ich. Ich hatte keine Ahnung, wo er mich hinbrachte, aber ich war froh, nicht mehr auf der Veranstaltung zu sein. Ich hatte dort das Gefühl gehabt, zu ersticken, und ich konnte die Gesellschaft von Leuten nicht mehr länger ertragen. Matt hatte auf keinen meiner Anrufe geantwortet und je mehr ich darüber nachdachte, desto wütender wurde ich. Wie konnte er es wagen, mich so zu behandeln? Ich verdiente das nicht und ich würde es mir auch nicht länger bieten lassen.

Ich folgte Ben zum Aufzug und er drückte den Knopf. Er hatte anscheinend ein Zimmer in dem Hotel; oft buchte er sich eines für eine Veranstaltung, anstatt den ganzen Weg nach Hause zu fahren. Als der Aufzug aufging, traten wir ein und er drückte den Knopf zur Penthouse Suite. Wir fuhren hinauf in die luxuriöseste Suite des Hotels. Ich blickte zu Ben hinüber und war mir nicht sicher, wie ich mich in diesem Augenblick fühlte. Ich war mir nicht sicher, was geschehen würde, wenn wir in der Suite ankamen, aber es war mir mittlerweile völlig egal. Ich war sauer auf Matt und ich wusste, dass ich mich letzten Endes mit ihm auseinandersetzen müsste, aber was mich anging, war es zwischen uns vorbei. Ich konnte nicht länger so leben und Matt hatte offensichtlich nicht vor, sich zu verändern. Ich hatte ihm mehr als genug Chancen gegeben, über meine Vergangenheit hinwegzukommen und mich glücklich zu machen, und jedes Mal verschenkte er die Chancen wieder.

Als die Aufzugtüren sich öffneten, blickte ich mich in dem Penthouse um und schätzte seinen Wert. Es war eine umwerfende Suite und mir gefiel die Einrichtung. Ben stellte sich hinter mich und legte sanft seinen Mund auf meine Schulter, sodass mir ein Schauer über den Rücken lief. Ich drehte mich zu ihm um und küsste ihn auf den Mund. Unsere Zungen schmiegten sich aneinander und die Hitze zwischen uns entflammte. Ich stöhnte und jede Faser meines Körpers sehnte sich nach ihm. Es fühlte sich an, als wären wir nie getrennt gewesen.

Er küsste meinen Mund, mein Kinn, hielt kurz bei meinem Hals inne und knabberte sich seinen Weg nach unten. Er setzte mich völlig in Brand.

„Bitte, ich brauche dich jetzt. Bitte lass mich nicht warten."

Er hob mich hoch und trug mich in das üppige Schlafzimmer. Ich bemerkte, dass in dem Zimmer Dinge rumlagen.

„Logierst du schon länger hier?"

„Nein, aber ich hatte gehofft, dass du hier mit mir landen würdest und ich wollte dich mir unter den Nagel reißen."

„Wirklich? Du hast das geplant?" Ich war schockiert.

„Nun, ich hätte nicht gedacht, dass Matt es mir so leicht

machen würde, aber ja, ich habe schon vorgehabt, uns wieder zu vereinen, zumindest körperlich."

„Ich habe dich vermisst, Ben."

„Gott, Liebes, ich habe dich auch vermisst."

„Sieht ganz so aus, als hättest du Einiges mit mir vor."

„Nun, ich finde, du bist ungezogen gewesen, Liebling, da du mir so lange deine wunderschöne Muschi vorenthalten hast. Ich habe in zwei ganzen Jahren nicht aufgehört, an dich zu denken."

„Ungezogen?"

„Ja, und du musst bestraft werden. Ein guter, harter Fick sollte dir die Flausen austreiben."

Ich konnte gar nicht glauben, wie feucht ich allein von seinen Worten wurde. Ich fing an, mich auszuziehen, schob die Träger meiner Spitzenrobe über die Schultern und ließ das Kleid zu Boden fallen. Darunter war ich völlig nackt und lächelte, als er mich von oben bis unten beäugte. Er zog sich auch aus und entblößte mir seinen steinharten Schwanz, mit dem er mich bestrafen durfte, wie er wollte.

Er führte mich zum Bett und beugte mich vornüber, hielt beide meine Arme hinter dem Rücken fest und drückte mich nach unten. Ich wusste, dass er mich von hinten nehmen würde. Er nahm ein Paddle und versohlte mir damit den Hintern. Ich keuchte auf und wäre beinahe alleine davon gekommen.

„Du bist Mein, Katie."

Ich stöhnte laut und genoss seine Worte.

„Sag es. Sag mir, dass du Mein bist."

„Ich bin Dein, Ben. Ich bin völlig Dein. Nimm mich."

Er versohlte mir noch einmal den Arsch und rammte seinen Schwanz in mich hinein. Ich schrie auf und er hämmerte jedes Mal tiefer in mich. Ich stöhnte so laut, dass es ihn um den Verstand bringen musste. Er hatte mir immer gesagt, es sei der beste Laut auf der Welt.

Ich wusste nicht, wie viel ich davon aushalten konnte, und

kam auf seinem Schwanz. Er drehte mich um, legte seine Hände um meinen Hals und meine Stimme blieb mir weg, als er seinen Schwanz in mich hineinrammte. Ich wurde ganz benebelt und mir wurde schwindelig. Ich dachte, dass ich in Ohnmacht fallen würde. Er ließ meinen Hals los und fickte mich hart und schnell. Ich kam so hart, dass mein ganzer Körper zuckte.

„Oh Ben, du fühlst dich so gut an, ich kann nicht mehr."

„Oh Baby, du bist perfekt. Jeder Teil von dir. Du bist so feucht. Ich muss immer in dir sein."

Ich kam wieder und fühlte mich diesem Mann völlig ausgeliefert. Ich wusste nicht, ob ich je wieder von seiner Seite weichen konnte. Er war jahrelang bei mir geblieben und hatte nur auf mich gewartet.

„Mmm Baby, ich denke schon den ganzen Tag darüber nach, wie du mich fickst."

„Ich habe dich so sehr vermisst."

„Gott, du bist so tropfnass", flüsterte er mir mit geiler Stimme ins Ohr. Seine Worte waren nur für mich bestimmt. Mein Mund fand den Seinen, heiß und wollüstig. Unsere Zungen vereinten sich und ich keuchte auf bei seinem Geschmack. Meine Muschi pulsierte vor Verlangen nach seinem Schwanz und ich verstand die Macht gar nicht, die er über meinen Körper hatte. Ich verzehrte mich danach, von ihm gefickt zu werden.

Seine Hände lagen auf meinen Brüsten, kneteten sie, und ich stöhnte, als er einen meiner Nippel zwickte. Meine Hand griff hinter ihn und kniff ihn in den Arsch, während ich darüber nachdachte, was seine mächtigen Stöße mit mir anrichten konnten. Er bewegte sich geschmeidig in mir und ich stöhnte bei jedem Stoß. Er küsste mich auf die Lippen, dann meinen Kiefer und meinen Hals. Er stieß seinen Schwanz rhythmisch in mich hinein und machte meine Muschi noch feuchter. Er biss mir in den Hals und ich packte ihn noch fester um die Hüften.

„Oh Baby, dein Schwanz ist so groß."

„Das gefällt dir, nicht wahr, Liebes? Du wirst gerne von meinem großen Schwanz gefickt."

„Oh ja. Bitte fick mich härter."

Und ich bekam genau das, was ich wollte. Er hämmerte wieder und wieder in mich hinein, seinen Schwanz tief in mir vergraben. Er war so tief in mir drin, dass ich spüren konnte, wie seine Eier an mich klatschten.

„Oh Gott, das fühlt sich so gut an. Oh Baby, du fickst mich so gut."

Ich wusste, dass ich noch einmal hart kommen würde – es war unvermeidlich. Er drosch so gut auf meine Muschi ein. Es war ein harter, rauer Fick – genau das, was ich brauchte, nach so langer Zeit ohne ihn. Ich war machtlos gegen seine Stöße, da er meine Arme festhielt, sodass ich ständig an ihn gedrückt wurde. Ich spürte, wie es sich in mir aufbaute. Meine Muschi zog sich um seinen Schwanz zusammen, während er weiter in mich hineinhämmerte.

Ich schrie auf, als ich auf seinem Schwanz explodierte.

„Oh Baby, oh Baby, ich komme."

Er verlangsamte seinen Rhythmus und ließ eine von meinen Händen los. Seine Finger legten sich auf meine Klit und ich stöhnte, als er sie hart massierte. Alles war nach meinem Orgasmus unglaublich empfindlich, also war das Gefühl atemberaubend.

Er zog sich aus mir heraus und zog mich mit der anderen Hand nach oben. Ich war ein wenig fertig wegen meinem Orgasmus, aber ich folgte ihm, während er mich zum Ankleidetischchen führte. Er drängte mich daran und ich legte mich auf die Tischplatte. Ich war vornüber gebeugt, mein Arsch war in die Luft gereckt. Ich hörte ihn stöhnen, wobei es eher ein Knurren denn ein Stöhnen war. Er konnte es kaum erwarten, mich wieder zu ficken, und das zeigte er mich überdeutlich, als er wieder in mich eindrang. Er stieß tief in mich hinein und die Härte seines Schwanzes lähmte mich. Er war unglaublich beschenkt mit der Länge und Dicke seines Schwanzes und jeder Zentimeter davon füllte mich köstlich aus.

„Fick mich, Baby, fick mich hart."

Ein wenig Grobheit hatte noch nie jemandem geschadet und ich war mittlerweile so geil, dass ich mir nur wünschte, er würde sich tief in mir vergraben und mich wieder hart ficken.

Er hämmerte in mich hinein und ich drehte mich um, um ihn anzusehen. Er war ein unglaublich gutaussehender Mann. Und meine Güte, dieser Körper, so straff und durchtrainiert. Er sah aus wie gephotoshopt – er war zu perfekt. Ich beobachtete ihn, während er mich fickte, und der Anblick, wie er in mich hineinhämmerte, machte mich verrückt. Ich kam noch einmal auf seinem Schwanz und schrie auf vor Lust.

„Du fühlst dich so geil an, Baby. Deine Muschi ist so schön eng. Du fühlst dich unglaublich an."

„Ich brauche deinen Schwanz, Baby. Oh mein Gott, du fühlst dich so gut en."

„Willst du meinen Saft, Baby? Soll ich deine Muschi mit meiner Wichse vollspritzen?"

Ich stöhnte gierig und er stieß noch härter und schneller in mich hinein, während ich spürte, wie ich die Kontrolle verlor. Er schrie auch auf, als er sich in mir entlud. Er verlangsamte seine Stöße und rieb langsam meine Klit, und es fühlte sich so luxuriös wie immer an. Ich küsste ihn auf den Kopf und versuchte, wieder zu Atem zu kommen.

Wir legten uns auf das Bett und lagen dann eine Stunde da, ohne zu reden, hielten einander nur fest. Ich war mir nicht sicher, was als nächstes passieren würde. Ich wusste nicht mehr, was richtig oder falsch war. All meine Entscheidungen hatten immer noch zu diesem Moment mit Ben geführt. Diesem Moment, in dem ich wusste, dass ich nicht mehr umkehren konnte. Es war immer Ben gewesen. Er hatte immer zu mir gehalten, egal, was für Entscheidungen ich traf, während mein Ehemann jeden unserer gemeinsamen Momente mit Eifersucht zerstörte.

Ich hatte gedacht, dass die Geburt des Babys unsere Familie komplett machen und die Eifersucht abtöten würde, aber das war nicht geschehen. Er hatte zugelassen, dass seine Eifersucht unsere Beziehung vergiftete, und zwar so sehr, dass er fast nie zu Hause war, um seine Tochter zu sehen. Ich wusste, dass ich so nicht mehr leben konnte. Ich hatte in unsere Beziehung investiert und ich sollte mich nicht schuldig fühlen, dass ich ihn verlassen wollte. Aber ich tat es trotzdem, da ich ihn liebte und ich tief in meinem Inneren wusste, dass er mich liebte, und dass sein schlimmster Albtraum Wirklichkeit werden würde, wenn ich ihn verließ. Noch schlimmer, es würde ihn wahrscheinlich umbringen, zu erfahren, dass ich letzten Endes doch bei Ben gelandet war.

Ich hatte bereits einmal die falsche Entscheidung getroffen. Ich würde den gleichen Fehler nicht noch einmal machen. Ich würde anfangen, das Leben zu leben, das ich wollte, das Leben, das ich von Anfang an hätte haben sollen. Ich war durch damit, mich für den falschen Mann zu entscheiden. Ich würde mir Ben schnappen und ihn nie wieder loslassen. Jetzt war ich an der Reihe zu glänzen und so geliebt zu werden, wie es mir zustand.

„Ich muss gehen, Ben", flüsterte ich.

„Wohin?"

„Das weißt du doch."

„Ich ziehe mich an und komme mit."

Ich lachte. „Du weißt genau, dass das nicht passieren wird."

„Ich will bei jedem Gegner an deiner Seite sein."

Ich blickte ihm in die Augen und lächelte. „Das weiß ich, aber das hier muss ich ganz alleine erledigen."

„Ich bin da für dich, wenn du mich brauchst. Ich verlasse dieses Zimmer erst, wenn ich von dir höre."

Ich küsste ihn auf den Mund und stieg aus dem Bett, um mich anzuziehen. Ich freute mich nicht darauf, zu Matt zu gehen, aber es musste getan werden. Ich verabschiedete mich von ihm, sagte ihm, dass wir uns bald sehen würden, und ging zur Tür.

21

KATIE

Ich kam spät nach Hause und war schockiert, festzustellen, dass Matt nicht da war. Ich hatte angenommen, dass er hierhergekommen war, nachdem er den Event verlassen hatte, aber offensichtlich war niemand zu Hause. Wohin war er wohl verschwunden? Ich konnte mir nicht vorstellen, aus welchem Grund er nicht nach Hause kommen würde. Obwohl es hochwahrscheinlich war, dass er ins Büro gegangen war und einfach arbeitete, wie er das immer tat. Das Team lief in letzter Zeit fast wie von selbst, also konnte ich mir nicht vorstellen, was er die ganze Zeit über im Büro trieb.

Ich schickte Ben eine Nachricht, um ihm zu sagen, dass ich ins Bett ging. Ich hatte Matt nicht gefunden und ich würde erst am nächsten Tag mit ihm reden können, und zwar auch nur, wenn ich ihn dann fand. Ich ging zum Kindermädchen, schickte sie für den Abend nach Hause und sah dann nach Bella.

Bella schlief friedlich in ihrem Bettchen und hatte keine Sorge in der Welt. Das Kind wurde von Mal zu Mal schöner, wenn das überhaupt möglich war. Sie war das einzig Gute an meiner Ehe und ich würde sie niemals bereuen. Ich küsste Bella auf die Stirn und gab Acht, sie nicht zu wecken. Dann kehrte ich in mein Schlafzimmer zurück und machte mich bettfertig. Ich war so erschöpft, dass ich einschlief, sobald ich mich hingelegt hatte.

AM NÄCHSTEN TAG weckte Matt mich früh auf. Verwirrt und benebelt drehte ich mich um und war mir zunächst nicht sicher, wo ich überhaupt war.

„Guten Morgen, Schönheit. Ich habe dir Kaffee gekocht."

Ich setzte mich auf. Ich war irritiert, dass Matt mich so früh weckte, und noch irritierter, dass er scheinbar so gute Laune hatte.

„Wo ist Bella?"

„Bei deinen Eltern. Sie haben sie heute Morgen abgeholt."

„Wieso?"

„Ich habe sie gebeten, vorbeizuschauen."

Die Richtung, die dieses Gespräch einschlug, gefiel mir gar nicht. Ich hatte noch keinen Kaffee getrunken und Matt tat gerade so, als wäre alles wieder in Ordnung. „Ich habe keine Lust auf deine Pläne, Matt."

„Komm schon, wir müssen über gestern Abend reden."

Ich blickte auf die Uhr. „Was zum Teufel, Matt. Es ist sieben Uhr morgens. Hätte das nicht warten können, bis ich ausgeschlafen hatte?"

„Ich bin schon die ganze Nacht wach, Katie. Ich kann nicht mehr warten."

„Ja, und wo warst du bitte letzte Nacht? Du warst nicht hier, als ich zurückgekommen bin, und wieso bist du überhaupt abgehauen?"

„Ich hasse es, wenn du in Bens Gesellschaft bist."

Ich verdrehte die Augen. „Ach, ich bitte dich. Ich werde nicht absichtlich unhöflich zu jemandem sein, nur weil du ihn nicht magst. Er hat nichts falsch gemacht. Du tust ja gerade so, als hätte er mich dir ausgespannt. Ich war die ganze Zeit über Dein."

„Bis gestern Nacht."

„Wie bitte?"

„Ich bin zu dem Event zurückgekehrt, um dich abzuholen, aber du warst schon weg."

Meine Kinnlade klappte herunter vor Schock. Ich atmete tief ein und gelangte wieder zu Fassung. „Ich wette, du hältst dich für einen wahren Helden, dass du wegen mir zurückgekommen bist, nachdem du mich bei einer sozialen Gelegenheit im Stich gelassen hast, sodass ich alleine nach Hause musste. Hast du etwa erwartet, dass ich noch länger dableiben und mich demütigen lassen würde?"

„Tut mir leid, dass ich mich geärgert habe."

„Das ist ja mal die Untertreibung des Jahres."

„Warum bist du gegangen?"

„Bin ich nicht, eigentlich."

Er starrte mich an und ich hielt es einfach aus.

„Warum hast du es getan?" Ich sah in seinen Augen, dass ihm das Herz brach, dass er wusste, dass es jetzt vorbei war.

„Du hast dich wie ein Idiot verhalten und ich hatte keine Lust mehr."

„Ich glaube, dass du immer nur ihn wolltest."

„Nein, das stimmt nicht. Ich habe dich geheiratet, weil ich mich in dich verliebt habe."

„Aber warum verlässt du mich dann?"

„Ich glaube, das weißt du. Du kannst dich nicht ändern oder es loslassen, und ich kann nicht mein ganzes Leben lang den gleichen Streit mit dir führen."

„Bist du in ihn verliebt?"

„Ich glaube, ich habe immer Gefühle für ihn gehabt, aber ich war in dich verliebt und habe mich zu unserer Ehe bekannt. Aber das war dir nicht genug."

Er legte seinen Kopf in die Hände und ich wusste, dass es diesmal wirklich vorbei war. Ich musste Pläne machen. „Du musst im Gästehaus schlafen, Matt. Ich muss hier bei Bella sein. Bis wir alles organisiert haben, kannst du nicht hier bei mir sein."

Er nickte und stand auf, um aus dem Zimmer zu gehen. Ich duschte mich schnell, ließ die Tränen über meine gescheiterte Ehe heraus, und rief dann meine Eltern an, um ihnen zu sagen, dass Bella ein paar Stunden bei ihnen bleiben müsse.

Ich musste wieder zu Ben und ihm sagen, dass ich endlich Sein sein würde. Ich liebte ihn und ich konnte endlich für immer mit ihm zusammen sein, und ich wollte keine Sekunde länger warten, bevor ich es ihm sagte. Das war meine Zukunft und ich konnte es kaum erwarten, dass sie anbrach.

MELDE DICH AN, UM KOSTENLOSE BÜCHER ZU ERHALTEN

Möchtest Du gern Inspiriert und andere Liebesromane kostenlos lesen?

Tragen Sie sich für den Michelle L. Newsletter ein und erhalten Sie ein KOSTENLOSES Buch exklusiv für Abonnenten indem Du diesen Link in deinem Browser eingibst:

https://BookHip.com/DGKWKF

Inspiriert: Ein Navy SEAL Liebesroman

Inspiration kann so befriedigend sein ...

Sobald diese Traumerscheinung aus dem Auto ausstieg, wusste ich, dass ich sie haben könnte, wie ich mir das vorgestellt hatte.

Volle Titten, ein runder Arsch und Hüften, an denen ein Mann sich festhalten konnte, machten sie perfekt für meine Vorhaben.

Sie hatte keine Ahnung, was gleich mit ihr passieren würde. Ich würde sie zu dem machen, was ich brauchte – meiner

Therapie. Dann könnte ich den Kopf freibekommen und wäre wieder produktiv.

Sie dachte, dass sie gekommen wäre, um einen amerikanischen Helden zu interviewen, aber in Wirklichkeit war sie für mich da. Ich musste sie ficken, bis ich wieder einen klaren Kopf hatte.

Ich verschwendete keine Zeit damit, ihre Fragen zu beantworten und fragte sie dann gleich ein paar von meinen eigenen, zum Beispiel, ob sie gerne eine bisschen mein Gesicht reiten würde...

https://BookHip.com/DGKWKF

Du erhältst ebenso KOSTENLOSE Romanzen-Hörbücher, wenn Du Dich anmeldest

OHNE TITEL

© Copyright 2020 Michelle L. Verlag - Alle Rechte vorbehalten.
Das Werk, einschließlich aller seiner Teile, ist urheberrechtlich geschützt. Jede Verwertung ist ohne Zustimmung des Verlages und des Autors unzulässig. Dies gilt insbesondere für die elektronische oder sonstige Vervielfältigung. Alle Rechte vorbehalten.
Der Autor behält alle Rechte, die nicht an den Verlag übertragen wurden.

www.ingramcontent.com/pod-product-compliance
Lightning Source LLC
LaVergne TN
LVHW021708060526
838200LV00050B/2562